THÉÂTRE COMPLET

DE

BRIEUX

de l'Académie Française

TOME PREMIER

---

*Ménages d'Artistes. Blanchette.
Monsieur de Réboval. L'École
des Belles-mères*

1930

QUATORZIÈME ÉDITION

LIBRAIRIE STOCK

DELAMAIN ET BOUTELLEAU, ÉDITEURS, PARIS

THÉATRE COMPLET

DE

BRIEUX

DE L'ACADÉMIE FRANÇAISE

TOME PREMIER

A LA MÊME LIBRAIRIE

DU MÊME AUTEUR :

MÉNAGES D'ARTISTES, comédie en trois actes.
BLANCHETTE, comédie en trois actes.
LA COUVÉE, comédie en trois actes.
L'ENGRENAGE, comédie en trois actes.
MONSIEUR DE RÉBOVAL, comédie en quatre actes (non publiée à
    part).
LA ROSE BLEUE, comédie-vaudeville en un acte.
LES BIENFAITEURS, comédie en quatre actes.
L'EVASION, comédie en trois actes. (*Cour. par l'Ac. fran.*)
L'ECOLE DES BELLES-MÈRES, comédie en un acte.
LE BERCEAU, comédie en trois actes.
RÉSULTAT DES COURSES, comédie en six tableaux.
LES TROIS FILLES DE M. DUPONT, comédie en quatre actes.
LA ROBE ROUGE, pièce en quatre actes. (*Cour. par l'Ac. fran.*)
LES REMPLAÇANTES, pièce en trois actes.
LA PETITE AMIE, comédie en quatre actes.
LES AVARIÉS, pièce en trois actes.
MATERNITÉ, pièce en trois actes.
LES HANNETONS, comédie en trois actes.
SIMONE, pièce en trois actes
LA FRANÇAISE, comédie en trois actes.
SUZETTE, comédie en trois actes.
LA FOI, pièce en cinq actes.
LA FEMME SEULE, pièce en trois actes.
LE BOURGEOIS AUX CHAMPS, comédie en trois actes.
LES AMÉRICAINS CHEZ NOUS, comédie en trois actes.
TROIS BONS AMIS, comédie en trois actes.
L'AVOCAT, comédie en trois actes.
PIERRETTE ET GALAOR, (L'ENFANT), comédie en trois actes.
THÉATRE COMPLET, 7 volumes.

EN COLLABORATION AVEC M. GASTON SALANDRI :

BERNARD PALISSY, un acte en vers.

EN COLLABORATION AVEC M. PAUL HERVIEU :

L'ARMATURE, pièce en cinq actes.

EN COLLABORATION AVEC M. JEAN SIGAUD :

LA DÉSERTEUSE, pièce en quatre actes.

Chez Delagrave :

VOYAGE AUX INDES ET EN INDO-CHINE, 1 volume.
AU JAPON, 1 volume.

THÉATRE COMPLET

DE

BRIEUX

DE L'ACADÉMIE FRANÇAISE

TOME PREMIER

Ménages d'artistes. — Blanchette.
Monsieur de Réboval. — L'École
des Belles-Mères.

1930

LIBRAIRIE STOCK
DELAMAIN ET BOUTELLEAU
7, Rue au Vieux-Colombier — Paris

PRÉFACE

Ce n'est pas sans quelque mélancolie que je me décide à publier mon Théâtre complet. Malgré que j'en aie, cela est un peu, à mes yeux, mettre un point final à ma vie littéraire, « ranger mes affaires », boucler mes malles pour le dernier voyage : celui que je ne raconterai pas. Déjà, ma réception à l'Académie m'avait donné la joie un peu spéciale que recherchait Charles-Quint assistant au simulacre de son enterrement. Les éloges excessifs que me distribuait avec tant de grâce M. le marquis de Ségur avaient pour moi des allures d'oraison funèbre, et ses phrases, si légères pourtant, rendaient à mes oreilles des sons de pelletées de terre.

Mais, comme disent les bonnes gens : « on ne peut pas être et avoir été » et il faut savoir accepter l'inévitable.

A tout prendre, cet inévitable n'est pas triste. Avant de le rencontrer, j'écrirai encore sans doute, mais j'ai l'impression d'avoir donné à peu près tout ce que j'avais en moi, de m'être réalisé. La mort peut venir. Voici bientôt l'âge où elle sera logique et où je n'aurai pas à lui faire grise mine, comme à un convive qui arrive trop tôt. Je ne sais comment je l'accueillerai, mais je sais comment je l'attends : c'est sans impatience et sans angoisse, de la façon dont on attend la nuit après la bonne journée d'un travail récompensé largement, et qui fut sans fatigue parce qu'il fut préféré.

J'ai donné ce que j'avais en moi. Sans doute, ce fut peu, mais j'ai l'excuse d'avoir donné tout, et si la mode en était encore aux épitaphes, j'accepterais volontiers celle-ci : « Il a fait de son mieux ».

Aussi bien, puisque cette préface a des manières de dernier adieu, on me permettra de parler de moi — je l'ai peu fait jusqu'ici — sans orgueil, je l'espère, et sans cette fausse modestie qui n'est qu'une hypocrisie de la vanité, ou, comme l'a mieux dit La Rochefoucauld, le désir d'être loué deux fois.

J'ai donc passé ma vie à écrire ce qu'on appelle des pièces à thèse. J'ai toujours envisagé le théâtre non comme un but, mais comme un moyen. J'ai voulu par lui, non seulement provoquer des réflexions, modifier des habitudes et des actes, mais encore (et on a pu me le reprocher vivement sans me le faire regretter), déterminer des arrêtés administratifs qui m'apparaissaient désirables. J'ai voulu que, parce que j'aurai vécu, la quantité de souffrances répandue sur la terre fût diminuée d'un peu. J'ai l'immense satisfaction d'y avoir réussi, et je sais que deux de mes pièces : Les Remplaçantes et Les Avariés, ont contribué à sauver des existences humaines, et à en rendre d'autres moins douloureuses. Des efforts plus grands ont pu être stériles : la chance a favorisé les miens.

A cela je n'ai aucun mérite. J'ai agi sous la poussée de mes instincts. Je n'aurais pas pu faire autre chose que ce que j'ai fait. J'étais né avec une âme d'apôtre — encore une fois, je n'en tire aucune vanité; ce n'est pas moi qui me la suis créée, — mais la vue de la souffrance des autres m'a toujours été insupportable. Dans ma mesure, j'ai voulu me délivrer de la colère et de la gêne qu'elle me causait. Tout enfant, je rêvais d'aller ou civiliser les Apaches de Gustave Aimard ou sauver les petits Chinois dont les Annales de la Propagation de la Foi me racontaient les martyres. J'ai voulu aller catéchiser les sauvages. « Mais, m'a dit M. le marquis de Ségur, ce ne fut qu'une velléité passagère; vous avez bientôt reconnu qu'en Afrique, en Océanie, il n'était plus guère de sauvages, mais qu'il en est beaucoup en France, et vous vous êtes restreint à évangéliser ceux-là. »

Il s'est trouvé que mes dispositions naturelles me permettaient de me servir de ce porte-voix retentissant qu'est le théâtre. Et on l'a dit avec raison, je n'ai souvent fait qu'enfoncer des portes ouvertes. Ces portes ouvertes, beaucoup les croyaient fermées, et à ceux-là, j'ai montré qu'elles ne l'étaient pas, en y passant. Dans ce porte-voix, je n'ai crié rien de nouveau, je le sais bien. J'y ai répété, dans un langage que la masse de mes contemporains pouvait mieux comprendre, des vérités que des philosophes et des savants avaient découvertes, eux, et renfermées dans des livres que les habitués de théâtre n'avaient pas la tentation d'ouvrir. Voilà pourquoi j'ai été un auteur dramatique. Un auteur dramatique un peu agaçant, je le reconnais. Mais cela lorsque je n'ai pas su assez enrober la pilule pour qu'elle pût passer sans déceler son amertume.

Lorsqu'il m'est arrivé d'être suffisamment adroit, le public l'a avalée sans faire la grimace, et il a prouvé ainsi qu'il pouvait être intéressé et ému par des pièces à thèse.

Je n'accepte pas sans réserve, d'ailleurs, et bien que je m'en serve, cette étiquette de pièce à thèse. Si l'on veut bien y réfléchir, il est peu de pièces qui ne soient des pièces à thèse. Toutes celles de Molière en sont, et aussi celles d'Augier.

— Il y a la manière, objecterez-vous, monsieur.

— Je n'ai pas attendu que vous me le disiez pour le savoir.

***

Mon théâtre a été surtout un essai de théâtre social.

Sur les planches où d'ordinaire se trémoussent les jocrisses de l'amour, sur ces tréteaux où le vaudeville montre des déshabillages, des gambades et des folies, est-il possible que des questions graves soient exposées, agitées, sinon résolues?

En d'autres termes, l'auteur dramatique a-t-il le droit de s'occuper d'autres choses que de l'amour? Alors que le livre s'attribue toutes les libertés de traiter tous les sujets, la scène est-elle condamnée par je ne sais quel despotisme à n'en traiter qu'un? Chaque théâtre est-il un temple élevé à l'honneur d'une idole, d'une seule, qu'on ne renversera jamais, et l'encens qu'on y brûle ne montera-t-il toujours que vers cette trinité : le mari, la femme et l'amant?

Il est permis de ne pas le croire.

Qu'allons-nous chercher au théâtre? Nous allons nous y chercher nous-mêmes. Nous allons voir l'imitation de la vie, de notre vie. La belle dame emmitouflée de fourrures n'est pas attirée là par un autre sentiment que celui qui y a conduit la petite ouvrière dont la place sera payée avec des économies réalisées héroïquement sur un repas déjà insuffisant. Le banquier et le poète, le gentilhomme et l'ouvrier, le richard et le malandrin obéissent à la même impulsion. Ils viennent chercher le plaisir de se contempler eux-mêmes, derrière le masque des acteurs. Ils viennent guetter la ressemblance de deux sympathies, la communion de deux haines, l'élan identique de deux enthousiasmes, une parenté d'indignation ou d'hilarité devant un vice ou un ridicule évoqués.

L'art n'est qu'une sympathie.

C'est une sympathie dans le sens étymologique du mot. Nous voulons, avec d'autres êtres, sentir, souffrir, aimer, et nous allons au théâtre pour trouver, par ce moyen, l'exaltation de notre personnalité. La représentation des actes d'autrui évoque en nous, par la joie et la peine, une vie plus intense dans un plaisir d'orgueil. Nous tirons vanité de ne pas avoir les ridicules qu'on nous montre ou de nous croire capables des vertus présentées. Et de tout acte d'héroïsme il nous semble confusément qu'il rejaillit un peu de gloire sur nous.

Mais que nous nous installions dans le fauteuil d'orchestre ou sur le banc du parterre, ce que nous voulons voir, c'est la représentation des actes qui composent notre existence.

Or, qu'est-elle, notre vie? Elle est tout entière occupée par deux luttes, — l'une que nous livrons inconsciemment dans l'intérêt de la perpétuité de l'espèce — et son expression scénique constitue le théâtre d'amour; l'autre dont le but est la conservation de l'individu — et son expression scénique constitue le théâtre social.

En effet, quel est donc le sujet de la première et de la plus belle tragédie, Prométhée enchaîné? quel est le sujet de toutes les tragédies de l'antiquité? C'est la lutte des dieux entre eux. De quoi se préoccupent les grands drames de Shakespeare et de Racine? De la lutte des rois entre eux. Que doit montrer le drame moderne? *La lutte des hommes.*

Après avoir contemplé l'Olympe inaccessible et les palais mystérieux, l'homme, prenant une plus exacte et plus haute conscience de son rôle et de sa valeur, se regarde lui-même, et l'art dramatique, las de se passionner pour les conflits de Jupiter et de Saturne, de Mars et de Vulcain, d'Antoine et de César, de Louis XIV et d'Henriette d'Angleterre, jette un regard sur la misère des simples mortels, sur leurs luttes incessantes, sur le choc de leurs intérêts et de leurs passions, et crée ainsi une nouvelle forme du drame.

A chaque temps sa fatalité et son théâtre. La première époque a été l'épouvantable domination des dieux, et la scène d'alors a été remplie par le spectacle de leurs vengeances et de leur férocité. Il a fallu ensuite passer par la période de la domination des tyrans et des grands. Les planches de la scène n'ont alors fléchi que sous le poids des porte-couronnes et des porte-blasons. Aujourd'hui la masse tyrannise la masse, les hommes se débattent dans la concurrence vitale, dans la lutte entre leurs appétits et leur puissance de production; et il ne faut pas s'étonner si les coulisses entendent enfin des cris de douleur nouveaux.

Pour se conserver, l'individu doit s'adapter au milieu,

subir certaines influences, se soumettre les autres. Nous n'avons plus à montrer la révolte des humains contre l'ananké païenne, mais nous pouvons évoquer sur la scène ses efforts pour combattre par exemple l'hérédité, cette forme moderne de la fatalité. Les Atrides sont à refaire. Nous gonflerons d'émotion les cœurs de nos contemporains en les rendant témoins de la lutte des hommes contre les tyrans d'aujourd'hui, contre le despotisme de l'argent, en leur montrant les combats livrés aux puissances néfastes issues du nouvel état de civilisation et que la civilisation vaincra après les avoir créés. Nous vivons dans une effervescence que ne connut aucun des siècles passés. Le monde est en état de continuelle et tumultueuse transformation. Les phénomènes sociaux s'accomplissent avec une rapidité jusqu'ici inconnue, dans une incessante et laborieuse ascension des êtres. Nous sommes maintenant impressionnés par des événements qui se produisent à l'autre bout de la terre, comme si les cordons blancs de nos nerfs s'étaient, eux aussi, indéfiniment allongés.

... Il peut y avoir à conter d'autres histoires que des histoires d'amour.

MÉNAGES D'ARTISTES

COMÉDIE EN TROIS ACTES

Représentée pour la première fois sur le Théâtre-Libre
le 21 mars 1890.

NOTE

Voici la première comédie en plusieurs actes que j'ais fait jouer devant le public parisien. Elle n'est pas bonne. A peine contient-elle une scène qui justifie Antoine de l'avoir donnée au THÉATRE-LIBRE. J'ai long-temps hésité avant de me décider à la publier ici. Mais il me semble qu'il y a une sorte de loyauté à ne la point supprimer. On pourra donc la lire telle qu'elle a été représentée, sans aucune correction. Il faut bien laisser, pour quelque curieux, le poteau du point de départ.

Ce point de départ, je ne pouvais vraiment pas le placer à Fatalité que j'écrivis sur les bancs de l'école, ni à aucune des trois petites pièces Bernard Palissy, La Vieille fille (ces deux-là en vers, s'il vous plaît) et le Bureau des divorces, faites en collaboration avec M. Salandri. Ni aux Derniers Vendéens, drame en cinq actes, ni à Péché mignon, en vers encore, comme Saint Georges, tragédie. Pas davantage à la Fille de Du-ramé, gros mélodrame représenté à Rouen, ni à Stenio, livret de drame lyrique, ni à la Dévote, au Soldat Graindor, à Chez la Mère Octave, ni même à Papa Cour-

tage, comédie en cinq actes sur le monde de la Bourse
et la question juive, dont deux actes furent répétés au
Théâtre-Libre. Ni enfin à d'autres pièces encore dont
je ne sais plus les titres. Tout cela dort dans l'oubli,
et, même aux yeux de l'auteur, ne vaut pas d'en être
tiré.

Mais l'impérissable reconnaissance que je garde à
Antoine, vient précisément de ce qu'il m'a joué une
pièce réellement mauvaise. J'étais alors journaliste à
Rouen, et non seulement mon nom était inconnu à Paris,
mais aussi ma figure, si bien que je pus assister à ma
répétition générale et à ma première du beau milieu des
fauteuils d'orchestre, comme un simple spectateur. Jamais
je n'ai reçu plus sévère leçon d'art dramatique. Toutes
mes fautes, toutes mes inexpériences, défilaient devant
moi et m'apparaissaient éclatantes. Je faisais partie de
l'âme collective qui se crée chaque soir dans une
salle de spectacle, et j'étais ainsi devenu tout à coup
extrêmement clairvoyant. Je ne me jugeais pas : je
partageais les sentiments de la salle, sur l'œuvre représentée. Je n'étais vraiment plus qu'un spectateur, absorbé
par la masse et pensant comme elle. Si bien que je
savais d'avance si telle où telle réplique allait provoquer
des désapprobations ou des ricanements, et que, pour un
peu, j'eusse ricané comme les autres. Je ne suis pas certain de ne point l'avoir fait. Ce soir-là, en vérité, j'ai
appris beaucoup de choses. Non que j'aie enregistré mes
maladresses, et compris le pourquoi des résistances du
public, ni que j'en aie déduit des lois d'art dramatique.
Mais sans m'en rendre compte, dans ma caboche tenaillée
de migraine, abasourdie, affolée, il est tout de même
entré des enseignements, que j'eusse, certes, été inca-

pable de formuler, d'indiquer, de distinguer, et que recueillit non mon intelligence, mais mon instinct.

Rien n'aurait pu valoir cette leçon. Il est bien certain que j'en ai plus appris, au cours de ces quelques heures, que si j'avais pâli pendant des années sur des études théoriques et des traités d'art dramatique.

Donc, encore une fois, merci, Antoine!

PERSONNÀGES

JACQUES TERVAUX.	MM. Antoine.
DIVUIRE	Arquillière.
PINGOUX.	Tinbot.
D'ESTOMBREUSE.	Rabelet.
DAVENAY.	Janvier.
TOMBELAIN.	Cléry.
DOCTEUR MEILLERET	Renard.
CABÉREBAC.	Pinsard.
ALEXANDRE VEULE	Leroy.
LE METTEUR EN PAGES	Dorval.
LOUISE TERVAUX	Mmes Marcelle Bailly.
EMMA VERNIER	Sylviac.
Mme LEGRAND	Barny.
Mme DIVUIRE	Justin.
GABRIELLE.	Mœuris.

La scène à Paris,
1er et 2e actes, juillet 1889; 3e acte, novembre 1889.

MÉNAGES D'ARTISTES

A André Antoine.

B.

ACTE PREMIER

Chez Jacques Teryaux.

Juillet 1889. Huit heures du soir. Une salle à manger de petits bourgeois. Au fond, un haut buffet en vieux chêne (imitation). Au milieu, une table ovale recouverte d'un tapis. Dessus, un palmier dans un pot de terre, entouré d'un cachepot japonais, et posé sur une assiette. A droite, premier plan, un piano ; second plan, la porte du bureau de Jacques. A gauche, premier plan, une porte d'intérieur ; second plan, une cheminée ; troisième plan, en pan coupé, la porte de sortie qui donne sur une petite antichambre. Chaises à haut dossier, en chêne, assorties au buffet. Un fauteuil à côté du piano, un tabouret devant. Au-dessus de la table, une lampe à suspension un peu maigre, allumée. Aux murs, des toiles impressionnistes, dont plusieurs sans cadre.

SCÈNE PREMIÈRE

LOUISE, GABRIELLE. *Au lever du rideau, Louise enlève le palmier qui est sur la table, va le porter dans l'antichambre, et revient aussitôt. Gabrielle écoute à la porte de droite.*

GABRIELLE, *écoutant, à sa mère.*

Chut ! Chut !

LOUISE, *s'approchant d'elle et marchant sur la pointe du pied.*

Où ton père en est-il ?

GABRIELLE

Il lit la dernière poésie de son volume. Tu sais : « La mort est la naissance à la vie éternelle. »

LOUISE

On n'applaudit pas?

GABRIELLE

Non, mais on fait : « Ah! ah! » ce qui est mieux encore.

LOUISE

Alors, nous n'avons que le temps de préparer le thé.

GABRIELLE, *descendant.*

Il n'est pas besoin de nous presser. Comme mademoiselle Vernier est là, lorsque père aura fini sa lecture, on parlera certainement du *Journal des poètes mondains* qu'elle va fonder.

LOUISE

Tu as raison. On peut toujours allumer les bougies de la cheminée. (*Elle va les allumer.*) Toi, va chercher le plateau et les tasses. Ne casse rien.

GABRIELLE

Je porterai le tout sur la table?

LOUISE

Oui.

> *Gabrielle sort par la porte de l'antichambre et revient au bout de peu de temps avec le plateau qu'elle pose sur la table.*

GABRIELLE

Voilà!

LOUISE

Tu as baissé le gaz dans la cuisine?

GABRIELLE,

Je l'ai baissé.

LOUISE

Mais pas trop, il faut que l'eau pour le thé se tienne bouillante.

ACTE PREMIER

GABRIELLE.

Juste à point. (*Un temps.*) Et grand'mère, est-ce qu'elle dort encore?

LOUISE.

Dame, après dix-huit heures de voyage... en train de plaisir. Elle a voyagé avec une société orphéonique qui venait à Paris pour voir l'Exposition.

GABRIELLE.

Comme elle...

LOUISE.

Elle n'a pu fermer l'œil.

GABRIELLE.

Alors, elle ne descendra pas ce soir?

LOUISE.

Je ne crois pas. Dans tous les cas, demain nous irons à l'Exposition ensemble.

GABRIELLE.

Ah! Quel bonheur!

LOUISE.

Chut! Tais-toi. Écoute.

Elles écoutent en désignant la porte de droite.

GABRIELLE.

On l'applaudit.

LOUISE, *arrangeant les chaises.*

Il a tant de talent!... Mets les petites cuillères dans les soucoupes.

GABRIELLE.

Oui, maman... C'est ennuyeux, tout de même, d'avoir été forcés de loger grand'mère dans l'ancienne chambre de bonne.

LOUISE.

C'est vrai, mais nous ne pouvons pas renvoyer mademoiselle Vernier, n'est-ce pas. Elle est commodément

installée dans ce salon. (*En désignant la porte de gauche.*)
Elle peut sortir quand elle veut...

GABRIELLE.

On a frappé... (*Elle va ouvrir. Elle revient aussitôt avec
madame Legrand.*) C'est grand'mère !...

SCÈNE II

LES MÈRES, MADAME LEGRAND.

LOUISE, *allant à sa mère.*

Comment, te voilà levée ! Es-tu reposée un peu de ton
voyage ?

MADAME LEGRAND, *en bonnet, le verbe haut.*

Pas trop. On fait tant de bruit, dans ton Paris. (*Regardant
autour d'elle.*) Mazette ! c'est beau, chez toi.

LOUISE, *regardant la porte de droite.*

Oui... chut...

MADAME LEGRAND, *très haut.*

Mais à quelle heure vous couchez-vous donc ?

LOUISE.

Tout doucement...

MADAME LEGRAND.

Qu'est-ce qu'il y a ?

LOUISE.

Rien. (*Avec un sourire.*) Tu parles un peu fort...

MADAME LEGRAND.

Oh ! ça ne fait rien. On s'entend mieux.

LOUISE.

C'est que... mon mari est là, dans son bureau... Il travaille...

MADAME LEGRAND.

Ah! oui! ton mari! Qu'est-ce qu'il fait maintenant? Il n'est guère pressé de me voir. (*Elle se dirige vers la porte de droite.*) Il est là?

LOUISE, *l'arrêtant vivement.*

Oui... avec quelques amis.

MADAME LEGRAND.

Eh bien! tant mieux. Comme on dit chez nous, plus on est de fous, plus on rit.

LOUISE.

Il est très sérieusement occupé.

GABRIELLE.

Oh! oui, grand'mère, il lit à des amis son nouveau volume de poésies : *Les Flavescences.*

MADAME LEGRAND.

Tu dis?

GABRIELLE.

Les Flavescences.

MADAME LEGRAND.

C'est du français, ça?

GABRIELLE.

Un peu... Je me suis échappée pour aider maman...

MADAME LEGRAND, *tirant de sa poche un bas commencé, s'assied et se met à tricoter.*

Eh bien! retournez l'entendre. Moi, j'attendrai.

Gabrielle s'en va sur la pointe du pied, et avec mille précautions, ouvre la porte. On entend des applaudissements, des cris : « Bravo ! » et une voix de femme disant très haut : « C'est transcendant ! » Le bruit cesse dès que Gabrielle a fermé la porte derrière elle.

SCÈNE III

MADAME LEGRAND, LOUISE. *Madame Legrand est assise près de la table à gauche. Tout en causant, Louise dispose la table.*

MADAME LEGRAND.

Eh bien, et toi, tu ne vas pas l'applaudir?

LOUISE, *gaiement.*

Oh! tu sais, maman, les femmes ne comprennent pas grand chose à la littérature moderne.

MADAME LEGRAND.

Les femmes! mais il y en a une, là, je l'ai entendue.

LOUISE, *de même.*

Ah! oui! mademoiselle Vernier! Mais elle va fonder un journal dont Jacques sera peut-être le rédacteur en chef. Elle est dans le mouvement.

MADAME LEGRAND.

Hein?...

LOUISE, *riant.*

Oui... dans le mouvement... dans le train, si tu veux. Elle fait des vers, quoi! elle suit la mode littéraire. Très amusante d'ailleurs, et un excellent cœur. Toute jeune...

MADAME LEGRAND.

Toi aussi, tu es jeune...

LOUISE.

Oh! trente-trois ans!

MADAME LEGRAND.

Eh bien... qu'est-ce que je dirai, moi, alors? Quel âge a-t-elle?

LOUISE.

Vingt-cinq ans.

MADAME LEGRAND.

Ses parents sont là?

LOUISE.

Elle est orpheline.

MADAME LEGRAND.

D'où la connais-tu?

LOUISE.

Une amie de pension.

MADAME LEGRAND.

Qui a huit ans de moins que toi?

LOUISE.

Elle était dans les petites lorsque je suis partie.

MADAME LEGRAND.

Où l'as-tu retrouvée?

LOUISE.

Chez des amis, l'autre semaine. C'est elle qui m'a reconnue, mais après je me suis bien souvenue d'elle.

MADAME LEGRAND.

Où habite-t-elle?

LOUISE.

Ici.

MADAME LEGRAND.

Chez toi?

LOUISE.

Pour quelques jours. Je lui ai offert l'hospitalité en attendant qu'elle ait trouvé un local pour son journal. L'hôtel lui faisait peur.

MADAME LEGRAND.

Elle est pauvre?

LOUISE.

Non, riche.

MADAME LEGRAND.

Et vieille fille?

LOUISE.

Elle ne veut pas se marier.

MADAME LEGRAND.

Qu'a-t-elle fait depuis sa sortie de pension?

LOUISE.

Elle a voyagé...

MADAME LEGRAND.

Hum! (*Après un silence.*) Plutôt que te servir de ces tasses-là, mets le service en argent que je vous ai donné.

LOUISE, *embarrassée.*

Oh! celui-là est assez bon !

MADAME LEGRAND.

Mais si. Tu me feras plaisir.

LOUISE.

Je ne sais pas où il est.

MADAME LEGRAND,

Comment, tu ne sais pas où il est! Un service de quatre cents francs.

LOUISE.

Si... il est de l'autre côté.

MADAME LEGRAND,

Là? Je vais le chercher.

LOUISE,

Non.

MADAME LEGRAND.

Pourquoi?

LOUISE,

Ah!... Ah! tiens, maman, j'aime mieux te le dire tout de suite : il est au Mont-de-Piété.

MADAME LEGRAND.

Bonté du ciel! Je croyais que ton mari gagnait tant d'argent avec ses livres...

LOUISE.

Oui, il en gagne; mais depuis quelque temps le métier
ne va plus.

MADAME LEGRAND.

Quand un métier ne va pas, on en prend un autre.

LOUISE, *sans chaleur.*

Le devoir de l'artiste est de souffrir sans renoncer. L'art
est un champ de bataille : qui le déserte est un lâche.

MADAME LEGRAND.

Tu parles comme un livre.

LOUISE.

Jacques a trop de talent pour ne pas devenir un jour
célèbre et riche.

MADAME LEGRAND.

En attendant, de quoi vivez-vous ? Tu travailles ?

LOUISE.

Jamais, Jacques n'a voulu...

MADAME LEGRAND.

Pourquoi?

LOUISE.

Par fierté.

MADAME LEGRAND.

Par fierté pour lui, parbleu !...

LOUISE.

Si tu savais comme il est bon, comme il m'aime.

MADAME LEGRAND.

C'est bien le moins. Alors, vous vivez avec les trois
cents francs par mois que je vous fais.

LOUISE.

Presque.

MADAME LEGRAND.

Et tes boucles d'oreilles?

LOUISE.

Mes boucles d'oreilles?

MADAME LEGRAND

Oui, que ton parrain t'avait données au Puy, le jour de ton mariage.

LOUISE.

Ah!

MADAME LEGRAND.

Vendues?

LOUISE.

Oui.

MADAME LEGRAND.

Et tu es heureuse?

LOUISE, *très sincèrement.*

Bien heureuse, je te le jure! Les ennuis d'argent ne sont rien.

Elle embrasse sa mère.

MADAME LEGRAND.

C'est bon... j'ai son affaire, moi, à ton mari... Tu sais, Gilbert, le contremaître de messieurs Danglet. Il vient de se retirer.

LOUISE.

Eh bien?

MADAME LEGRAND.

Eh bien! on a deux cent cinquante francs par mois, logé, chauffé et nourri. C'est meilleur que la poésie...

LOUISE.

Il n'y faut pas songer... Ne t'inquiète pas, bonne maman... (*Elle écoute à droite.*) Je crois qu'on a terminé, nous reparlerons de cela... Si tu veux aller te reposer?

MADAME LEGRAND.

J'en viens.

LOUISE.

C'est que...

MADAME LEGRAND.

Tu voudrais bien que je m'en aille...

LOUISE.

Non... seulement...

MADAME LEGRAND.

C'est à cause de mon bonnet! Je vais aller le retirer...
Es-tu contente?

LOUISE.

Évidemment. (*Bas.*) Qu'est-ce que Jacques va dire?

MADAME LEGRAND.

Et puis, je veux tout voir à Paris. Je n'ai jamais vu de
poètes jusqu'à présent.

Un coup de timbre.

LOUISE.

On sonne?

MADAME LEGRAND.

Je reviens dans cinq minutes...

Elle sort à gauche.

MADAME DIVUIRE, *dans l'antichambre.*

Madame Tervaux, s'il vous plaît?

MADAME LEGRAND, *de même.*

C'est ici, madame. (*Rentrant en scène.*) C'est une dame
qui veut te parler... Entrez, madame... A tout à l'heure...

Entre madame Divuire.

SCÈNE IV

MADAME DIVUIRE, LOUISE.

LOUISE.

Ah! madame Divuire! comment allez-vous?

MADAME DIVUIRE, *très simple, l'air souffreteux, petite
et mince. Elle contient une vive émotion.*

Très bien, merci.

LOUISE.

Comment se fait-il que vous voilà à cette heure?

MADAME DIVUIRE, *embarrassée.*

Mais... rien... je rentrais... En passant, j'ai vu vos fenêtres éclairées... Alors, j'ai eu l'idée de monter pour vous dire bonjour... c'est la seule raison...

LOUISE.

Qu'est-ce que vous avez?

MADAME DIVUIRE, *se contenant.*

Rien... je n'ai rien... (*Elle fait une grimace, tire son mouchoir de sa poche et pleure.*) Mon mari n'est pas ici, madame Tervaux?

LOUISE.

Mais si! il est là... Monsieur Tervaux et ses amis...

MADAME DIVUIRE, *tombant assise sur une chaise.*

Ah! quel bonheur! (*Elle pleure.*) Je vous demande pardon. Mais, j'étais si inquiète... je m'étais fait des idées.

LOUISE.

Pourquoi?

MADAME DIVUIRE.

Il n'est pas rentré cette nuit. Je suis restée à la fenêtre jusqu'au matin, guettant chacun des rares passants avec anxiété; croyant, à chaque voiture qui s'approchait, qu'il était dedans, et qu'on me le ramenait mort.

LOUISE.

Comment pouvez-vous penser à ces choses-là?

MADAME DIVUIRE.

C'est la première fois que ça lui arrive. Ce matin à sept heures, j'ai été à la Préfecture de Police, croyant que tout le monde devait être ému du malheur qui m'arrivait... Les bureaux n'étaient pas ouverts... J'ai attendu... Les employés se sont retenus pour ne pas me rire au nez. C'est si drôle, n'est-ce pas, une femme qui cherche son mari qui a découché...

LOUISE.

Mais pourquoi aller à la Préfecture?

MADAME DIVUIRE.

Que sais-je, moi? Quelquefois, il se grise; alors je pensais qu'on l'avait arrêté... puis, j'ai été à la Morgue... Un accident, n'est-ce pas?

LOUISE.

Ah! le malheureux...

MADAME DIVUIRE.

L'après-midi, mon fils a couru les cafés. Enfin, il a appris qu'à l'heure de l'absinthe on avait vu son père faubourg Montmartre...

LOUISE.

Et il n'est pas rentré dîner?

MADAME DIVUIRE.

Non! J'ai attendu jusqu'à présent. Enfin! il est là !... je tombe de fatigue...

LOUISE.

Voulez-vous que j'aille le chercher?

MADAME DIVUIRE.

Oui, mais tout à l'heure,... S'il voyait que j'ai pleuré, il me gronderait!

Elle souffle dans son mouchoir en tampon et s'en essuie les yeux.

LOUISE, *allant à la porte de gauche.*

Combien y en a-t-il de femmes qui passent des nuits comme celle-là !

MADAME DIVUIRE.

Madame Tervaux...

LOUISE, *rentrant, un verre d'eau à la main.*

Tenez, mouillez-vous un peu les yeux avec votre mouchoir, ça vous fera du bien.

MADAME DIVUIRE, *trempant le coin de son mouchoir.*

C'est pas qu'il est méchant, vous savez. Il se sera trouvé entraîné...

LOUISE.

Oui... des amis...

MADAME DIVUIRE.

On sait bien ce que c'est qu'un artiste, n'est-il pas vrai ?

LOUISE.

Ce n'est pas comme un épicier.

MADAME DIVUIRE.

Évidemment. Il leur faut cette vie de surexcitation nerveuse...

LOUISE.

...Sans laquelle l'inspiration ne vient pas...

MADAME DIVUIRE.

Ah! votre mari vous dit ça aussi, à vous...

LOUISE.

Oui.

MADAME DIVUIRE.

Seulement, quand on a quatre enfants...

LOUISE.

Quatre enfants !...

MADAME DIVUIRE.

Ils ne connaissent pas ça, eux, n'est-ce pas?

LOUISE.

Oui. Il leur faut du pain tous les jours.

MADAME DIVUIRE.

On en a. Seulement, l'autre fois, on m'a renvoyé Pierre, parce que sa pension n'était pas payée.

LOUISE, *avec des hésitations.*

Entre nous, madame Divuire, voulez-vous que je vous

prête dix francs... Je puis en disposer... vous me les rendrez quand vous voudrez.

MADAME DIVUIRE.

Oh! je vous remercie bien, madame Tervaux... nous n'en sommes pas là... André doit aller toucher demain un à-compte chez un éditeur,...

LOUISE.

C'était de bon cœur, vous savez.

MADAME DIVUIRE.

Oui, vous êtes très bonne.... Mais je n'ai pas besoin, André ne saura rien de tout ça, n'est-ce pas? Il a fallu des circonstances extraordinaires, parce que, d'abord, il m'avait promis de ne plus boire d'absinthe...

LOUISE.

En effet...

MADAME DIVUIRE.

C'est égal, madame Tervaux, veillez sur le vôtre, allez!...

LOUISE.

Oui. Voulez-vous que j'aille chercher M. Divuire?

MADAME DIVUIRE.

Je veux bien. Je n'ai qu'un mot à lui dire.

Louise va ouvrir très doucement la porte de droite, Gabrielle paraît.

LOUISE.

Dis à monsieur Divuire que sa femme est là, et qu'elle voudrait lui parler...

GABRIELLE.

Bien, maman.

Elle sort.

LOUISE, *à madame Divuire.*

Il va venir.

MADAME DIVUIRE.

Merci... Je vous demande bien pardon de vous avoir
dérangée... seulement...

LOUISE.

Le voici... Je vous laisse.

Louise sort à gauche, Divuire entre à droite.

SCÈNE V

DIVUIRE, MADAME DIVUIRE.

MADAME DIVUIRE, *très différente de ce qu'elle était
avec madame Tervaux.*

Ainsi, te voilà...

DIVUIRE.

Mais oui... Je t'expliquerai...

MADAME DIVUIRE.

Tu n'as pas été arrêté, ni écrasé, ni attaqué, ni malade ?

DIVUIRE.

Tu vois, je te demande bien pardon...

MADAME DIVUIRE.

Et tu me laisses dans des transes pareilles ! Je me figurais que tu étais mort !...

DIVUIRE.

Voyons, Suzanne, j'ai eu tort, c'est vrai. Mais puisque
tu te figurais que j'étais mort et que tu me trouves vivant,
tu devrais être contente.

MADAME DIVUIRE.

Je suis furieuse !...

DIVUIRE:

Parce que je n'ai été ni écrasé, ni attaqué? Tu ne peux pourtant pas me le reprocher.

MADAME DIVUIRE.

Je t'en veux du chagrin inutile que tu m'as causé. Oh! c'est trop fort!... Qu'est-ce que tu as fait?

DIVUIRE.

Je suis resté avec... chose, le peintre, qui m'a raconté son prochain tableau, pour les indépendants... un plein soleil... dans les champs... Rien... de la lumière... ça y est!

MADAME DIVUIRE.

Et puis?

DIVUIRE.

Et puis il y avait une première à la Comédie-Française; alors, nous avons béché la pièce, naturellement. Et puis, je ne sais plus, j'ai dormi... Ce soir, je n'ai pas osé rentrer dîner.

MADAME DIVUIRE.

Tu ne pensais donc pas que je pleurais, pendant ce temps-là?

DIVUIRE, *attendri.*

Ma pauvre femme! M'en veux pas. Un artiste, tu sais, c'est un grand enfant... Il faut être indulgente... Ça ne m'arrivera plus... Pardonne-moi... là... je suis un misérable... un animal, un cochon!... tout ce que tu voudras... C'est fini, n'est-ce pas?

MADAME DIVUIRE:

Il faut bien... A quelle heure vas-tu rentrer?

DIVUIRE.

Je te suis. Dans une demi-heure je suis à la maison.

MADAME DIVUIRE:

Bien vrai, mon cher André!

DIVUIRE.

Bien vrai !

MADAME DIVUIRE.

As-tu été chez l'éditeur ?

DIVUIRE.

L'éditeur ?

MADAME DIVUIRE.

Oui, toucher l'avance...

DIVUIRE, *sur trois tons différents.*

Ah ! ah ! ah ! non !... j'ai oublié !

MADAME DIVUIRE.

Tu sais que nous n'avons plus grand chose à la maison.

DIVUIRE, *très sincère.*

Pauvre femme !... Je vais te rapporter ce qu'il faut tout à l'heure... Chose m'en doit... Il en a... Au revoir... à tout à l'heure...

MADAME DIVUIRE.

Ne sois pas trop longtemps.

DIVUIRE.

Non, non, non. Je dis au revoir à Tervaux et je pars. (*Rappelant sa femme qui sortait.*) Dis donc ? Tu n'as rien dit à personne ici... tu n'as vu personne ?...

MADAME DIVUIRE.

Non.

DIVUIRE.

Tiens ! Tu es la meilleure des femmes ! Je t'adore ! (*A lui-même.*) C'est vrai ! Il y en a un tas qui m'auraient fait des scènes !

> *Il sort à droite. On entend dans l'antichambre Louise et madame Legrand qui font des politesses à madame Divuire, des : Passez donc !... Bonsoir, madame !... etc.*

MADAME LEGRAND, *entrant de dos.*

Bonsoir, madame, bonsoir !

LOUISE, *de même.*

Bonsoir !

SCÈNE VI

MADAME LEGRAND, LOUISE, *puis* JACQUES.

MADAME LEGRAND.

Là, me trouves-tu bien ainsi ?...

LOUISE.

Oui... attends, j'entends du bruit... Mon mari a fini... (*Elle écoute.*) C'est un grand succès de lecture... (*A sa mère.*) Assieds-toi là.

Entre Jacques. Madame Legrand reprend son bas et se remet à tricoter.

LOUISE, *allant à son mari.*

Eh bien !

JACQUES, *enthousiasmé, l'embrassant.*

Ah ! ma chérie ! que je t'embrasse ! Un succès !

LOUISE, *rayonnante.*

Que je suis contente ! (*A sa mère.*) Tu entends ?

JACQUES.

Tiens ! vous êtes là, bonne-maman ?

Il l'embrasse distraitement.

MADAME LEGRAND.

Oui ! Vous allez bien ?

JACQUES.

Très bien, merci.

MADAME LEGRAND,

Moi aussi.

JACQUES, *à Louise au fond.*

Quelles liqueurs as-tu ?

LOUISE,

Du madère, du cognac et du rhum.

JACQUES.

Très bien. Ça marche, tu sais, l'affaire du *Journal des poètes mondains.* Je te conterai cela... (*Très gai, très franc.*) Si tu savais comme mademoiselle Vernier m'a applaudi ! Il y a dans les *Flavescences,* des pièces qu'elle seule a pu comprendre... Alors, tu prépares tout cela, n'est-ce pas?... Nous pouvons venir ?

LOUISE.

Oui.

JACQUES, *à madame Legrand.*

Vous êtes peut-être fatiguée, bonne-maman, si vous voulez aller vous reposer ?

MADAME LEGRAND.

Merci.

JACQUES.

C'est que... ce qu'on va dire ici ne vous intéressera guère.

MADAME LEGRAND.

Mais Louise reste bien !

JACQUES.

Oh ! Louise ne compte pas... Je retourne les trouver... Tout est bien prêt ?... (*Bas à Louise.*) Comment se fait-il que tu n'aies pas éloigné ta mère ?

LOUISE.

Je n'ai pas pu. Elle ne te gênera pas.

JACQUES, *conciliant.*

C'est vrai, après tout... (*Ouvrant la porte de droite.*) Mesdames... messieurs... si vous voulez passer par ici, le thé nous attend...

Entrent les amis, Gabrielle et mademoiselle Vernier.

SCÈNE VII

MADAME LEGRAND, LOUISE, GABRIELLE, EMMA VER-
NIER, JACQUES TERVAUX, DIVUIRE, PINGOUX, D'ES-
TOMBREUSE, DAVENAY, TOMBELAIN, DOCTEUR
MEILLERET. *Gabrielle entre la première, rapidement.*

GABRIELLE, *à sa mère, bas.*

J'apporte le thé ?

LOUISE, *bas.*

Dans cinq minutes.

> *Gabrielle sort à gauche, Jacques va causer avec Louise
> et madame Legrand, Divuire et Pingoux entrent en-
> semble, en causant.*

DIVUIRE.

Il est sensationnel ce livre ! Sensationnel ! Les *Fleurs
du Mal*, rajeunies et sublimées, viennent d'éclore à nouveau.

DAVENAY, *entrant avec Tombelain, jeune élégant.*

C'est aussi beau que du Victor Hugo !

TOMBELAIN.

Si ce n'était que de l'Hugo ! Mon pauvre ami !... Hugo,
un microbe, à côté de ça !...

DAVENAY.

Cependant... Hugo... *Légende des Siècles*...

TOMBELAIN, *paternel.*

Un microbe ! N'admirez pas Hugo, ici, mon cher, vous
vous feriez remarquer...

DAVENAY, *lâche.*

Oh ! vous savez, je ne l'admire pas plus que ça !...

DIVUIRE, *à d'Estombreuse qui entre fumant la pipe.*

Qu'est-ce que vous pensez du livre de Tervaux, vous, d'Estombreuse?

D'ESTOMBREUSE.

C'est pas mal... mais c'est pas encore ça... Ça n'y est pas, là! Ça y est ou ça n'y est pas! Eh bien, ça n'y est pas!

JACQUES, *s'approchant du groupe*

Et mademoiselle Vernier?

D'ESTOMBREUSE.

Elle cause avec votre ami le docteur... elle vient.

JACQUES, *rassemblant ses amis, bas.*

Je vous demande pardon... j'ai la mère de ma femme, arrivée tantôt de la campagne, pour l'Exposition... Vous savez... ce sont les petits ennuis de la famille... Je ne rougis pas d'elle, d'ailleurs...

LE DOCTEUR MEILLERET, *qui vient d'entrer.*

Elle n'a assassiné personne?

JACQUES.

Oh! docteur!

LE DOCTEUR.

Je ne sais pas, moi!

On entend un éclat de rire d'Emma.

JACQUES.

Qu'est-ce qui fait rire ainsi mademoiselle Vernier?

D'ESTOMBREUSE.

C'est ce petit Pingoux...

JACQUES.

On n'attend plus que vous, mademoiselle Vernier?

EMMA, *entrant, très élégante.*

Me voilà!... Il est impayable, ce cher Pingoux.

Elle descend en scène en passant entre la haie des amis.

PINGOUX, *entrant.*

Rira bien qui rira le dernier.

EMMA.

Un bon point, monsieur Tervaux. Le premier numéro du *Journal des poètes mondains* est à votre disposition...

JACQUES, *qui n'a d'yeux que pour elle.*

Elle est charmante...

EMMA, *allant à Louise et lui prenant la main.*

Ah ! ma chère Louise, tu es bien heureuse...

LOUISE.

Tu trouves ?

EMMA.

Avec un poète comme ton mari ! Il est étourdissant !

Elle passe et s'arrête étonnée en voyant madame Legrand.

LOUISE, *qui a vu.*

... Ma mère...

EMMA, *saluant.*

Madame...

MADAME LEGRAND, *tout en tricotant, après avoir salué, rajustant ses lunettes.*

Bel oiseau !

TOMBELAIN, *s'approchant de Louise avec Divuire.*

Quel poète, madame, que votre mari !

DIVUIRE.

Que d'indifférence douce et pénétrante !

TOMBELAIN.

Et coloriste, ah ! combien coloriste !...

LE DOCTEUR.

Oui ! combien coloriste !... Coloriste, combien !

PINGOUX, *saluant madame Tervaux.*

Madame... Très jolie la phrase de Divuire. Je la placeral dans mon compté-rendu de l'*Étoile des Arts*. Je veux donner un bon coup d'épaule à votre mari, chère madame.

DAVENAY, *à madame Tervaux.*

Ah ! madame !... Hugo !... un microbe, à côté de ça !

Pendant ce temps Jacques cause à gauche avec mademoiselle Vernier. Gabrielle entre avec la théière. Pendant ce qui suit elle emplit les tasses.

D'ESTOMBREUSE, *au docteur.*

Est-ce que vous trouvez ça épatant, vous, docteur ?

LE DOCTEUR.

Mon Dieu !... pour un jeune.

D'ESTOMBREUSE, *avec dédain.*

Un jeune... Tervaux !... Oh !... il n'y a de jeune en littérature que le synthétisme.

LE DOCTEUR.

Je parie que vous êtes synthétiste, vous ?

D'ESTOMBREUSE

Parbleu !

JACQUES, *qui a été chercher une tasse de thé pour Emma.*

Mademoiselle... (*Bas et assez grave.*) Vous êtes plus ravissante que jamais...

EMMA, *bas.*

Permis de s'en apercevoir, défendu de le dire.

Gabrielle et Louise donnent du thé aux invités.

PINGOUX, *allant à Jacques.*

Tu sais, j'ai de la sympathie pour toi ; qu'est-ce que tu aimes mieux ? une chronique de Fouquier, un Caliban, ou un article de moi dans l'*Étoile des Arts* ?

JACQUES.

Tu me donnes le choix ? Alors garde-moi ton article pour mon prochain volume.

PINGOUX.

Comme tu voudras.

Il va causer avec Davenay.

TOMBELAIN, *à Divuire.*

Entre nous, je le trouve bien faiblard, le bouquin de Tervaux.

DIVUIRE.

Ça manque d'originalité.

TOMBELAIN.

Encore trois comme cela, et il est de l'Académie.

DIVUIRE, *scandalisé.*

Oh ! non... tu vas trop loin...

TOMBELAIN.

Quel malheur qu'Alexandre Veule, le poète tri-unioniste sirupescent ne soit pas là ! Tervaux l'avait invité pourtant.

DIVUIRE.

Alors, il va venir deux heures en retard.

EMMA, *à Jacques.*

Ah ! monsieur Tervaux ! Laissez-moi vous féliciter encore. La France compte un grand poète de plus. Ce sera une gloire, pour vous, d'avoir débarrassé la poésie des entraves qui alourdissaient son vol. Maintenant, plus de rimes !

TOMBELAIN.

Des hiatus !

DIVUIRE.

Plus de majuscules au commencement des vers !

EMMA.

La poésie de l'avenir ! (*Elle passe à droite en posant sa tasse sur la table.*) N'est-ce pas, docteur ?

LE DOCTEUR.

De la vraie prose, enfin !

EMMA.

Comment, vous ne comprenez pas cela ? C'est pourtant être poète aussi que d'être docteur... Quelles sensations vous devez ressentir ? Voir de la souffrance !...

D'ESTOMBREUSE.

Avoir dans l'oreille, avec un apitoiement fluide, les soupirs irradiés des poitrines suffocantes !

DIVUIRE.

Combien plus grande encore, plus rosement sombre, plus sombrement rose, l'existence des chirurgiens !

LE DOCTEUR.

Et amusante ! combien !

MADAME LEGRAND, *à Gabrielle qui est près d'elle.*

Ils sont fous, les amis de ton père ?

GABRIELLE.

Non, grand-mère... Ils font semblant.

EMMA, *au Docteur.*

La poésie ne vous dit rien ? Voulez-vous causer peinture. J'en fais !

LE DOCTEUR.

Sur porcelaine... Copies de Boucher ?

EMMA.

Et voilà ! Parce que j'ai le malheur d'être une faible femme, je suis condamnée à la porcelaine... pâte tendre, aux petit amours roses : du fard délayé dans du cold-cream ! Mais quelles idées avez-vous donc sur les femmes, Docteur ! Alors, vous vous figurez que nous en sommes encore, en littérature, à madame Deshoullières et Marivaux ; en peinture aux pécheresses d'avant la chute de Chaplin, ou aux illusions brisées de Greuze ; en musique, à Auber et Rossini !

TOMBELAIN, *à d'Estombreuse.*

Oh !

EMMA.

Eh bien! Et l'esprit scientifique! Et le progrès! je lis
Péladan, j'admire Claude Monet, et j'écoute Chabrier.

JACQUES.

Que d'audace!

EMMA.

Comment, de l'audace! Oh! mais vous êtes tout à fait
1880, monsieur Tervaux!

JACQUES, *qui est entre Louise et Emma.*

Je m'incline. (*A Louise.*) Elle est étonnante. Que n'es-tu
comme elle?

LOUISE, *bas.*

Je n'ai pas le temps.

JACQUES, *bas.*

Tu dis toujours cela... Tu devrais le prendre.

LOUISE.

Qui est-ce qui te raccommoderait?

JACQUES, *au Docteur.*

Et toi, mon vieil ami... mon plus vieil ami et le meilleur, que penses-tu de tout cela?

LE DOCTEUR.

Ton livre? Il y a de bonnes choses. Tes amis... Qu'est-ce
donc que celui-là, derrière moi?

JACQUES.

D'Estombreuse!

LE DOCTEUR.

Le synthétiste?

JACQUES.

Il m'a débiné?

LE DOCTEUR.

Oui.

JACQUES.

C'est son droit. Il échappe à la vengeance.

I. 2

LE DOCTEUR.

Pourquoi ?

JACQUES.

Il n'a encore rien produit.

LE DOCTEUR.

Comment, alors, est-il de vos amis ?

JACQUES.

Il éreinte si bien les autres qu'il fait tour à tour plaisir à chacun. Et puis, on sait qu'il ne vous montera pas sur le dos.

PINGOUX, *à Emma.*

Rien de plus facile... Je vous obtiendrai cela quand vous voudrez... Je suis très lié avec toute la presse.

LE DOCTEUR.

Et ce petit-là qui est au mieux avec tout le monde ?

JACQUES.

Pingoux ? Il est reporter à l'*Étoile des Arts*, revue mensuelle des cafés-concerts.

LE DOCTEUR.

Et il ne connaît personne ?

JACQUES.

Mais si. Il fait si bien les courses... et puis, il imite Coquelin Cadet à la perfection.

LE DOCTEUR.

C'est quelque chose.

JACQUES.

Il cause en ce moment avec Davenay, un poète mondain, qui sera du journal que mademoiselle Vernier veut fonder. C'est le fils des grands magasins du Luxembourg.

LE DOCTEUR.

Et celui-là, à côté du synthétiste ?

JACQUES.

Tombelain. Un type. Il fait des livres que signent les gens qui le payent. C'est lui qui a fait mettre dans le *Figaro* cette annonce : « Auteur joué avec succès à Paris propose collaboration anonyme. »

LE DOCTEUR.

Et il a du talent?

JACQUES.

Toujours. Excepté quand il écrit pour son propre compte. Il fait aussi des vers pour mariage. Honnête homme, d'ailleurs... seulement...

Il continue à voix basse.

DIVUIRE, *s'exaltant, à Tombelain.*

Mais non, mon cher! Mais non!...

TOMBELAIN.

Pourtant!...

DIVUIRE.

Débarrasse-toi de cette sentimentalité!

D'ESTOMBREUSE.

Du poncif!

DIVUIRE.

L'amour filial n'existe pas! ni l'amour conjugal!

D'ESTOMBREUSE.

Parbleu!

DIVUIRE.

Nous sommes tous canailles... plus ou moins, voilà tout... Ainsi moi, quand ma femme m'embête, je l'envoie promener... et vigoureusement... Tout à l'heure encore, ici même...

D'ESTOMBREUSE.

La femme est l'obstacle de l'artiste.

TOMBELAIN.

Et la mère?

DIVUIRE, *avec mépris.*

Tais-toi donc, d'Ennery!

JACQUES, *à Meilleret.*

Tu entends celui-là ?...

LE DOCTEUR.

Qui nie l'amour filial ?...

JACQUES.

Oui. Il est père de quatre enfants qu'il adore ; il tremble devant sa femme, et il s'en cache comme d'un crime... Il soutient sa vieille mère... Malheureusement il se grise.

On a sonné, Gabrielle est allée ouvrir, Alexandre Veule est entré.

PINGOUX.

Voilà Alexandre Veule, le poète sirupescent !

SCÈNE VIII

LES MÊMES, ALEXANDRE VEULE.

JACQUES.

C'est lui ! Bonjour, mon vieux.

VEULE.

Bonjour... J'arrive trop tard pour la lecture des « *Flavescences?* »

Emma fait un mouvement.

JACQUES.

Oui.

VEULE.

Je suis désolé, mon cher. Nous nous retrouverons. Ah ! quel poète tu ferais si tu voulais te décider à embrasser comme moi le tri-unionisme !

JACQUES.

Je n'ose pas. Qu'est-ce que tu veux ! je n'ose pas. Je ne sens pas tout à fait comme toi.

VEULE.

La verbieuse manifestation n'est-elle pas étroitement adéquate pour le ton-couleur, et le ton-ébranlement des atmosphériques atomes ? Et je vais te convaincre d'un mot : le resplendissement des calmes, la ténébrance des cataclysmes, ne sont-ils pas idoines? Qu'est-ce que tu peux répondre à cela ?

JACQUES.

Rien, c'est évident.

D'ESTOMBREUSE.

Chaque idée, chaque personne, chaque objet, possède une couleur et une tonalité musicale.

VEULE.

Le basson est vert; le violon, bleu; la trompette, rouge.

D'ESTOMBREUSE.

Parbleu !

VEULE.

De même que l'infini... l'infini.

JACQUES.

Eh bien?

VEULE.

C'est le *sol* naturel... (*Chantant.*) *Ping !* (*Parlé.*) Voilà l'infini... Et Dieu... Dieu, tu sais dans quel ton il est, Dieu?

JACQUES.

Non.

VEULE, *scandalisé.*

Oh!... Oh!... Il ne sait pas... mais en *ut* majeur, mon pauvre vieux !

LE DOCTEUR, *à part.*

Et dire qu'ils ont l'air de se comprendre entre eux !

VEULE.

Sois tri-unioniste, mon cher !

JACQUES.

Je verrai... Un peu de cognac?

VEULE.

Parfaitement.

EMMA, *s'approchant de lui par derrière. Bas.*

Monsieur Baptiste Ducloux...

VEULE, *de même.*

Hein ?...

EMMA, *de même.*

Ne bougez pas. Vous reconnaissez ma voix ?

VEULE.

Vous. Je vous croyais au Havre !

EMMA.

J'en suis revenue...

VEULE

Ah !

EMMA.

Tu ne me connais pas, entends-tu. Où pourrai-je te voir ?

VEULE.

Au *Chat mort.*

EMMA.

Bien ! (*Haut.*) Elles sont intéressantes, monsieur, vos théories.

VEULE.

Oh ! Madame...

EMMA, *le reprenant.*

Mademoiselle...

VEULE,

Pardon.

JACQUES.

Mademoiselle Emma, vous allez nous rendre jaloux.

EMMA,

Monsieur Veule est un artiste.

JACQUES,

N'est-ce pas ? Qu'en pensez-vous, Docteur ?

LE DOCTEUR.

Oh! moi je suis un profane! Je suis de l'opinion de madame Legrand.

Madame Legrand s'est endormie et ronfle.

JACQUES.

Belle-maman... Voyons, Belle-maman...

MADAME LEGRAND, *sursautant.*

Qu'est-ce qu'il y a? Ma foi, ils m'embêtaient, vos amis.

JACQUES.

Ah! c'est trop!

MADAME LEGRAND.

Ah! pardon! Je croyais qu'ils étaient partis... Je vous demande pardon, messieurs, je suis fatiguée...

VEULE.

Mon cher Tervaux... adieu.

JACQUES.

Mais, mon ami.

DIVOIRE, PINGOUX, TOMBELAIN.

Adieu, mon cher Tervaux.

JACQUES.

Mais...

TOUS.

Adieu...

D'ESTOMBREUSE, *à Veule.*

La postérité nous vengera. (*En sortant.*) C'était si beau... Nos chapeaux sont dans l'antichambre.

JACQUES.

Mais, je vous demande pardon...

VEULE.

Adieu.

Il sort.

LE DOCTEUR.

Mon cher Tervaux...

JACQUES.

Tu pars aussi?

LE DOCTEUR.

Mais pas pour le même motif... car je suis de votre avis, madame... (*Il salue.*) A bientôt, Jacques, à bientôt madame...

Il sort.

EMMA.

Je vous laisse également, vous devez avoir beaucoup à causer avec madame, je vais m'habiller, à tout à l'heure.

Elle sort à gauche premier plan.

JACQUES, *à Gabrielle.*

Rentre dans ta chambre. On t'appellera.

Elle sort à droite au fond.

SCÈNE IX

MADAME LEGRAND, JACQUES, LOUISE.

JACQUES, *à sa belle-mère.*

Eh bien, vous êtes contente! Me voilà fâché avec mes meilleurs amis, et mademoiselle Vernier elle-même...

LOUISE.

Mais, mon ami, maman n'a pas voulu te faire de la peine.

MADAME LEGRAND.

Et je crois même vous avoir rendu service.

JACQUES.

Vous vous trompez.

MADAME LEGRAND.

Combien gagnez-vous par an dans la poésie?

JACQUES.

Madame, la poésie n'est pas un métier dont les recettes et les dépenses se chiffrent sur un livre de commerce comme celles d'un épicier. On est poète ou on ne l'est pas. Si on l'est, on suit la voie dans laquelle on est entré sans s'arrêter aux accidents du chemin et aux mesquineries de l'existence.

MADAME LEGRAND.

Et si on ne l'est pas et qu'on croie l'être ? A-t-on le droit de forcer sa femme à souffrir ? A-t-on le droit de ruiner son enfant ?

JACQUES.

Le poète a sur terre une mission sacrée, et un devoir impérieux à remplir.

MADAME LEGRAND.

Son premier devoir c'est d'apporter à la maison de quoi faire bouillir le pot-au-feu.

LOUISE.

Mais, maman, nous ne manquons de rien.

MADAME LEGRAND.

Vraiment! Alors pourquoi vends-tu tes boucles d'oreilles et mets-tu ton argenterie au Mont-de-Piété ?

JACQUES.

Ah! vous me faites bien de la peine! Croyez-vous donc que je n'aie jamais pensé à ce que vous me dites ? Je vous assure que bien souvent j'ai douté de moi, et voyant la misère qui nous menaçait, voyant Louise supporter bien des privations sans se plaindre, j'ai eu avec moi-même de terribles combats; j'ai juré de briser ma plume et d'éteindre le feu que je me sens là... mais, est-ce ma faute si une force supérieure à ma volonté m'empêche de tenir mon serment, si l'inspiration me trouble, impérieuse, indomptable, si dans mes moments de désespoir une voix me crie : « Courage! Courage! Tu vaincras! »

LOUISE, *à madame Legrand*

Tu vois bien qu'il n'est pas méchant.

MADAME LEGRAND,

Quand on a une maladie comme celle-là on ne se marie pas. On est libre alors de vivre dans un grenier avec quatre sous par jour. Lorsqu'on a pris une femme, et qu'on a fini de manger sa dot, on se fait plutôt chiffonnier, mais on ne la laisse pas mourir de faim. Vous avez des dettes, vous en ferez encore, et où trouverez-vous du pain lorsque vous aurez lassé vos prêteurs?

JACQUES.

Si je puis trouver un éditeur pour mon livre nous serons riches.

MADAME LEGRAND.

Et si vous n'en trouvez pas?

JACQUES.

J'en trouverai.

LOUISE.

Mon ami, il faut penser aussi à cela : ton livre peut être un chef-d'œuvre et ne pas se vendre.

JACQUES.

Mais que voulez-vous que je fasse?

MADAME LEGRAND.

Si l'on vous offrait trois mille francs par an, chauffé, logé et nourri ?

LOUISE.

Tu pourrais travailler le soir,

JACQUES.

Mais on ne me les offre pas.

MADAME LEGRAND,

Si. Gilbert, le contremaître de messieurs Danglet et compagnie, veut se retirer.

JACQUES.

Je ne puis accepter.

MADAME LEGRAND.

C'est bien décidé ?

JACQUES.

C'est tout à fait décidé.

LOUISE.

Mais, mon ami...

JACQUES.

Ah ! c'est assez, Louise. J'ai fait preuve de patience en écoutant ta mère comme je l'ai fait après son impolitesse devant mes amis, mais je suis à bout ; j'ai dit non, c'est non, et je te défends de me reparler de cette affaire à l'avenir.

MADAME LEGRAND.

Ah! ma pauvre fille ! (*Elle pleure.*) Si j'avais su ! Qu'est-ce que nous avons fait au bon Dieu ? Je n'ai plus d'enfant!... Je n'ai plus d'enfant!...

Elle sort en sanglotant.

LOUISE, *pleurant aussi.*

Ne pleure pas, maman...

MADAME LEGRAND.

Laisse-moi... laisse-moi. Vous mourrez sur la paille.

Elles sortent à droite.

SCÈNE X

JACQUES, *puis* MADEMOISELLE VERNIER.

JACQUES.

— Ah ! ce n'est pas gai chez moi... Que vais-je faire ?... Je ne suis guère disposé à travailler... Dieu que je m'ennuie !...

*Mademoiselle Vernier entre par la gauche en toilette de
ville; elle achève de boutonner ses gants.*

MADEMOISELLE VERNIER.

Dites-moi, mon cher poète, je vais à l'Exposition et
passer à une agence, louer une place pour demain à
l'Opéra. Voulez-vous m'accompagner?

JACQUES,

Avec plaisir.

RIDEAU.

ACTE DEUXIÈME

Même décor.

———

SCÈNE PREMIÈRE

LOUISE, MADAME LEGRAND.

MADAME LEGRAND.

Eh bien ?

LOUISE.

Eh bien, tu avais raison.

MADAME LEGRAND.

Je te l'avais bien dit. C'est avec elle déjà qu'il est sorti hier.

LOUISE.

C'est avec elle !

MADAME LEGRAND.

Il vient de rentrer.

LOUISE.

Il est dans son bureau ?

MADAME LEGRAND.

Oui.

LOUISE.

Alors, elle ne tardera pas.

MADAME LEGRAND.

Tu l'as suivie?

LOUISE.

Oui.

MADAME LEGRAND.

Et elle est allée le retrouver?

LOUISE.

Il l'attendait au café.

MADAME LEGRAND.

Elle est entrée?...

LOUISE.

Non. Dès qu'il l'a vue, il s'est levé, lui a donné la main et tous deux sont partis. Moi, je n'ai pas eu la force de continuer. J'ai marché droit devant moi, au hasard, pleurant comme une bête. Te dire toutes les idées qui m'ont passé par la tête... c'est impossible. Ah! mon Dieu! que je voudrais mourir!

MADAME LEGRAND.

Mourir! Et moi, tu m'oublies?

LOUISE.

Ah! je sais que tout cela n'est plus de mon âge et que ce n'est pas après dix-sept ans de ménage qu'on s'avise d'être jalouse. Mais la souffrance vous vient sans qu'on l'appelle et ne s'en va pas parce qu'on la raisonne.

MADAME LEGRAND.

Qu'est-ce que tu vas faire?

LOUISE.

Oui, qu'est-ce que je vais faire? Rien. Attendre. Pleurer.

MADAME LEGRAND.

Tu ne leur diras rien?

LOUISE.

Que pourrais-je leur dire? Lui apprendre, à lui, que je

suis descendue au métier d'espionne ? Il me fera de grandes phrases auxquelles je ne saurai que répondre et me démontrera que c'est moi qui ai tort et qui dois avoir honte. Lui faire savoir à elle que je suis jalouse ? Elle en rira. Quelles preuves pourrais-je leur donner du reste ? Il est sorti avec elle. Eh bien ?... Il préfère sa compagnie à la mienne ? Quoi de plus naturel ! Elle est intelligente, jeune, élégante, moi je suis simple, vieille et sotte.

MADAME LEGRAND.

Mais tu ne vas pas te laisser voler ton mari de cette façon-là, mais je ne le veux pas !... Quand elle va rentrer, tu l'embrasseras peut-être.

LOUISE.

Mon Dieu, oui.

MADAME LEGRAND.

Et tu la garderas ici, tu continueras à la nourrir, à l'héberger ?

LOUISE.

Je n'aurai ni le courage ni la force de faire autrement.

MADAME LEGRAND.

Eh bien, moi, je l'aurai. Je la chasserai.

LOUISE.

Tu auras tort. Il la suivra.

MADAME LEGRAND.

Tant mieux. Tu reviendras chez nous.

LOUISE.

Et Gabrielle, que deviendra-t-elle ? Et moi ?... Qu'est-ce qu'une femme séparée ?

MADAME LEGRAND.

Il y a le divorce.

LOUISE.

Nos moyens ne nous permettent pas de nous en servir.

C'est joli, la justice, mais c'est un objet de luxe : ça coûte cher. Je ne suis pas assez pauvre pour obtenir l'assistance judiciaire, et pas assez riche pour m'en passer.

MADAME LEGRAND.

Alors ?

LOUISE.

Alors, il faut les laisser tranquilles. (*On entend un coup de sonnette. A madame Legrand.*) Tiens, va ouvrir, je ne veux pas qu'on voie mes larmes.

Madame Legrand sort.

LOUISE.

Et puis, qui dit que je ne me trompe pas ? Qui me dit qu'il ne m'aime plus ?... Il ne peut pas m'avoir oubliée aussi vite...

Madame Legrand rentre, portant un papier à la main.

MADAME LEGRAND.

Tiens, voilà ce qu'on rapporte, et que ton mari a perdu dans l'escalier. (*Lisant.*) Théâtre de l'Opéra, deux fauteuils d'amphithéâtre. — Reçu trente-quatre francs... Monsieur Tervaux. C'est pour ce soir. Ce n'est pas toi qu'il emmène ?

LOUISE.

Non. C'est elle ! Ah ! le misérable ! Eh bien, c'est trop. Tu ne sais pas tout ce que je supporte : je vais te le dire. Pour qu'il puisse faire ces générosités, sais-tu à quoi nous en sommes réduites, Gabrielle et moi ? A regarder à ce que nous dépensons pour nous nourrir toutes les deux ; moi, à me priver de toilettes ; Gabrielle, à faire ses robes elle-même, avec des coupons achetés au rabais dans les magasins de nouveautés. Je te disais hier que nous allions déménager parce que cet appartement était trop grand ; la vérité, c'est qu'on nous chasse ! Nous devons trois termes. Nous n'avons plus de bonne, et celle qui est partie sans avoir touché ses gages s'est payée en m'insultant. Il arrive ici des papiers timbrés que la concierge me donne avec des airs de mépris... Ah ! c'est gai, va, d'être femme d'artiste !... Si encore il me permettait de travailler !... Mais ceci passe tout, et je ne le supporterai pas.

MADAME LEGRAND.

A la bonne heure !

Entre, par la porte de gauche, mademoiselle Vernier.

SCÈNE II

MADAME LEGRAND, LOUISE, MADEMOISELLE VERNIER.

EMMA.

Bonjour, madame. Bonjour, Louise. Ça va bien ? Moi je suis éreintée. Et quand je pense qu'il me faut, ce soir, aller à l'Opéra.

LOUISE.

N'y va pas.

EMMA.

Je ne puis faire autrement.

LOUISE.

Tu n'y vas donc pas seule ?

EMMA.

Non.

LOUISE.

Puis-je savoir qui t'accompagne ?

EMMA.

C'est quelqu'un que tu ne connais pas.

LOUISE.

Ah ! C'est quelqu'un que je ne connais pas.

EMMA.

Oui.

LOUISE, *lui jetant le billet.*

Tiens ! Si tu n'as pas encore tes places, les voici, c'est moi qui te les paye !

EMMA.

Mais qu'est-ce que tu as ?

LOUISE, *se levant.*

J'ai que tu me voles mon mari.

EMMA.

Tu es folle !

LOUISE, *s'animant.*

Et que j'en ai assez de tes mensonges et de tes baisers de Judas.

MADAME LEGRAND.

A la bonne heure !

EMMA.

Madame, Louise se trompe. Si je n'ai à m'expliquer que devant elle, j'y parviendrai ; mais je ne réponds de rien si vous l'excitez.

MADAME LEGRAND.

Ah ! je vous gêne, mademoiselle ! C'est bien ! je m'en vais, mais pour m'occuper de vous ; et je vous ménage une petite surprise dont vous me direz des nouvelles.

EMMA.

Tout ce que vous pouvez faire m'est indifférent.

MADAME LEGRAND.

Vraiment ! Eh bien ! c'est ce que nous verrons.

Elle sort.

SCÈNE III

EMMA, LOUISE, JACQUES.

EMMA.

Nous voilà seules. Explique-moi maintenant ce que tu as contre moi.

LOUISE.

Je te dis que tu t'es introduite ici comme une voleuse, et que tu y fais un métier que tes pareilles exercent sur le boulevard, la nuit.

EMMA.

Allons ! Tu es aimable. Continue.

LOUISE.

Je te dis que tu me prends mon mari.

EMMA.

Après.

LOUISE.

C'est tout. N'est-ce pas assez ?

EMMA.

Quelles preuves as-tu de tout cela ?

LOUISE.

Vous avez été à l'Exposition ensemble ; avant-hier vous êtes sortis ensemble. Il t'attendait au café. Ce soir, tu vas aller à l'Opéra avec lui ! Est-ce vrai ?

EMMA.

C'est vrai.

LOUISE.

Tu vois bien.

EMMA.

Cela ne prouve rien.

LOUISE.

Si! Si! Cela prouve que tu es sa maîtresse; cela prouve tout.

EMMA.

Je ne suis pas sa maîtresse.

LOUISE.

Tu mens.

EMMA.

Je te répète que cela n'est pas; mais comme j'ai assez de tes injures, comme tu es décidée à ne rien entendre, je te laisse. Crois ce que tu veux.

Elle se lève pour sortir.

LOUISE.

Emma! Emma! Non! Je ne te dirai plus d'injures! Je te parlerai doucement! Si ce n'est pas vrai, prouve-le moi. Je ne demande pas mieux que de te croire, mon Dieu! Songe donc! S'il partait avec toi, c'est une veuve et une orpheline que tu aurais faites... pour un simple caprice!

EMMA.

Ma pauvre Louise! Je te jure que tu n'as pas à craindre cela de moi. Ton mari m'a fait la cour, j'ai été coquette; mais il n'y a rien de plus, je te le jure. Et de cela je te demande pardon.

LOUISE, *lui prenant les mains, les yeux dans les yeux.*

C'est bien vrai?

EMMA, *avec gravité.*

C'est bien vrai.

LOUISE.

Écoute, si tu mens, tu riras de moi; mais tu seras plus méprisable que je n'aurai été sotte. Je te crois.

EMMA.

Tu as raison.

LOUISE.

Maintenant, qu'est-ce que tu vas faire?

EMMA.

Te le rendre.

LOUISE.

Comment?

EMMA.

Il est là, n'est-ce pas?

LOUISE.

Oui.

EMMA.

Tu ne lui as rien dit?

LOUISE.

Rien.

EMMA.

Envoie-le moi, et laisse-nous.

Louise la regarde longuement.

EMMA.

Va. N'aie pas peur.

Louise va à la porte de droite et l'ouvre.

LOUISE.

Jacques!

JACQUES, *au dehors, sans trop de brutalité.*

Mais laisse-moi la paix! Il n'y a donc pas moyen de travailler dans cette maison!

LOUISE.

C'est Emma qui veut te parler.

JACQUES, *apparaissant.*

Ah! c'est... (*Saluant.*) Mademoiselle... (*Il descend en scène.*) Comment allez-vous depuis hier?

LOUISE, *à part, au fond.*

Ah!

JACQUES.

Pourquoi ne restes-tu pas, Louise?...

LOUISE.

Je n'ai pas le temps. Tout à l'heure.
Elle sort.

SCÈNE IV

JACQUES, EMMA.

JACQUES.

Ma chère Emma, c'est un peu imprudent ce que vous
faites là.

EMMA.

Je vous conseille de me faire des reproches..

JACQUES.

Cependant...

EMMA.

Vous êtes si prudent, vous, si habile, si malin, n'est-ce
pas?

JACQUES.

Moi?

EMMA.

Oui, vous. Descendez des nuages, mon cher. Votre
femme sait tout.

JACQUES.

Louise!

EMMA.

Louise. Elle vient de me faire une scène, là, tout à
l'heure, et elle m'a traitée... Elle avait raison, du reste.
N'empêche que c'est embêtant de s'entendre dire ces
choses-là pour une promenade sentimentale à la Galerie
des Machines et une soirée de délices à l'Opéra au mois

de juillet... la *Favorite !* et avec des doublures, encore !...
Tenez, voilà votre billet de location. Tâchez de le revendre
à un Anglais. Vous n'avez que le temps.

JACQUES.

Je ne vous comprends pas, Emma.

EMMA.

Je le sais bien.

JACQUES.

Expliquez-vous.

EMMA.

En deux mots : nous avons eu le tort de coqueter
ensemble. N, i, ni, c'est fini, aimez votre femme : elle
vaut mieux que moi. Il n'y a rien de fait... heureusement

JACQUES.

Mais vous croyez que, vous aimant comme je vous aime,
je pourrai tout à coup me résigner...

EMMA.

Oh ! non ! Voulez-vous, hein ? Pas de poésie. Il n'y a pas
d'éditeur ici.

JACQUES.

Emma, vous m'entendr... Vos railleries, je les braverai.
Je vous aime. Je ne vous connais que depuis peu de
temps ; mais vous avez été pour moi une révélation de la
femme et de l'amour. J'aime pour la première fois, et de
toutes mes forces...

EMMA.

Mais qu'est-ce que ça peut me faire, à moi, si je ne vous
aime pas !

JACQUES.

Vous vous laisserez toucher. Je vous adore follement

EMMA.

Vous êtes agaçant, à la fin, à m'aimer tant que ça. Les
hommes sont extraordinaires, ma parole. Parce qu'il vous

a poussé un grain de folie, il faut que je devienne folle à mon tour.

JACQUES.

Je donnerais ma vie pour votre bonheur.

EMMA.

Dieu, que vous êtes bête de me roucouler des phrases de romance comme celle-là ! Vous voulez mon bonheur : mon bonheur, c'est la tranquillité. Laissez-la moi...

JACQUES.

Vous m'aimeriez bien vite.

EMMA.

Supposons. Après ?

JACQUES.

Nous serions heureux.

EMMA.

Allons donc ! Vous m'aimeriez six mois, puis vous tourneriez au mari, au veuf remarié, et vous me parleriez des qualités de Louise.

JACQUES.

Je n'aime qu'une fois.

EMMA.

A combien de femmes l'avez-vous dit ?

JACQUES.

A une seule, à vous.

EMMA.

Ça c'est du décor. Passons. Vous me m'offrez pas votre estime, ni celle du monde...

JACQUES.

Nous fuirons à l'étranger.

EMMA.

J'aime Paris.

JACQUES.

Nous y resterons.

EMMA.

Pour être éveillée un matin par le commissaire de police. Merci.

JACQUES.

Mais je vous dis que vous ne pourrez pas vous soustraire à ma passion. Elle serait si douce notre existence! J'entourerai vos jours d'une telle tendresse, d'un culte si respectueux et si ardent... Si vous saviez ce que c'est qu'un amour de poète!

EMMA.

J'ai des raisons pour ne pas l'ignorer, allez!

JACQUES.

Vous?

EMMA.

Moi; et je sais ce que c'est qu'un ménage d'artistes.

JACQUES.

Non, vous ne pouvez...

EMMA.

Je vous dis que si : Je sors d'en prendre.

JACQUES.

Comment?

EMMA.

Il vous faut ma biographie. Ça sera court. Tant pis pour vous.

JACQUES.

Parlez.

EMMA.

Emma Vernier, c'est mon nom de demoiselle.

JACQUES.

Vous êtes mariée!

EMMA.

Comme vous. Ainsi qu'au tambourinaire de Daudet, ça m'est venu en écoutant chanter le rossignol. J'étais une jeune fille comme toutes les autres, plus assoiffée d'idéal, plus poétique, plus fantasque, si vous voulez, que beaucoup d'autres. C'est à Lamartine que je dois cet état d'âme. C'est lui le coupable.

JACQUES.

Lamartine?

EMMA.

Lui-même. Et on dit que les livres naturalistes sont dangereux ! Ce n'est pas *Pot Bouille* qui m'aurait tourné la tête comme ça, allez ! En deux mots, j'ai vu un soir, chez des amis de mon père, un jeune poète qui a dit des vers de lui... A ce moment-là, on les comprenait, ses vers..., Je m'en suis toquée. Je suis tombée malade d'amour, et mes parents ont fini par consentir au mariage. Ah ! nous en avons dit des bêtises, sur l'union des cœurs, et l'irrésistible force des passions partagées.

JACQUES.

Votre mari vit toujours?

EMMA.

Oui.

JACQUES.

Je le connais?

EMMA.

Oui. C'est chez vous que je l'ai revu, après quatre ans de séparation.

JACQUES.

Ici ?

EMMA.

Ici même, l'autre jour.

JACQUES.

Son nom?

EMMA.

A la mairie : Baptiste Ducloux. En littérature : Alexandre Veule.

JACQUES.

Lui !

EMMA.

Oui, lui, l'homme au quatrain. Notre ménage a duré trois ans... (*A mi-voix.*) J'ai honte à m'en souvenir. Ce poète n'avait de poésie que dans le cerveau, et seulement quand il écrivait. Le cœur était sec, et l'homme plus terre à terre qu'un rustre. Ce que j'ai souffert, je ne puis vous le dire. Relisez *l'Ami des femmes*, et rappelez-vous Jane de Simérose. Il m'a révoltée par son avarice, stupéfaite par son habileté en affaires, écœurée par sa vilenie... Ah! ce n'est pas beau, un poète comme celui-là au déshabillé! Je vous dis qu'il n'avait du cœur qu'en faisant des alexandrins... Lorsqu'il rentrait au milieu de la nuit, puant la fumée des pipes et l'odeur des filles, il me battait... ou il était gai, ce qui était pis. Moi, j'ai pris un amant, un commerçant du Havre, qui vient de mourir, et c'est lui qui était le poète!

JACQUES.

Pauvre femme!

EMMA.

Oui, pauvres femmes, les femmes d'artistes! Il y en a d'heureuses, je le sais, mais il y en a peu. Enfin, quand j'ai rencontré Louise, je venais du Havre avec l'idée vicieuse de retrouver le milieu où j'avais souffert. Voilà.

JACQUES.

Cela ne saurait m'empêcher de vous aimer.

EMMA.

Rentrez votre amour, mon cher. (*Mettant son chapeau et ses gants.*) Vous me rappelez l'autre! D'ailleurs, Louise a été bonne pour moi; je l'estime et je ne veux pas la faire souffrir. Si elle n'avait pas été aussi franche, ni aussi douce, en somme, j'aurais au plaisir à vous tourner la tête. Si elle m'avait chassée, je vous eusse emmené. Aimez-la. Elle vaut mieux que moi... je vous le répète, et mieux que vous. Ça ne vous empêchera pas de collaborer à mon journal si vous voulez. Bonsoir.

Elle sort.

SCÈNE V

JACQUES TERVAUX, *seul. Tervaux se promène pendant assez longtemps de long en large.*

JACQUES.

Tout de même comme on deviendrait facilement canaille, quand on est bête...

La porte de gauche s'entr'ouvre. Entre Louise.

SCÈNE VI

JACQUES, LOUISE.

JACQUES, *après un long silence.*

Je suis un misérable, et tu es la plus sainte, la plus aimante et la plus digne des femmes. Je t'ai fait bien souffrir. J'étais fou. Veux-tu me pardonner ?

LOUISE, *avec un cri et se jetant dans ses bras.*

Ah ! Dieu m'exauce ! Tu m'es rendu ! Jacques ! Je te retrouve enfin ! Oui, tu m'as fait souffrir, oui, je me suis souvent cachée pour pleurer, me demandant quelle faute j'avais commise pour mériter cette tristesse. Et j'étais torturée en voyant chaque jour s'augmenter le malentendu qui nous séparait. Jamais ! Oh ! jamais, je ne t'aurais importuné d'une plainte ; tu n'aurais jamais su que je souffrais de ton abandon et que j'allais en mourir...

JACQUES.

Louise !

LOUISE.

Non, mon cher Jacques, je n'aurais pas voulu devoir à la pitié, le bonheur que tu me donnes en ce moment. Je voulais que ce fût ton cœur lui-même qui se réveillât et revînt à moi...

JACQUES.

Ainsi, tu ne te souviendras plus de rien... tu ne me feras aucun reproche, tu pardonneras ?

LOUISE.

Je me souviendrai de tout, parce que je trouverai dans ce souvenir la preuve qu'il ne faut jamais désespérer d'une âme honnête; je ne te reprocherai rien, car toutes mes souffrances, eussent-elles été mille fois plus grandes, ne paieraient pas encore la joie que j'éprouve... Quant à te pardonner... Tiens !

Elle l'embrasse.

JACQUES.

Ma femme !

LOUISE.

C'est pour toujours, maintenant, n'est-ce pas ?

JACQUES.

Je te le jure...

LOUISE.

Merci. Je t'en prie... je ne serais pas assez forte pour supporter cela deux fois... (*Éclatant en sanglots.*) Oh ! mon pauvre Jacques, que j'ai donc souffert !... Laisse-moi pleurer... c'est tout mon chagrin qui s'en va...

JACQUES.

Chasse toutes ces tristesses. Sèche tes larmes. Soyons heureux comme autrefois... Aimons-nous... toujours.

LOUISE.

Toujours ?...

JACQUES.

Toujours...

LOUISE.

Je suis bien heureuse.

Silence. La porte de gauche s'ouvre. Entre madame Legrand.

SCÈNE VII

JACQUES, LOUISE, MADAME LEGRAND.

MADAME LEGRAND, *le verbe très haut.*

Ça y est ! La péronnelle comprendra...

LOUISE.

Qu'avez-vous fait ?

MADAME LEGRAND.

Ce que j'ai fait ?... Tu peux me dire merci... Je t'ai débarrassée, et pour toujours, de mademoiselle Vernier.

JACQUES.

Madame...

MADAME LEGRAND.

Il n'y a pas de madame, monsieur ! Je sais ce que c'est que les devoirs d'une mère... je ne comprends pas que vous osiez élever la voix ici...

JACQUES.

Dites-moi ce que vous avez fait ?

MADAME LEGRAND.

J'ai nettoyé la maison. J'ai mis toutes les frusques de la demoiselle dans ses malles, pêle-mêle, comme ça... pan !... pan !... Et j'ai tout fait descendre en bas, dans la rue, par le concierge. (*A Louise.*) Vois-tu, ma fille, tu as de la chance d'avoir ta mère auprès de toi.

LOUISE, *regardant Jacques.*

Vous avez eu tort.

MADAME LEGRAND.

J'ai eu tort ! moi !... J'ai eu tort de te débarrasser de cette... cette... cette...

On sonne.

LOUISE,

Taisez-vous, on sonne.

MADAME LEGRAND.

C'est elle peut-être... Attends un peu, je vais la recevoir, et de la belle façon !

Elle va vers la porte.

LOUISE, *cherchant à la retenir.*

Maman ! Je vous en prie...

JACQUES, *de même.*

Madame !... Je vous en conjure...

MADAME LEGRAND.

C'est bon ! C'est bon ! Laissez-moi. Je sais ce que j'ai à faire, n'est-ce pas ?...

Brouhaha de quelques instants, Louise et Jacques cherchent à retenir madame Legrand.

MADAME LEGRAND.

C'est pour ton bien, ma fille !

Elle va ouvrir. Silence.

LA VOIX D'EMMA.

Louise, ta conduite est indigne, et tu te repentiras de ce que tu as fait !

MADAME LEGRAND, *à Emma.*

Allons ! assez ! Pas de bruit dans l'escalier, n'est-ce pas ! Vos affaires sont sur le trottoir, allez-y aussi !

Elle ferme violemment la porte. Jacques sort par la porte de son bureau.

MADAME LEGRAND, *descendant.*

Et maintenant, ma fille, tu seras tranquille dans ton ménage.

Jacques revient, son chapeau sur la tête et avec sa canne.

LOUISE.

Où vas-tu ?

JACQUES.

Faire des excuses à mademoiselle Vernier.

Il sort.

MADAME LEGRAND.

Ah ! ça ! tu ne le retiens pas ? Est-ce que j'ai eu tort ?

LOUISE.

Je ne sais pas... Mais vous m'avez peut-être fait perdre mon mari.

RIDEAU.

ACTE TROISIÈME

Le cabinet de la direction au *Journal des Poëtes mondains.* Le décor est posé en angle (un triangle rectangle dont la rampe est l'hypoténuse.) Sur le côté de gauche, deux grandes fenêtres ouvrant sur un balcon. Sur le côté gauche, au fond, une porte à un seul battant, s'ouvrant de telle façon que le spectateur en voie l'extérieur, sur lequel est écrit : « Journal des Poëtes mondains. Direction. Entrée interdite au public. » Au deuxième plan, une cheminée avec un tas de journaux et une lampe allumée. Au premier plan, une porte sur laquelle est une bande portant ce mot : « Rédaction. » Entre les deux fenêtres de droite, y faisant face, mais à une certaine distance, un très large et très long bureau ; dessus une haute lampe allumée, des papiers, des livres, etc. Devant, à droite et à gauche, un fauteuil. Entre les fenêtres, contre le mur, une console portant des chrysanthèmes, et au-dessus, un bec de gaz qui brûle. Du feu dans la cheminée ; un fauteuil de chaque côté.

SCÈNE PREMIÈRE

TOMBELAIN, D'ESTOMBREUSE, PINGOUX, DAVENAY, CABÉREBAC, *garçon de bureau. Au lever du rideau, les deux fenêtres et la porte du fond sont ouvertes. La scène reste un moment vide, puis d'Estombreuse, Cabérebac et Tombelaine entrent par la fenêtre du premier plan, en même temps que Pingoux et Davenay entrent par celle du fond.*

TOMBELAIN.

Eh bien ! il l'a échappé belle, le monsieur !

DAVENAY.

J'en suis encore tout chose...

D'ESTOMBREUSE.

Ça vous a ému ?

DAVENAY, *fermant la fenêtre.*

Dame ! si le cocher du tramway n'avait pas fait un véritable tour de force en arrêtant ses chevaux sur place, et en serrant instantanément le frein, le monsieur y passait.

PINGOUX.

Fermez donc la fenêtre, d'Estombreuse, on gèle !

D'ESTOMBREUSE, *obéissant.*

C'est amusant, de demeurer ici, on voit tous les accidents.

DAVENAY.

C'est pour cela que les entresols se louent plus cher.

TOMBELAIN.

Dieu ! qu'il fait froid ! (*Au garçon de bureau.*) Voyons, Cabérebac, au lieu de rester là, fermez donc la porte de l'antichambre et remettez du charbon dans la cheminée.

CABÉREBAC.

Moi... Ah ! oui, monsieur... C'est que l'émotion m'avait coupé les jambes.

Il se lève et sort par le fond en fermant la porte sur lui.

D'ESTOMBREUSE.

Avez-vous entendu ce cri de la foule, au moment où le bonhomme tombait ?

PINGOUX.

Oui, j'allais vous en parler. Il était extraordinaire, ce cri sorti de cent bouches à la fois, et dans lequel se mêlaient la terreur et la pitié ; cri que chacun a jeté assez bas, mais qui est devenu une clameur émouvante...

DAVENAY.

Le cri du chœur antique.

PINGOUX.

Il m'a plus impressionné que l'accident lui-même.

TOMBELAIN.

Et comme on l'a bien perçu d'ici, malgré le bruit de la rue...

Cabérebac entre avec un seau de charbon. Il bourre la cheminée. Il reste à tisonner.

D'ESTOMBREUSE.

Ce cri-là, que j'ai entendu plusieurs fois dans la rue, est toujours sensationnel... Ainsi, un jour...

Tombelain est assis sur le bureau, les pieds sur le fauteuil. Pingoux et Davenay dans les fauteuils près de la cheminée, d'Estombreuse. au milieu, roule une cigarette. Entre Divuire.

SCÈNE II

LES MÊMES, DIVUIRE.

TOMBELAIN.

Tiens ! Divuire.

D'ESTOMBREUSE.

Il y a un siècle qu'on ne l'a vu !

PINGOUX.

Ça va bien, ma vieille ?

DIVUIRE, *grave et timide.*

Le patron n'est pas là ?

TOMBELAIN.

Tervaux ? Non. Il est sorti.

DIVUIRE.

Et mademoiselle Vernier ?

TOMBELAIN.

La patronne est chez elle, mais elle ne reçoit pas !

DIVUIRE.

Ah !

TOMBELAIN.

Qu'est-ce que tu as ?

DAVENAY.

Tu as l'air d'un enterrement.

D'ESTOMBREUSE.

Es-tu malade ?

DIVUIRE.

Je n'ai pas le cœur à rire... Le caissier vient de me refuser un louis.

TOUS, *devenant sérieux, indifféremment.*

Ah !

*Ils s'éloignent un peu, très peu. L'un frotte son vête-
ment avec sa manche, l'autre regarde à la fenêtre,
un autre sifflotte, la gaieté est tombée.*

D'ESTOMBREUSE, *bas.*

Il vient nous taper de cent sous...

TOMBELAIN, *bas.*

Oui. (*Haut.*) Je suis logé à la même enseigne que toi.

PINGOUX.

Moi, si je n'avais pas des invitations à dîner en ville...

DAVENAY.

C'est à peine si nous touchons nos « lignes ».

DIVUIRE.

Écoutez, mes enfants. Quelquefois, il m'est arrivé de
vous emprunter cent sous à l'un ou à l'autre pour aller
boire un bock...

PINGOUX.

On peut encore t'en offrir un...

DIVUIRE, (*entremêlé de longs silences.*).

Non. Aujourd'hui c'est plus sérieux. Nous sommes sans le sou à la maison. J'ai quatre mioches, vous le savez. A midi, nous avons mangé des pommes de terre et bu de l'eau. Tout à l'heure il va falloir dîner. Il n'y a rien, rien. Tout est au Mont-de-Piété et les reconnaissances sont vendues. J'ai voulu engager mon pardessus, on me l'a refusé. C'est pas tout. Ma femme va accoucher d'un jour à l'autre. Nous n'avons pas seulement une paire de draps de rechange... J'ai couru après un louis toute la journée... Si seulement j'avais eu cent sous !... J'aurais été au tripot... Mais rien... (*Retenant ses larmes.*) Je n'ose plus rentrer à la maison. C'est pas rigolo, allez, d'entendre les petits qui gueulent : « J'ai faim », avec de la colère et de la souffrance dans les yeux Ah! bon Dieu! il faut que j'en aie plein le cœur, pour vous dire ça... Plus de crédit nulle part... On crève de froid dans notre chambre... (*Sanglotant.*) Et moi je ne puis rien !... Rien... contre tout ça... (*Un temps. Se reprenant.*) Je vous demande pardon... C'est idiot, mais c'est plus fort que moi. Pouvez-vous me prêter cent sous?

TOMBELAIN.

Mon pauvre vieux, je le voudrais bien, mais je ne peux pas... Je te jure...

D'ESTOMBREUSE.

Si tu m'avais dit ça hier, j'avais de l'argent, je t'en aurais donné avec plaisir.

PINGOUX, *allant lui serrer la main.*

Mon cher ami. Tâche d'attendre à lundi, je dois toucher huit cents francs... il y en aura la moitié pour toi...

DAVENAY, *cherchant dans son gousset.*

Moi, j'ai juste trente-deux sous... pour dîner.

DIVUIRE, *les regardant tous les trois tour à tour.*

Alors... vous ne pouvez pas?...

TOMBELAIN.

Mais, tu vois... ce n'est pas la bonne volonté qui manque...

PINGOUX.

Évidemment!

CABÉREBAC.

Monsieur Divuire... moi, je les ai, les cent sous... et même dix francs. Seulement, je n'ose pas...

Il les lui tend.

DIVUIRE, *à Cabérebac.*

Ah! Je ne suis pas fier! Va... Merci... (*Aux autres.*) Je vous remercie... tous... (*A Cabérebac.*) Vous ne savez pas le poids que vous m'avez retiré de là... Merci...

Il leur donne, en riant et pleurant, de chaudes poignées de mains auxquelles ils répondent avec mollesse.

D'ESTOMBREUSE.

Si tu m'avais dit ça hier...

PINGOUX.

Du courage, mon vieux...

DAVENAY.

Du courage! Tu as du talent... beaucoup de talent... tu te tireras de là...

DIVUIRE.

Merci! Merci! (*A Cabérebac en lui donnant la main.*) Merci!...

Il sort avec Cabérebac.

SCÈNE III

Les Mêmes, *moins* DIVUIRE *et* CABÉREBAC, *puis*
LE METTEUR EN PAGES.

DAVENAY.

Ça a l'air d'être vrai...

PINGOUX.

Allons donc ! Il n'a qu'à travailler ! Moi je n'aime pas
les paresseux...

TOMBELAIN.

C'est peut-être une blague colossale.

D'ESTOMBREUSE.

Qu'il fasse comme nous, tiens ! Qu'il s'arrange !

PINGOUX.

Moi, j'ai déjà été refait une fois... place de la Made-
leine...

DAVENAY.

Mais moi, il m'est arrivé une chose bien plus extraordinaire... c'était en rentrant à minuit... je vois, place
Clichy, un bonhomme...

TOMBELAIN.

C'est le mien... Si, un grand. Je l'ai trouvé un jour...
c'était un professeur de philosophie.

> *Entre, par la porte de la Rédaction, le metteur en*
> *pages, une blouse sur une jaquette et une chemise*
> *blanche.*

LE METTEUR EN PAGES.

Y a pas de copie ?

PINGOUX.

Comment, il vous en faut encore, après tout ce que je
tous ai donné...

TOMBELAIN.

Vous la mangez donc la copie !

LE METTEUR EN PAGES, *montrant une longueur sur une
ficelle.*

Il me faut encore ça...

D'ESTOMBREUSE.

Deux cents lignes !...

LE METTEUR EN PAGES.

A peu près.

TOMBELAIN, *se levant.*

Diable !... Allons, les enfants, il faut turbiner.

TOUS.

Quoi ? Je suis vidé... je n'ai plus rien...

PINGOUX.

Si on coupait quelque chose dans le *Temps ?* Je suis très
lié avec...

TOMBELAIN.

Du tout. Vous, d'Estombreuse, vous allez faire un appel
aux jeunes poètes...

D'ESTOMBREUSE.

C'est moi qui ai déjà fait celui du premier numéro.

TOMBELAIN.

Tant mieux. Vous ne vous répéterez pas.

D'ESTOMBREUSE.

Je suis vidé.

TOMBELAIN.

Le patron sera content.

D'ESTOMBREUSE.

Il me fait suer, le patron, avec son canard. Pourquoi n'écrit-il pas ça lui, l'auteur des *Flavescences?*

TOMBELAIN.

Faites-le pour la patronne.

D'ESTOMBREUSE.

Flûte !

LE METTEUR EN PAGES.

Alors, il n'y a pas de copie?

TOMBELAIN.

Si. Vous allez en avoir dans dix minutes

LE METTEUR EN PAGES.

Bien.

    Il sort.

TOMBELAIN.

Pingoux, faites ça. Vous direz que la poésie agonise, qu'il faut lui infuser un sang jeune... Que les poètes de métier encombrent le siècle...

D'ESTOMBREUSE.

Ça a déjà été dit...

TOMBELAIN.

Que les gens du monde, en venant à elle, lui apporteront le précieux appoint de leurs élégances et de la subtilité de leurs sentiments.

D'ESTOMBREUSE.

Parfait. Et je termine en annonçant un concours...

TOMBELAIN.

Tout juste.

D'ESTOMBREUSE.

Avec une églantine d'or comme prix?

TOMBELAIN.

Non. Vous n'annoncez pas de prix. On concourra tout

de même. Toutes les poésies « primées » seront publiées dans le numéro du 1er décembre.

D'ESTOMBREUSE.

C'est la dèche.

TOMBELAIN.

Vous mettrez en post-scriptum : Envoyez dix centimes par vers pour les frais de l'impression en un magnifique recueil qui sera vendu dix francs. Les manuscrits ne seront pas signés : ils porteront une devise, etc... Le nombre des vers n'est pas limité.

PINGOUX.

J'te crois!

D'ESTOMBREUSE.

En avant la musique!

Il sort à droite, premier plan.

TOMBELAIN.

Vous, Pingoux, faites cinquante lignes sur le cri dans la rue, que vous décriviez si bien tout à l'heure.

PINGOUX, *sortant.*

C'est moi qui aurais mieux fait de me taire.

DAVENAY.

Et moi?

TOMBELAIN.

Vous, faites une réclame en vers pour le savon de l'Éthiopie. On tâchera de les taper après-demain d'un louis, vous aurez cent sous.

DAVENAY, *sortant.*

C'est pas pour ça que j'avais accordé ma lyre!

SCÈNE IV

TOMBELAIN *seul, puis* **ALEXANDRE VEULE,** *puis*
CABÉREBAC.

TOMBELAIN, *s'asseyant au bureau.*

C'est égal, je ne moisirai pas ici, moi.

Entre Alexandre Veule.

VEULE.

Bonjour, Tombelain.

TOMBELAIN.

Bonjour.

VEULE.

Mademoiselle Vernier est là-haut?

TOMBELAIN.

Oui.

VEULE.

Et Tervaux aussi?

TOMBELAIN.

Non, tu peux monter...

VEULE.

Farceur, va!

Il sort.

TOMBELAIN, *seul.*

Et dire que Tervaux ne s'aperçoit de rien

Entre Cabérebac.

CABÉREBAC.

Monsieur! Monsieur!... Un...

TOMBELAIN.

Qu'est-ce qu'il y a?

CABÉREBAC.

Il y a la... là... dans l'antichambre...

TOMBELAIN.

Quoi?

CABÉREBAC.

Un abonné !

TOMBELAIN.

Nouveau?

CABÉREBAC.

Oh ! non.

TOMBELAIN.

Alors, envoyez à l'administration.

Fausse sortie de Cabérebac.

CABÉREBAC.

Voilà monsieur Tervaux.

Il sort. Entre Jacques Tervaux.

SCÈNE V

JACQUES, TOMBELAIN.

JACQUES *retire son pardessus et son chapeau qu'il accroche à une patère.*

Bonjour Tombelain !

TOMBELAIN.

Bonjour, ça va bien?

JACQUES.

Pas trop mal. (*S'approchant du feu et se chauffant les pieds.*) Le numéro est prêt?

TOMBELAIN.

Il est prêt,

JACQUES.

J'ai des lettres?...

TOMBELAIN.

Oui.

JACQUES.

Voyons. (*Il va à son bureau, prend les lettres, et revient les ouvrir près de la cheminée. Lisant.*) Qu'est-ce que cela veut dire? On a fait passer dans le dernier numéro une note désobligeante pour le docteur Meilleret?

TOMBELAIN.

Connais pas !...

JACQUES.

Voilà ce qu'il m'écrit : « Mon cher ami, on me montre le dernier numéro de ton journal, je ne puis pas croire que tu aies fait sciemment une infamie dont je suis la victime, j'irai causer avec toi ce soir. — MEILLERET ».

TOMBELAIN.

Je n'y comprends rien !

JACQUES.

Nous allons bien voir. (*Prenant un journal sur la cheminée.*) C'est le dernier numéro?... Oui... Voilà, parbleu ! c'est ignoble ! Qui est-ce qui a fait passer ça?

TOMBELAIN.

Ah ! il s'agit de cette note-là !... c'est madame.

JACQUES.

Vous êtes certain?...

TOMBELAIN.

Parbleu !

JACQUES.

C'est trop fort !

TOMBELAIN.

Vous n'avez plus besoin de moi?...

JACQUES.

Non !...

TOMBELAIN.

Je vous laisse. On vous verra ce soir à la brasserie ?

JACQUES.

Probablement. Au revoir !...

TOMBELAIN.

Au revoir !
Il sort.

SCÈNE VI

JACQUES *seul, puis* CABÉREBAC, *puis* LE CAISSIER.

JACQUES.

Pourquoi a-t-elle fait cela ?... Parbleu, c'est simple : elle sait que Meilleret continue à voir ma fille et ma femme, et elle veut me fâcher avec lui. Oh ! mais ça ne durera pas, cette vie-là !

CABÉREBAC, *entrant.*

J'ai fini de charger tout le papier. Il est parti !...

JACQUES, *distrait.*

C'est bon, (*Se reprenant.*) Quoi ? Qu'est-ce que vous dites ?...

CABÉREBAC.

Le papier... les deux cents rames... Tout ce qui restait !...

JACQUES.

Oui... Eh bien ?...

CABÉREBAC.

Parti... on est venu le chercher.

JACQUES.

On est venu le chercher ? Qui donc ? L'imprimeur ?

CABÉREBAC.

Mais non... les gens à qui l'on a vendu...

JACQUES.

On l'a vendu ?... Faites-moi venir le caissier tout de
suite...

CABÉREBAU.

Bien, monsieur. (*A part.*) Je crois que j'ai fait une
gaffe...

JACQUES, *seul.*

Il se trompe... Ce n'est pas possible qu'elle ait vendu
le papier... Pourquoi ?... Il est toqué !... Ah ! voilà Bernard !...

Entre Bernard, caissier.

JACQUES.

Qu'est-ce qu'on me dit, monsieur Bernard ?... le papier...

BERNARD.

Les deux cents rames... Tout ce qui restait, c'est parti.

JACQUES.

Comment parti ?...

BERNARD.

Vendu !...

JACQUES.

Vendu sur l'ordre de qui ?

BERNARD.

De madame. Ce n'est même pas une bonne affaire !

JACQUES.

Expliquez-vous !...

BERNARD.

Dame : vendre dix francs du papier qu'on a payé
quinze il y a un mois.

JACQUES.

On a vendu ce papier avec cinq francs de perte par
rame ?...

BERNARD.

Vous ne saviez pas ?... Il est vrai que notre acheteur a
donné les deux mille francs comptant !...

JACQUES.

A vous ?...

BERNARD.

Oui, seulement madame les a pris aussitôt...

JACQUES.

Ah !... C'est bien, laissez-moi.

BERNARD.

J'oubliais... on est venu dans la journée pour toucher la traite.

JACQUES.

La traite de quoi ?...

BERNARD.

Mais le prix de ce même papier acheté il y a un mois...

JACQUES.

Vous avez payé ?...

BERNARD.

Avec quoi ?... La caisse est tellement vide que les rédacteurs n'ont plus un sou d'avance !...

JACQUES.

Alors ?...

BERNARD.

Alors on a laissé une fiche, vous avez jusqu'à midi pour payer...

JACQUES.

Sinon ?...

BERNARD.

Sinon, c'est le protèt, et tout ce qui s'en suit.

JACQUES.

C'est bien, je paierai.

BERNARD, *à part, en s'en allant.*

Je n'y compte pas beaucoup.

JACQUES.

Monsieur Bernard ! Dites à Cabérebac qu'il prie madame de descendre.

CABÉREBAC, *entrant.*

M. le docteur Meilleret demande à parler à monsieur !...

JACQUES.

Faites entrer...

Cabérebac sort, Meilleret entre.

SCÈNE VII

JACQUES, MEILLERET

JACQUES, *allant à lui.*

Je sais ce qui t'amène, mon cher. Je suis désolé... La
note dont tu te plains a passé à mon insu, je t'en fais mes
excuses !...

MEILLERET.

Et après ?

JACQUES.

Après ?... que veux-tu de plus ?... Tu as été offensé, je
t'en exprime mes regrets !...

MEILLERET.

Et c'est tout ?

JACQUES.

Je ne puis t'offrir de plus qu'une réparation par les
armes... Tu y as droit.

MEILLERET.

C'est heureux !... Alors voilà notre situation. Tu m'as
outragé lâchement, moi, ton plus vieil ami... tu me fais
des excuses en l'air, et comme je ne m'en contente pas,
tu m'offres un duel... Je suppose que j'accepte ta proposi-
tion ?...

JACQUES.

Oui !...

MEILLERET.

J'apprends à ceux qui l'ignoraient que le monsieur visé dans ton journal, c'est moi !... Si une fois sur le terrain je te blesse, je n'en serai guère plus avancé. Si je suis blessé, j'aurai un ennui de plus. Moi, je n'ai pas besoin de réclame !...

JACQUES.

Alors fais-moi un procès !

MEILLERET.

Pour être éreinté par ton avocat et empocher cent francs de dommages et intérêts. Merci !...

JACQUES.

Que veux-tu que je te dise ?

MEILLERET.

Je voudrais bien, d'abord, que tu ne te moques pas de moi, et puisque tu n'as que ces réparations à m'offrir, j'aime autant te pardonner pour rien. Tu n'as pas su trouver un mot de sincère amitié, et tu m'as reçu comme un étranger. Je te plains d'être tombé là ou tu es.

JACQUES.

Je ne suis pas tombé. Je suis journaliste et c'est une profession dont n'importe qui peut s'honorer, et à laquelle chacun doit le respect.

MEILLERET.

Journaliste !... Toi ! Non tu ne l'es pas, je place le journalisme plus haut et c'est précisément parce que j'ai cette profession en grande estime que je la défends contre toi...

JACQUES.

Meilleret !...

MEILLERET.

Tu m'entendras. Le vrai journalisme c'est la voix de la conscience publique, écoutée avec intelligence et reproduite avec loyauté. Ce que tu fais, toi, ce que l'on fait ici :

la course à l'abonné, la chasse aux souscripteurs, la poursuite aux annonces, l'appât de la publicité offert aux poètes naïfs et aux mondains vaniteux, c'est peut-être du commerce... un commerce interlope, mais ce n'est rien de plus!... ça ressemble au journalisme, peut-être, comme la prostitution peut ressembler à l'amour!...

JACQUES.

Si c'est pour me débiter ces lieux communs et ces phrases banales que tu t'es dérangé... tu aurais aussi bien fait de rester chez toi...

MEILLERET.

En effet, si je n'avais eu que cela à te dire, je ne serais pas venu. Je t'apporte des nouvelles de ta femme et de ta fille.

JACQUES.

Parle!...

MEILLERET.

On t'a pleuré!... Louise a été malade gravement ; elle a failli en mourir.

JACQUES, ému.

Elle va mieux ?

MEILLERET.

Oui!

JACQUES.

J'en suis heureux. Et Gabrielle ?

MEILLERET.

Elle attend ton retour !...

JACQUES.

Pauvre petite !

MEILLERET.

Et elle m'a chargé de te le dire...

JACQUES.

Dis-lui que je ne cesse de l'aimer.

MEILLERET.

Viens le lui dire toi-même...

JACQUES.

Moi que je!... Sa mère ne me pardonnerait jamais.

MEILLERET.

Si, je te le jure!...

JACQUES.

Elle sait que tu es venu?

MEILLERET.

Elle le sait. Allons, mon ami, viens reprendre ta place
d'honnête homme...

JACQUES.

Il est trop tard ; je ne puis pas!

MEILLERET.

Réfléchis!...

JACQUES.

Je ne puis pas!

MEILLERET.

Pourquoi?

JACQUES.

Tu ne me comprendrais pas... Je ne puis pas!... va-
t'en!... adieu... plains-moi!...

MEILLERET.

Oui, je te plains, et de tout mon cœur... adieu!...
Il sort.

SCÈNE VIII

JACQUES *seul, puis* TOMBELAIN, PINGOUX, DAVENAY,
D'ESTOMBREUSE *et* DIVUIRE.

JACQUES, *seul.*

Ah! il faut que je l'aime bien, Emma, pour lui sacrifier

mon meilleur ami, après ma femme et mon enfant!... Le vide se fait autour de moi...

Entre Tombelain précédant Pingoux.

TOMBELAIN.

Dis donc, Tervaux!... il paraît que c'est fini, ton canard!...

PINGOUX.

On ne paraît plus?...

JACQUES.

Si, seulement nous sautons un numéro.

TOMBELAIN.

Nous n'avons plus un sou d'avance, il me faut deux louis!...

PINGOUX.

Et à moi cinq!...

JACQUES.

Attendez quelques jours... Demain... demain peut-être!...

TOMBELAIN.

Que tu dises cela à ton marchand de papier, que tu viens de rouler bien supérieurement...

PINGOUX.

Trop supérieurement pour que ça dure, même!

TOMBELAIN.

...Je veux bien, mais à nous...

PINGOUX.

S'il n'y a plus de galette, bonsoir!...

TOMBELAIN.

Bonsoir!

JACQUES.

Mes chers amis!...

PINGOUX.

Tes amis!...

TOMBELAIN.

On n'est pas tes amis, on est tes rédacteurs, et nous avons besoin d'argent...

JACQUES.

Vous pouvez bien...

DIVUIRE, *ivre, au dehors.*

Je veux entrer, nom d'un tonnerre, je veux entrer!

PINGOUX,

On dirait la voix de Divuire.

DIVUIRE, *de même.*

Je m'en fous!... je vous dis que je m'en fous.

TOMBELAIN.

Il est saoul!

DIVUIRE, *entrant de droite, retenu par d'Estombreuse et Davenay qui entrent avec lui.*

Voulez-vous me lâcher, bon Dieu! Lâchez-moi ou je vous crève.

D'ESTOMBREUSE, *le lâchant.*

Eh! après tout, fais ce que tu veux!...

Divuire est ivre... en désordre, l'air d'un fou. La jaquette ouverte, la cravate déchirée, le gilet déboutonné. Il se promène quelques instants dans la pièce, poussant des cris étouffés, trébuchant, imposant le silence.

DIVUIRE, *s'arrêtant devant Jacques et lui donnant la main.*

Bonjour, Jacques... Ta femme va bien? (*Aux autres.*) Eh bien! qu'est-ce que vous avez à me regarder comme ça?...

TOMBELAIN.

Voyons, Divuire, tu es saoul. Il faut rentrer chez toi.

DIVUIRE.

Chez moi! rentrer chez moi!... Jamais... tu entends; jamais! Je veux faire la noce pendant trois jours... pen-

dant huit jours... pendant un mois... Entends-tu, je veux
faire la noce tout le temps... Et puis ce n'est pas toi qui
m'en empêcheras !... D'abord je ferai ce que je veux...

PINGOUX, *bas.*

C'est rasant les hommes saouls !...

DAVENAY.

Voyons, Divuire !... tais-toi... Ta femme, comment va-
t-elle ?...

DIVUIRE.

Ma femme, oui... j'étais venu vous demander dix
francs, pour elle, pour les gosses, qui avaient faim,
on me les a donnés... et puis je me suis saoulé avec.
C'est pas ma faute, mon vieux !... Je te jure que ce n'est
pas de ma faute. (*Attendri.*) J'ai rencontré... chose... Il
me dit : Viens boire l'absinthe... je ne pouvais pas lui
refuser... et puis on a causé... Je me suis laissé entraîner...
J'ai payé des tournées... je ne sais plus à qui... Il me
reste quarante-trois sous. Les voilà, je n'en ai plus besoin.
(*Il tire la monnaie de sa poche et la jette.*) Maintenant, j'ose
plus rentrer.

Il tombe assis sur un fauteuil et sanglote sur une table.

TOMBELAIN.

Voyons, Divuire, du courage, mon vieux !

DIVUIRE.

Foutez-moi la paix, nom de Dieu ! foutez-moi la paix !...
Tas de ratés ! c'est vous qui m'avez mené là... oui, vous,
avec vos théories l'après minuit, avec vos principes à
rebours, avec votre bourgeoisie à l'envers, plus étroite et
plus bête que l'autre !... Je buvais vos paroles, idiot !...
j'écoutais vos préceptes, imbécile !... et j'étais seul à vous
prendre au sérieux, parce que vous, vous posiez pour le
scepticisme et l'étrange, comme d'autres posent pour la
foi et le comme il faut ! Avons-nous blagué les génies !...
les grands, les Musset et les Victor Hugo ! avons-nous bavé

sur les autres, sur tous ceux qui sont arrivés! Avons-nous ri!... non, mais avons-nous assez ri!... Dès qu'un de nous-mêmes... oui, un de nous, s'élevait au-dessus de la moyenne, réussissait, il était voué à nos blagues, on le déchiquetait à belles dents, l'ami d'hier, le philistin d'aujourd'hui... Vous avez bafoué tout ce que je respectais, l'amour filial, l'amour paternel, l'honneur et l'amitié même!... Ah! blagueurs! blagueurs! (*Riant.*) Ah! c'était drôle, votre fantaisie; seulement, vous auriez dû me prévenir que ce n'était qu'une fantaisie! Mais sans doute, ça ne vous suffisait plus, de vous mentir à vous-mêmes!... car vous n'êtes que des menteurs. Vous mentez quand vous parlez d'art... et vous mentez, quand vous formulez vos haines contre les autres, comme vous mentez, lorsque vous criez vos admirations mutuelles! vous n'êtes que des ratés. (*S'adoucissant tout à coup.*) Maintenant je vous vaux.

D'ESTOMBREUSE.

Regarde comme t'es. On t'a prêté dix francs, tout à l'heure; tu vas les boire, tu reviens saoul, et tu nous engueules.

DIVUIRE.

J'suis plein... Allons boire quelque chose.

TOMBELAIN.

Oui, allons boire quelque chose...

DAVENAY.

Ça vaudra mieux que de se dire des mots désagréables!...

PINGOUX.

Dis donc, Jacques?... tu sais qu'il nous faut de l'argent.

JACQUES.

Je n'en ai pas.

D'ESTOMBREUSE.

Comment, tu n'en as pas... Il nous en faut ou gare l'huissier, tu nous embêtes à la fin!

PINGOUX.

Parfaitement ! Ça veut faire le directeur...

JACQUES.

Dans une demi-heure, revenez, je vous en donnerai.

TOMBELAIN.

Eh bien, allons !

DAVENAY.

Dans une demi-heure !

D'ESTOMBREUSE.

Viens, Divuire, voilà ton chapeau.

TOMBELAIN, *en sortant.*

Et ne sois pas aussi raseur quand tu es saoul !
Ils sortent en causant.

SCÈNE IX

JACQUES, EMMA

JACQUES reste un moment seul, entre Emma.

EMMA.

Il paraît que tu veux me parler. Qu'est-ce qu'il y a ?

JACQUES.

Je vais te le dire...

EMMA.

J'écoute !...

JACQUES.

Ma chère amie, je ne voudrais pas qu'il y eût entre nous des scènes relativement à l'argent...

EMMA.

Moi non plus...

JACQUES.

Seulement, je suis forcé... n'est-ce pas; j'ai la direction du journal, alors...

EMMA.

Alors?...

JACQUES.

Je voudrais te demander : tu as vendu le papier?...

EMMA.

Oui, est-ce qu'il ne m'appartenait pas?...

JACQUES.

Si... je ne dis pas ça, tu comprends bien, ne te fâche pas... c'est seulement pour savoir...

EMMA.

C'est juste!... Il fait chaud ici!... Si tu ouvrais la fenêtre?...

JACQUES, *obéissant.*

Mais tu l'as vendu avec cinq francs de perte!... Par rame!...

EMMA.

Quoi donc?...

JACQUES.

Le papier...

EMMA.

Ah! oui, le papier!... Tu reviens toujours au papier.

JACQUES.

Tu as pris les deux mille francs?...

EMMA.

Tu le sais? oui...

JACQUES.

Nous ne pouvons pas tirer le numéro de demain.

EMMA.

Eh bien, il paraîtra avec un retard!...

JACQUES.

Mais le papier...

EMMA.

Toujours !...

JACQUES, *impatient.*

Il faut bien, tu ne me laisses pas parler...

EMMA.

Vas-y, je ne dis plus un mot !...

JACQUES.

Le papier que tu as vendu n'était pas payé, tu le sais ?...

EMMA.

Non, je l'apprends. Continue...

JACQUES.

On a présenté aujourd'hui une traite de trois mille francs... ce qu'il coûte.

EMMA.

Vraiment !... Ferme donc la fenêtre, ça fait un courant d'air !...

JACQUES, *obéissant.*

Voilà, tu as raison !... (*Revenant*). Il faut la payer demain matin !...

EMMA.

Quoi donc ? La traite !...

JACQUES.

Oui.

EMMA.

Eh bien, paie-la !...

JACQUES.

Il n'y a plus d'argent à la caisse...

EMMA.

Qu'est-ce que tu veux que j'y fasse ?...

JACQUES.

Nous ne devons pas que cela; c'est la faillite!

EMMA.

Tu feras dans le prochain numéro un article avec ce

titre... Enfin, nous avons fait faillite. Tu te plaindras de
l'indifférence du siècle pour la poésie... pour la tienne...

JACQUES.

Tu te moques de moi... Écoute! Nous avons acheté du
papier à terme. Nous le revendons comptant au-dessous
de sa valeur... c'est une escroquerie... Non seulement
c'est la faillite, mais c'est la prison pour nous!...

EMMA.

Pour toi!...

JACQUES.

Hein?

EMMA.

Oui, pour toi. Tu es le rédacteur en chef et le gérant;
tous les actes sont signés par toi, ça ne me regarde pas.

JACQUES.

Mais tu ne vas pas m'abandonner!... Tu as encore de
l'argent?...

EMMA.

Non!... et même si j'en avais, je ne le mettrais pas
dans le journal... Tu n'as pas su le faire vivre, il est
mort! Bonsoir!...

JACQUES.

Tu ne comprends pas, certainement tu ne comprends
pas. Après ce que tu as fait, si nous ne payons pas demain, nous sommes en faillite... Et la faillite, c'est la police correctionnelle...

EMMA.

Je n'y puis rien!

JACQUES, s'animant.

Et tu me réponds avec ce sang-froid!... Je suis à la
veille du suicide et cela ne t'émeut pas!...

EMMA.

Quand je pleurerais toutes les larmes de mon corps,
est-ce que cela changerait la situation?...

JACQUES, *allant à elle et la faisant se lever.*

Emma, prends garde! Avoue-le donc! tu ne m'aimes plus, et tu es heureuse de ce qui arrive, parce que tu veux me quitter...

EMMA.

Eh! non, je ne veux pas te quitter, pour le moment du moins... mais tu m'embêtes à la fin. Allons, lâche-moi les mains, tu me fais mal. Veux-tu me lâcher... (*Bas.*) espèce de brute!...

JACQUES.

Qu'est-ce que tu dis?...

EMMA.

Je dis que tu m'embêtes!... Eh bien oui, j'en ai assez de toi! Là, es-tu content?...

JACQUES.

Ainsi! J'ai abandonné mon foyer pour toi... J'ai quitté la plus aimante des femmes!...

EMMA.

Mais va la retrouver, ta femme!... Et fiche-moi la paix, va! va!... Je ne te retiens pas, la porte est ouverte...

JACQUES.

Rappelle-toi tous les sacrifices que j'ai faits pour toi...

EMMA.

Et moi?... Je t'ai fait imprimer tes *Flavescences.* C'est pas de ma faute si on n'a pas voulu t'acheter qu'à trois sous le kilo... pour faire des cornets!... J'ai mis trente mille francs dans le journal. Ils sont mangés... Qui est-ce qui en a profité? Toi!... Et puis, je t'ai fait avoir les palmes académiques au 14 juillet!...

JACQUES.

Et mon bonheur que j'ai perdu!... Et mon honneur!...

EMMA.

Ah! tu me fais rire!... Et si je te réclamais mon

argent?... Comment me le rendrais-tu?... Je te le donne...
Seulement ne m'agace pas avec ton honneur !...

JACQUES.

Que veux-tu dire ?...

EMMA.

Je dis que lorsqu'on accepte de l'argent d'une femme
dont on est l'amant, on n'a plus le droit de la faire au
gentilhomme éploré...

JACQUES.

Ne m'insulte pas maintenant, entends-tu, ne m'insulte
pas !...

EMMA.

Ah ! là ! là ! J'ai eu une belle idée le jour où j'ai accepté
de vivre avec toi !...

JACQUES.

Et moi donc !... Ah ! si c'était à refaire...

EMMA.

C'est peut-être moi qui ai été te chercher ! Il a fallu
que j'aie une rude envie de me venger de ta bête de
femme !

JACQUES.

Je te défends de parler de Louise de cette façon, elle
vaut mieux que toi !

EMMA.

Faut croire que non, puisque tu l'as quittée pour me
prendre...

JACQUES, *menaçant*.

Assez !

EMMA.

Ah ! tu ne vas pas me battre, ni me menacer ; c'était
bon dans le temps ça, avec l'autre !...

JACQUES.

Vois-tu, tu es une femme sans cœur, sans dignité, sans
pudeur !

EMMA.

Cause toujours, tu m'intéresses ; et toi, qu'est-ce que tu es donc ?...

JACQUES.

Je vaux mieux que toi, dans tous les cas !...

EMMA.

Il n'y a pas beaucoup de différence. Tu peux parler d'avoir du cœur, toi, oui... Quand on lâche sa femme et sa fille comme tu l'as fait, sans s'inquiéter si elles auront toujours du pain, on n'est qu'un drôle ! Entends-tu ! Un drôle !... Mais qu'est-ce que tu as donc de plus que moi ?... Ton honneur, je viens de t'en parler, et les juges t'en reparleront demain ou après !... Ton talent ! Ah ! malheur ! Tu as fait un ou deux bouquins quand tu étais jeune, et depuis, tu vis là-dessus... Tu es vidé... Un poète, toi !... Tu n'es qu'un arrangeur de mots. Un homme de talent, toi ! Tu n'es qu'un raté !...

JACQUES, *avec éclat.*

Et toi tu n'es qu'une fille ! Et les filles insolentes on a le droit de les gifler...

EMMA.

Ah ! pas de bêtises ! hein ?... ou j'appelle et je te fais chasser !...

JACQUES.

C'est moi qui te chasserai...

EMMA.

A ton aise !...

JACQUES.

Et où irais-tu ?... Qui est-ce qui voudrait de toi ?

EMMA.

Je ne serais pas embarrassée. Tu me pousses à bout. Eh bien, apprends ceci !... J'ai retrouvé mon mari !

JACQUES.

Alexandre Veule-Ducloux.

EMMA.

Oui, Ducloux... et je l'aime, et je l'aime, et je le lui ai dit, et il oubliera tout, je partirai avec lui... Et tout de suite... Bonsoir !...

Elle va pour sortir.

JACQUES.

Emma !... Emma !...

Il la ramène.

EMMA.

Qu'est-ce que tu veux ?...

JACQUES.

Attends ! attends ?... (*Un très long silence, un combat se livre au dedans de Jacques, puis d'une voix étranglée.*) Ah ! que je suis misérable ! (*La tête basse ; à Emma, sourdement, avec honte.*) Emma ! Je t'aime toujours et je ne veux pas que tu partes. T'es bien gentille.

Il tombe dans un fauteuil et éclate en sanglots.

EMMA, *entre ses dents.*

Ce sera plus facile !...

JACQUES, *se traînant à genoux.*

Pardon ! je te demande pardon !... Mais reste... Je suis fou de toi... Je t'aime... Emma ! pardon !... Tu ne réponds pas !... Aie pitié de moi, ne suis-je pas à plaindre ?... Je souffre au delà de tout... Je m'humilie... je suis lâche... je ferai ce que tu voudras... pardon !...

EMMA, *lui donnant une tape sur la joue.*

Allons, relève-toi, grande bête !...

JACQUES.

Oh ! comme tu es bonne ! C'est oublié, c'est fini !... Dis-moi que tu ne m'en veux pas !...

EMMA.

C'est entendu !... Mais qu'est-ce que tu vas faire ?

JACQUES.

T'obéir !...

EMMA.

Mais, demain ?

JACQUES.

Pour le papier ?...

EMMA.

Oui, pour le papier !...

JACQUES.

Je verrai...

EMMA.

Il faut voir tout de suite !...

JACQUES.

Oui, tu as raison... je vais arranger cela !

EMMA.

Si tu parlais au caissier ?... Il a peut-être de l'argent à recevoir demain...

JACQUES.

C'est ça !...

EMMA.

Va, rassure-toi... Je t'attends ici... Dépêche-toi...

JACQUES.

J'y vais. (*En sortant.*) C'est moi qui ai eu tous les torts... je le reconnais.

EMMA *va l'accompagner jusqu'à la porte. Après un temps.*

Cabérebac !

Entre Cabérebac.

CABÉREBAC.

Madame !...

EMMA.

Montez au galop chez moi... M. Alexandre Veule est là ; dites-lui de descendre immédiatement. Puis vous irez chercher une voiture, vite ! vite !

7.   4

SCÈNE X

EMMA, *seule,* puis ALEXANDRE VEULE.

EMMA, *elle va au bureau, s'assied et écrit, fermant*
l'enveloppe.

Voilà... (*Écrivant l'adresse.*) Monsieur Jacques Tervaux...
Qu'est-ce que fait Alexandre Veule?... Il n'y a pas de
temps à perdre. Le voici !

ALEXANDRE, *entrant.*

Qu'y a-t-il ?

EMMA.

Il y a que nous filons aujourd'hui, tout de suite. Je viens
d'avoir une scène avec Jacques... On va l'arrêter demain...
Tu vas rester là pour l'attendre. Ce ne sera pas long. Tu
lui diras que j'ai été chercher de l'argent pour le sauver...
Puis tu monteras dans ma chambre, tu prendras mes bi-
joux qui sont tout préparés dans le sac de voyage, et tu
viendras me retrouver à la gare Saint-Lazare au guichet
des grandes lignes, où je t'attends. Tu as compris?

VEULE.

Parfaitement !...

EMMA.

En descendant, tu remettras cette lettre au concierge...

VEULE, *prenant la lettre.*

Monsieur Jacques Tervaux... c'est son congé?...

EMMA.

Oui...

VEULE.

Tu m'aimes ?...

EMMA.

Je t'adore depuis que tu n'es plus poète...

VEULE.

Entendu...

EMMA, *à la porte, écoutant.*

Le voilà qui remonte, tout est raté !... non ! attends ;
parle-lui dès qu'il entrera.

*Elle se cache dans l'angle, de façon que la porte en
s'ouvrant la couvre. Jacques entre.*

VEULE, *allant à Jacques.*

Mon cher ami, une bonne nouvelle, écoutez !...

Il le fait descendre en scène, Emma sort sans être vue.

SCÈNE XI

TERVAUX, VEULE.

JACQUES.

Vous ici ! Où est Emma ?

VEULE.

Ma femme ! Ne soyez pas inquiet... Elle est allée chercher de l'argent pour vous... Plaignez-vous maintenant ;
l'avez-vous assez ensorcelée ! Ah ! si elle m'avait aimé
comme cela !... heureux mortel !...

JACQUES.

Mais comment se fait-il ?...

VEULE.

Que je sois ici ?... Je venais vous parler de votre numéro de demain... oui, je sais, il ne paraît pas... Aussi je
venais vous voir. J'entre... qu'est-ce que j'aperçois ?...
Emma... Mademoiselle Vernier en larmes criant : « Je
veux sauver Jacques, je le sauverai !... » Puis elle me
prend les mains en me disant : « Je n'ai jamais aimé que

lui !... Il lui faut de l'argent !... je lui en trouverai !...
attendez-le, dites-lui qu'il ait confiance, que je vais le
sauver !... » Elle est sortie un instant avant que vous n'en-
triez...

JACQUES,

Je vous remercie...

VEULE.

Vous n'avez plus besoin de moi ?... Adieu.

En sortant, il rencontre, à la porte, Cabérebac.

VEULE.

Vous donnerez cette lettre à M. Tervaux.

Cabérebac entre.

SCÈNE XII

JACQUES, *seul.*

CABÉREBAC, *entrant une lettre à la main.*

Maintenant que vous êtes seul, je viens vous dire que
je m'en vais.

JACQUES.

Pourquoi ?

CABÉREBAC.

Le journal ne paraît plus.. Je veux bien être garçon de
bureau, c'est littéraire ; mais domestique, jamais !

JACQUES.

Bien !

CABÉREBAC,

Maintenant, un conseil, le marchand de papier est en-
ragé. Filez, ou demain il vous fera cueillir par deux ser-
gots... Tenez, v'là une lettre.

Il sort.

SCÈNE XIII

JACQUES, *seul.*

JACQUES.

Une lettre d'Emma... (*Il lit.*) Allons, c'est le dernier coup... Elle me quitte... Tout le monde m'a bien abandonné... Qu'est-ce que je vais faire, moi ? attendre qu'on m'emmène au Dépôt, ma foi non !... (*Il va prendre son chapeau et son pardessus au fond et éteint le bec de gaz.*) Continuer à vivre... ça ne vaut pas la peine... Justement, il y a là... (*Il ouvre un tiroir de son bureau et y prend un revolver.*) C'est bien dit, bien entendu ?... Tiens, il n'y a pas de balles !... c'est vrai on les a toutes tirées l'autre jour en jouant. (*Il remet le revolver.*) Comment en finir... La Seine... il fait trop froid... et puis je nage un peu, ce serait trop long... (*Il va à la fenêtre et l'ouvre, sort sur le balcon et revient.*) Non, ça me fait peur et je pourrais me manquer ! Ah ! un accident serait le bienvenu... Si je tombais devant l'omnibus. Ma foi oui, c'est bien simple et commode !... (*Il endosse son pardessus, va éteindre la lampe qui est sur la cheminée, met son chapeau, prend sa canne, revient à son bureau, tire une cigarette de sa poche, l'allume à la lampe, puis éteint en disant.*) Allons, bonsoir la vie !...

Obscurité. Il sort par le fond. Un long silence, puis dans la rue un grand cri sourd.

RIDEAU.

BLANCHETTE

COMÉDIE EN TROIS ACTES

Représentée pour la première fois sur le THÉATRE-LIBRE
le 2 février 1892.

Reprise à la COMÉDIE-FRANÇAISE le 9 octobre 1903.

NOTE

Blanchette est celle de mes pièces qui a obtenu le plus de succès. Ce qui ne veut pas dire qu'elle soit la meilleure. Montée pour être jouée deux fois au Théâtre-Libre, elle fait maintenant partie du répertoire de la Comédie-Française (bien peu, mais tout de même); et, depuis vingt ans, elle a été jouée un peu partout.

Son troisième acte a une histoire.

J'écrivis Blanchette à Rouen, vers 1890, dans les loisirs que me laissait la rédaction en chef du Nouvelliste de Rouen.

A ce moment le Théâtre-Libre était dans sa période héroïque.

On s'y évertuait à protester contre le théâtre romanesque, romantique, conventionnel et douceâtre. On s'y évertuait avec excès. Ce n'est pas la première fois que, voulant redresser un arc, on lui a donné une mauvaise courbure dans l'autre sens. Lorsque je le pouvais, les soirs de première au Théâtre-Libre, je m'échappais de Rouen, et, après la représentation, j'accompagnais, dans quelque café, Antoine et ses amis. On y commentait les événements de la soirée. Lorsque le spectacle avait déchaîné des vociférations dans la salle, Antoine se réjouissait de la révolte des spectateurs : « Ils en bavaient! » disait-il, les yeux brillants de joie. Et on le croyait presque, les soirs de déroute, quand, dans un optimisme voulu dont il finissait peut-être par être dupe lui-même, il concluait : « En somme, bonne soirée pour le Théâtre-Libre! » Nous le regardions avec respect, comme on regarde quelqu'un qui possède un point de ressemblance avec la Providence, dont les desseins sont impénétrables.

Ma tournure d'esprit m'éloignait du pessimisme doctrinal et des violences de mots. Mais, dans ma province, j'étais tout de même un peu intoxiqué par l'air spécial que j'allais le plus souvent possible respirer au Théâtre-Libre, et, en écrivant le troisième acte de Blanchette, je voulus montrer à ces loups, dont la superbe et le talent m'en imposaient, que moi aussi, j'avais des dents. Entre les trois dénouements probables de ma pièce : rosse, amer et agréable, je choisis naturellement le premier. Mais, sur ces entrefaites, on représenta une très belle comédie, La Tante Léontine, dont la dernière péripétie était à peu près la même que la mienne, et j'écrivis le troisième acte « amer » qui a été représenté.

Quant à l'acte rosse, il est inédit, et on le lira plus loin.

A la première représentation, le père Rousset n'acceptait pas « l'argent du déshonneur »; Blanchette retournait à Paris, pour y continuer la fête, et c'est sur son dernier mot : « Gare aux jocrisses », que se baissait le rideau.

Il n'y eut qu'une voix, le lendemain, dans la critique, pour condamner ce troisième acte. Et il méritait tous les reproches qu'il m'a valus : je ne pouvais pas, moi-même, en douter après l'avoir vu à la scène. Je pensais donc à le refaire.

Comment j'ai été amené à écrire celui qu'on représente maintenant? Dans le feuilleton qu'il écrivit après une reprise de Blanchette à l'*Eden-Théâtre*, Francisque Sarcey, qui m'honorait de quelque sympathie, rapporte ainsi les conseils qu'il m'adressa :

« Quel succès vous auriez eu, si vous aviez consenti à refaire votre dernier acte ! C'est une pièce qui serait entrée naturellement dans le répertoire d'un théâtre de genre. Elle aurait eu ses cent représentations et durerait dix ans au moins.

« — Mais que vouliez-vous que je fisse?

« — Eh mais! ce qu'auraient fait vos devanciers. Vous mettiez en scène une jeune fille à qui son père et sa mère, gens de campagne et cabaretiers de profession, ont fait par gloriole donner une éducation au-dessus de sa condition. Elle conquiert son brevet, ils en sont très vains et attendent une nomination d'institutrice qui ne vient pas. Cependant elle reste dans sa famille : elle y est très malheureuse et rend ses parents très malheureux. Car ils ne comprennent pas et elle les prend en pitié, se croyant au-dessus d'eux. Vous avez très bien montré tout ce qu'il y avait de piquant tout ensemble et de douloureux dans cette situation. C'est un petit, mais excellent tableau de mœurs. Au bout du deuxième acte, vous n'aviez plus rien à ajouter à la peinture. Vous aviez dit sur le sujet, qui est intéressant et neuf, tout ce que vous aviez à dire. Il ne s'agissait plus que de trouver un dénouement. Mais le dénouement, c'est l'accessoire, en ces sortes de pièces. Pourquoi ne pas le faire agréable aux spectateurs? Votre Elise Rousset est au fond une bonne fille, elle avait été, au premier acte, demandée en mariage par un brave fils de paysan, qui l'aime bien, et qu'on avait refusé par vanité. Eh bien! donnez, ce qui n'est pas invraisemblable, à votre Élise un petit grain d'envie de se marier, un léger retour de bon sens, faites-moi une gentille scène d'amour et concluez vite. Tout le monde est content.

« — Mais ce sera faux, archifaux; c'est de la convention.

« — Avec ça que votre troisième acte n'est pas faux et archifaux aussi. C'est de la convention également; mais c'est de la convention « rosse » qui déplaît à tout le monde et compromet le succès. L'essentiel de votre thèse, c'est le premier acte et le second. Le dénouement, qu'importe! N'en faites pas si vous le préférez; mais si vous en faites un, ne le faites pas qui désoblige tous les spectateurs, qui les force, quand ils revêtent leurs paletots à la sortie, de s'écrier tous : « Ah! quel dommage! »

« Voulez-vous que je vous dise! Vous avez eu peur d'être blagué par quelques centaines de soi-disant réformateurs, qui n'aiment pas le théâtre, qui y vont comme des chiens qu'on fouette et n'y payent pas leur place. Eh bien! il faut, si l'on veut réussir, prendre résolument son parti d'être blagué par ces fumistes. »

Je mis bien longtemps à me convaincre que Sarcey avait raison, et je ne me décidai à écrire le troisième acte actuel, que lorsque les arguments ci-dessus eurent été recréés en moi, et se présentèrent comme si je les avais moi-même inventés.

Il se produisit alors, dans la critique, un phénomène qui ne laissa pas de m'égayer un peu. Subitement, le troisième acte amer, jadis tant vilipendé, prit des qualités. Il était le seul logique, et c'était par suite d'une vilaine concession au goût du public que je l'avais modifié. Que de horions je reçus ! Heureusement, ces coups sont de ceux auxquels je ne suis pas sensible. Ils ne m'ont jamais troublé et ne m'ont pas toujours nui. On peut me dire que le troisième acte actuel ne vaut pas grand chose. J'y consens. Je n'en suis pas fier. Il vaut ce que vaut un épilogue. La pièce est finie au baisser du rideau au second acte. La lutte a abouti à la fuite de Blanchette : elle est terminée. Ce n'est que pour satisfaire la curiosité sentimentale du public que l'auteur a dû dire ce que son héroïne était devenue après.

Mais si j'accepte les critiques adressées à la forme et à l'agencement de l'acte, je me regimbe contre celles qui consistent à dire qu'il n'est pas vrai. Des jeunes filles dans la situation de Blanchette, des jeunes filles quittant le toit paternel, en province, pour aller à Paris vivre par elles-mêmes, il y en a et il y en a beaucoup. Eh bien, nul ne peut contester que si parmi ces jeunes filles il en est qui tombent dans la galanterie, il en est d'autres qui n'y tombent pas, et parmi celles-ci, il en est que la vie a vaincues et qui reviennent chez leurs parents, humbles et se repentant de leur orgueil. Les deux cas sont également vraisemblables. La représentation du second est beaucoup plus agréable au public. Est-il donc défendu de chercher à lui faire plaisir, à ce bon public, lorsqu'il n'en coûte aucune capitulation de conscience, aucune atteinte à la vérité? Je ne le crois pas. Et s'il fallait me couvrir d'un exemple venant de haut, je rappellerais les deux dénouements de Maison de poupée, l'un cruel, l'autre consolant, dont Henrick Ibsen a autorisé la représentation.

A

ANDRÉ ANTOINE

———

Mon cher ami,

Pendant dix ans, j'ai promené des manuscrits dans tous les théâtres de Paris ; le plus souvent, ils n'étaient même pas lus.

Grâce à toi, grâce au Théâtre-Libre, je puis enfin apprendre mon métier d'auteur dramatique, et voici, en deux ans, la deuxième pièce que tu me joues.

Je tiens à t'en remercier publiquement.

BRIEUX.

2 Février 1892.

PERSONNAGES

	Théâtre-Libre.	Comédie-Française.
	Mlles	Mlles
BLANCHETTE	Dulac.	Piérat.
MADAME ROUSSET	Barny.	Kolb.
LUCIE GALOUX	Mœuris.	Geniat.
MADAME JULES	Garnieri.	Lherbay.
	MM.	MM.
ROUSSET	Antoine.	de Féraudy.
LE CANTONNIER	Gémier.	Truffier.
MORILLON	Pinsard.	Siblot.
AUGUSTE MORILLON	Laudner.	Fenoux.
M. GALOUX	Renard.	Garry.
GEORGES GALOUX	Tinbot.	Laumonnier.
UN VOITURIER	Verse.	Laty.
LE FACTEUR		Morière.
UN HUISSIER	Pons.	Arles.

De nos jours, en province.

BLANCHETTE

ACTE PREMIER

L'intérieur d'un petit cabaret de village.

A gauche, un comptoir, un peu surélevé, et sur lequel sont des bouteilles de liqueurs et des verres vides. Un guéridon au premier plan. Au mur, une étagère chargée de bouteilles. Une porte d'intérieur.

A droite, premier plan, une porte vitrée avec un rideau blanc, donnant sur la route.

Au milieu, un peu à droite, une table ronde couverte d'une toile cirée, et sous laquelle sont des tabourets de paille.

Aux murs : à celui du fond, un brevet d'institutrice, sous verre; un peu partout, des chromolithographies représentant les quatre saisons sous la figure de jeunes femmes blondes et brunes; l'affiche officielle de la loi sur l'ivresse publique, etc. — Les portraits de Carnot et du général Boulanger.

Au fond, deux fenêtres donnant sur la route. A ces fenêtres, des rideaux que des géraniums en pot écartent des vitres.

Septembre.

SCÈNE PREMIÈRE

ROUSSET, MADAME ROUSSET, MADAME JULES. *Madame Rousset, 50 ans. Jupe et corsage de reps gris; tablier bleu. Rousset, 60 ans : cheveux gris, glabre, teint coloré — en pantalon de drap gris, en gilet brun. Chemise de couleur en toile — une chaîne de montre en argent. Madame Jules, cuisinière de bonne maison. Robe noire, tablier blanc.*

Au lever du rideau, Rousset est sur la porte, fumant sa pipe.
Madame Rousset met des légumes dans le panier de madame
Jules.

MADAME ROUSSET.

Il n'y a personne à dîner chez tes patrons?

MADAME JULES.

Non.

MADAME ROUSSET.

C'est bien tout ce qu'il te faut alors? Tu sais, je n'ai pas
l'habitude... Nous ne vendons des légumes qu'à toi.

MADAME JULES.

C'est tout, la mère Rousset.

MADAME ROUSSET. *Elle dispose trois verres sur le comptoir*
et y verse de l'eau-de-vie. Appelant :

Allons, père, viens boire ça!

ROUSSET.

Allons-y. A la vôtre! (*Ils boivent.*)

MADAME JULES.

A la vôtre.

MADAME ROUSSET.

Il faut que j'inscrive. (*Elle ouvre un tiroir et en tire un*
carnet sur lequel elle écrit pendant ce qui suit.)

ROUSSET

Toujours contente, madame Jules?

MADAME JULES.

Toujours. Voilà vingt-cinq ans que je suis dans cette
maison, et vingt ans que mon mari y est cocher; alors,
c'est que nous y sommes bien.

ROUSSET.

Ça, c'est vrai... Comme le temps passe!

MADAME JULES.

Mon Dieu! oui. Je t'ai connue jeune fille, toi, Élisabeth.

MADAME ROUSSET.

Oui, nous étions déjà amies avant que ce beau garnement-là ne vienne ici m'enjôler...

MADAME JULES.

Mais oui. J'ai même été ta demoiselle d'honneur. J'ai quasiment vu naître ta fille, et je crois que je l'aime autant que toi. Ça en fait du temps, hein! ça en fait, des fois, que je serai venue ici acheter les provisions de M. Galoux!

ROUSSET.

Le voilà justement qui vient par ici, monsieur le conseiller général.

MADAME JULES.

Mon patron?

ROUSSET.

Mais oui.

MADAME JULES.

Je me sauve. (*Elle finit de boire.*) Au revoir, Elisabeth. Au revoir, père Rousset...

ROUSSET, MADAME ROUSSET.

Au revoir, madame Jules.

Elle sort.

MADAME ROUSSET.

Il rentre au château, M. Galoux?

ROUSSET.

Probable.

MADAME ROUSSET.

Appelle-le.

ROUSSET.

Pourquoi faire?

MADAME ROUSSET.

On lui dira toujours un mot pour ta fille, ça ne peut pas faire de mal.

ROUSSET.

Il ne nous écoutera point.

MADAME ROUSSET.

Si donc.

ROUSSET.

Tu crois ça, toi?

MADAME ROUSSET.

Dame, dans trois mois, il se présentera pour être député...

ROUSSET.

T'as raison. Tais-toi, le voilà. (*Haut.*) Bonjour, monsieur
Galoux ! Votre cuisinière sort d'ici.

SCÈNE II

ROUSSET, MADAME ROUSSET, MONSIEUR GALOUX.

*M. Galoux, 55 ans, en veston et chapeau mou, grisonnant,
paraît à droite.*

MONSIEUR GALOUX, *donnant une poignée de main
à Rousset.*

Oui, je l'ai vue. Eh bien! ça va-t-il comme vous voulez,
père Rousset?

ROUSSET.

Ça va bien tranquillement. Entrez donc, monsieur
Galoux, entrez donc.

MONSIEUR GALOUX.

Avec plaisir. (*A madame Rousset.*) Bonjour, madame
Rousset,

MADAME ROUSSET.

Bonjour, monsieur Galoux.

Rousset a fermé la porte.

ROUSSET.

Là ! Asseyez-vous. (*Il tire son tabouret de sous la table ronde.*) Il fait bon ce matin.

MONSIEUR GALOUX.

Mais oui.

MADAME ROUSSET.

Qu'est-ce qu'on peut vous offrir ?

MONSIEUR GALOUX.

Oh ! merci, je ne prends jamais rien avant déjeuner... Ça va-t-il, le commerce ?

MADAME ROUSSET.

Vous savez, le débit ne rapporte pas beaucoup. Il y a des jours où nous ne voyons personne. Heureusement que Rousset travaille à notre terre...

ROUSSET.

Et encore qu'on a bien du mal. Une terre que nous avons achetée dans le temps, quand le commerce allait bien ; nous avions le bureau de tabac alors ! On nous l'a enlevé pour le donner au patron de l'autre débit... parce qu'un ancien ministre est venu demeurer dans une maison où son cousin est concierge à Paris. Ah ! ça ne va plus guère !

MADAME ROUSSET.

Mais ce n'est pas pour cela que le temps nous dure.

MONSIEUR GALOUX.

Pourquoi vous dure-t-il ? racontez-moi cela...

MADAME ROUSSET.

C'est pour Blanchette .. pour Élise... pour notre fille enfin. Quand elle était petite, elle était toute pâle, alors, on l'appelait Blanchette et le nom lui est resté... C'est pour elle que...

ROUSSET.

Mais oui ! Voyons, monsieur Galoux, on est toujours à

parler du gouvernement... vous devez savoir cela, vous qui allez être député...

MONSIEUR GALOUX.

Oh! vous allez bien vite...

ROUSSET.

Bien vite! Je vous le dis, moi... Et quand le père Rousset dit quelque chose, c'est comme si le notaire y avait passé... Je ne suis pas une fichue bête! Je n'ai pas été à l'école, c'est vrai; c'est tout juste si je sais lire et écrire, mais il y en a encore plus d'un à qui j'en remontrerais... Eh bien! pourriez-vous me dire à quoi ça sert que le gouvernement ait délivré ce papier-là à notre enfant? *(Il va au fond, monte sur un banc et décroche le brevet sous verre qui était suspendu au mur.)* Il y en a pourtant, des cachets et des signatures. Tenez, vous qui avez de bons yeux, lisez cela... moi, je vais chercher les miens.

Il va prendre ses lunettes sur le comptoir, les met et revient.

MONSIEUR GALOUX.

Qu'est-ce que c'est?... Ah! le brevet de capacité de votre fille.

ROUSSET.

Oui. Il est revenu ce matin de chez l'encadreur... On peut bien le mettre sous verre : il nous coûte assez cher, ce papier-là!...

MADAME ROUSSET.

Il n'y a que le bon Dieu qui le sait, combien il nous coûte.

ROUSSET.

C'est pourtant bien en règle... *(Lisant.)* « République française... Brevet de capacité pour l'enseignement primaire. Institutrices. Brevet supérieur... Vu le décret... Vu l'arrêté... Vu le procès-verbal... Vu le certificat... Délivre à mademoiselle Rousset Élise-Marguerite, le présent brevet. »

MONSIEUR GALOUX.

Oui, je vois.

ROUSSET.

Eh bien ! depuis six mois qu'on l'a trouvée bonne à être institutrice, pourquoi ne la prend-on pas?

MONSIEUR GALOUX.

C'est qu'il y en a d'autres à caser.

ROUSSET.

Qu'est-ce que ça peut me faire, les autres? Est-ce qu'il y en a de plus instruites que Blanchette? Mademoiselle Lucie, votre demoiselle, peut bien vous le dire puisqu'elle était dans la même pension.

MONSIEUR GALOUX.

Ma fille, en effet, me parle tous les jours de mademoiselle Élise qui est sa meilleure amie ; nous vous portons beaucoup d'intérêt, vous le savez. Je vous promets de dire un mot au préfet.

ROUSSET.

Oui... Il fera bien de se dépêcher, monsieur le préfet, parce que tout cela, vous savez, ces retards, ces... au point de vue politique, ça ne fait pas bon effet dans le canton. Je vous en parle, moi... c'est pour en causer... Seulement on se dit : Tout de même, on ne protège guère les ouvriers.

MONSIEUR GALOUX.

Je vous promets de m'en occuper.

ROUSSET.

Vous serez bien bon. Il faut que la jeunesse travaille. Si vous avez gagné votre fortune, vous, ce n'est pas en vous tournant les pouces, pas vrai, c'est en vendant des cuirs : en en vendant dur et ferme... Moi, je ne veux pas de paresseux dans ma famille.

MONSIEUR GALOUX.

Et vous avez raison... Dites à mademoiselle Élise qu'elle prenne patience...

MADAME ROUSSET.

Mais c'est qu'elle s'ennuie, la pauvre petite!

MONSIEUR GALOUX.

Lucie viendra la voir tout à l'heure.

ROUSSET.

C'est ça !

MADAME ROUSSET.

Et vraiment, vous ne voulez rien prendre? Pas même un petit verre de cognac?...

MONSIEUR GALOUX.

Non, non, merci. Je me sauve.

ROUSSET.

Alors, monsieur Galoux, on peut compter sur vous?

MONSIEUR GALOUX.

Oui, mais prenez patience.

ROUSSET.

Patience! Patience! C'est commode à dire. Avec tout ça c'est toujours l'ouvrier qu'est le dindon de la farce. L'État nous trompe.

MONSIEUR GALOUX.

Mais comment cela, voyons?

ROUSSET.

Du moment qu'il m'a poussé à donner de l'instruction à mon enfant en inventant des facilités, des concours, en distribuant des bourses, en faisant des promesses, il doit tenir sa parole. Jadis, j'ai écouté monsieur le maire ; je vous ai écouté, vous qui êtes dans la politique; vous m'avez excité à laisser Blanchette à l'école, en me faisant espérer un tas de choses, disant qu'elle gagnerait de l'argent, et patati et patata, lorsqu'elle aurait son brevet. Elle l'a aujourd'hui : alors, faut lui donner de quoi vivre et lui trouver une place. Et ce n'est pas une faveur que je demande, c'est ce que l'on me doit. Il y a un papier... (*Désignant le brevet.*) Le voilà. Il est échu : il faut payer !

MONSIEUR GALOUX.

Mais on ne peut pas donner une place à votre fille avant son tour. Les autres se plaindraient : ce serait une injustice.

ROUSSET.

Qu'est-ce que ça peut me faire ! Du moment que j'aurai mon dû ! Les affaires des autres ne me regardent pas. Qu'ils réclament... Qu'ils s'arrangent !

MONSIEUR GALOUX.

Je vous le répète, je verrai le préfet dès demain. Au revoir.

Il sort.

ROUSSET, MADAME ROUSSET.

Au revoir, monsieur Galoux.

ROUSSET, *après le départ de M. Galoux, en descendant.*

Il est bon !... Si c'était pour passer seulement selon notre droit, on n'aurait pas besoin de lui !

MADAME ROUSSET.

Parbleu !...

ROUSSET.

Elle n'est pas encore levée, Blanchette ?

MADAME ROUSSET.

Oh ! si ! je l'ai entendue marcher dans sa chambre il y a longtemps. (*A elle-même en sortant à gauche.*) Il faut tout de même que j'aille la réveiller, cette gamine-là... elle dormirait jusqu'à midi...

ROUSSET.

Moi, je vais raccrocher cela...

Il va suspendre le brevet encadré à la place où il était.
Entrent Morillon et son fils Auguste.

SCÈNE III

ROUSSET, MORILLON, AUGUSTE, MADAME ROUSSET.
*Morillon et Auguste reviennent des champs. En entrant, ils
portent la main à leur casquette. Ils vont ensuite s'asseoir à
une table et restent pendant un bon moment sans rien dire.*

ROUSSET.

Du café ?

MORILLON.

Du café.

ROUSSET, *prenant les tasses et le sucre sur le comptoir.*

Apporte le café, la bourgeoise.

MORILLON, *à Rousset qui pose les tasses sur la table.*

Vous n'en prenez point ?

ROUSSET.

Tout de même.

Il apporte une tasse pour lui et s'assied.

MADAME ROUSSET, *versant le café.*

V'là du beau temps...

MORILLON.

C'est du beau temps pour travailler.

Madame Rousset sort.

ROUSSET.

Voyons ! est-ce aujourd'hui que nous allons nous entendre pour c'te fameuse terre ?

MORILLON.

Elle vous tient toujours à cœur?

ROUSSET

Dame! Je la borde de trois côtés. Elle me gêne. Si elle était à moi, je pourrais tracer un sillon, d'un seul trait, long comme d'ici à l'église. Ça serait amusant ça!... Voilà bien dix ans que je veux vous l'acheter.

MORILLON.

Nous ne sommes point pressés...

ROUSSET.

Si vous voulez, je vous l'échange contre ma pièce qui est au bord de la rivière et qui est quasiment plus grande... J'ai dit « quasiment ». Qu'est-ce que ça peut vous faire, à vous qui êtes charron de votre métier, et qui ne travaillez la terre que par-ci par-là, le matin ou le dimanche, avec votre gars? Celle que je vous propose est plus près de votre atelier.

MORILLON.

Vous en avez bien envie, donc?

ROUSSET.

Mais non, c'est dans l'intérêt de tout le monde. La goutte, hein? Donne-nous la goutte, toi, là vieille.

Auguste va au brevet et le regarde.

AUGUSTE.

Père?

MORILLON.

Qu'est-ce que c'est?

AUGUSTE.

Le brevet.

MORILLON, *bas à son fils.*

C'est vrai, alors?

AUGUSTE, *bas.*

C'est vrai. Dis-le, père, que je veux l'épouser.

MORILLON.

Minute ! (*Haut, à Rousset.*) Alors, Blanchette sera institutrice... comme mademoiselle Dumesnil?

ROUSSET.

Dame... c'èst écrit là-dessus... et signé par lé gouvernement .. Tu sais lire, pas vrai, Auguste?

MORILLON.

Cette bêtise ! Il a été à l'école jusqu'à douze ans et il a passé un an au régiment. Il est revenu caporal, vous le savez bien.

ROUSSET.

Bien, qu'il lise.

MORILLON.

Faut qu'elle soit instruite, tout de même !

ROUSSET.

Qu'elle l'est un peu, oui. Je ne sais pas ce qu'elle ne sait pas. Sa maîtresse a dit qu'elle n'avait plus rien à lui apprendre. Et avant-hier, il y a l'instituteur qui était là, il a voulu causer politique avec elle. Elle lui a fermé le bec, ça n'a pas été long.

MORILLON.

A l'instituteur?

ROUSSET.

Pourquoi pas? Est-ce parce qu'elle est la fille au père Rousset qu'elle ne peut pas être savante? Mademoiselle Galoux n'est que la huitième du canton. Et la nôtre, savez-vous la combien qu'elle est?

MORILLON.

Non.

ROUSSET.

Elle est la troisième...

MORILLON.

La troisième !... est-ce qu'elle gagne, maintenant?

ROUSSET.

Non. Elle gagnera quand elle aura sa place.

MORILLON.

Oui, mais quand ? Voilà !

ROUSSET.

Quand ! Quand !... Demain si nous voulions ! Le préfet
me faisait encore demander par M. Galoux, tout à l'heure,
si nous étions décidés. Je veux qu'elle se repose un peu...
Il n'y en a point treize à la douzaine, des pareilles, vous
savez.

Il rit.

MORILLON.

Je veux bien le croire.

ROUSSET, *allant à la table.*

La rincette, hein ? père Morillon.

MORILLON.

Ce n'est pas de refus. Dites donc, père Rousset... Je
reviendrai tantôt... J'ai quelque chose à vous dire.

ROUSSET.

Pour la terre ?

MORILLON.

Pour la terre et pour autre chose, peut-être.

ROUSSET

C'est ça... On tâchera de s'entendre... A tantôt. (*Ils sortent. Rousset va porter les tasses sales dans la pièce à gauche,
sans fermer la porte. A sa femme, au dehors.*) Et ta fille,
elle n'est pas encore levée ?

MADAME ROUSSET.

Elle est dans sa chambre, elle dessine.

ROUSSET, *criant.*

Eh ! Blanchette ! Ohé ! Blanchette ! Est-il fini ton bon-

homme?... (*À madame Rousset, après avoir écouté.*) Qu'est-
ce qu'elle dit?

MADAME ROUSSET, *au dehors.*

Elle dit qu'elle va descendre... qu'il est fini.

ROUSSET, *criant.*

Apporte ça ici, et je vas mettre mes lunettes... (*Il descend en scène et remet ses lunettes qu'il avait reposées sur le
comptoir. — Il retourne à la porte de gauche.*) Eh bien!
C'est-y pour aujourd'hui ou pour demain?...

BLANCHETTE, *entrant avec des dessins.*

Voilà, père.

ROUSSET.

Arrive un peu ici.

SCÈNE IV

ROUSSET, BLANCHETTE, *puis* MADAME ROUSSET. *Blanchette a vingt-et-un ans. Cheveux châtains, ni jolie ni
laide. Vêtue très simplement, mais avec une certaine coquet-
terie.*

ROUSSET.

Voyons! (*Il va à la fenêtre et regarde le dessin.*) Mais c'est
le modèle, ça?

BLANCHETTE.

Pas du tout. Le voilà, le modèle.

ROUSSET.

On les mettrait à côté l'un de l'autre qu'on ne saurait
pas les reconnaître... Tiens... là. — (*Il les met sur la
table.*) Attends un peu... (*Criant.*) Eh! la bourgeoise? (*A
Blanchette.*) Ne lui dis rien. On va lui demander lequel
est le modèle... Viens par ici, la mère...

MADAME ROUSSET, *du dehors.*

Moi je suis en train de laver les verres...

ROUSSET.

Ça ne fait rien. Arrive tout de même. Je parie qu'elle ne saura pas lequel qu'est le modèle.

Entre Mme Rousset, les manches retroussées et s'essuyant les mains à son tablier bleu.

MADAME ROUSSET.

Qu'est-ce qu'il te faut ?...

BLANCHETTE.

Maman me l'a vu faire : elle va deviner.

ROUSSET.

Sapristi, c'est vrai ! (*Regardant dans la rue, à travers le vitrage.*) Qui est-ce qui passe là ?...

BLANCHETTE.

C'est Bonenfant, le cantonnier...

ROUSSET, *criant.*

Eh ! Bonenfant... Viens par ici.

Il va à la porte.

BLANCHETTE.

Père ! Père ! Mais non, ce n'est pas la peine...

ROUSSET.

Laisse donc... Je te dis qu'il ne saura pas lequel...

BLANCHETTE.

Il n'y connaît rien...

ROUSSET.

Y a pas besoin de s'y connaître... (*Il ouvre la porte.*) Eh ! Bonenfant !... Viens par ici !

SCÈNE V

Les Mêmes, LE CANTONNIER.

LE CANTONNIER.

Qu'est=ce qu'il y a?...

ROUSSET, *aux siens.*

Chut! Dites rien, vous autres.

LE CANTONNIER, *portant la main à son chapeau.*

Serviteur.

ROUSSET.

Arrive un peu... Regarde ces deux images-là. Laquelle
que t'aimes le mieux?

LE CANTONNIER.

Qui c'est?

BLANCHETTE.

C'est Romulus.

LE CANTONNIER.

Connais pas.

ROUSSET, *éclatant de rire bruyamment.*

Ah! Ah! Ah! Il ne sait pas ce que c'est que Romulus!...
Il est mort, hein?

BLANCHETTE.

Oui, père.

ROUSSET.

Dis-lui un peu ce que c'était que Romulus...

BLANCHETTE.

Oh!... À quoi cela sert-il?

ROUSSET.

Ça sert à faire voir que tu n'es point une bête, et que

je n'ai pas perdu mon argent, à t'envoyer à l'école jusqu'à vingt ans... Dis-lui ce que c'est que Romulus...

BLANCHETTE, *d'un ton naturel.*

« Romulus est considéré comme le fondateur de Rome. L'an 776 avant notre ère, Numitor, roi ou dictateur d'Albe-la-Longue, fut détrôné par son frère Amulius. Sa fille Rhéa Sylvia, mise au rang des vestales, vierges consacrées au culte divin, devint cependant mère de deux jumeaux : Romulus et Rémus... »

ROUSSET, *qui a regardé sa fille avec admiration.*

Tu ne te doutais pas de ça? Eh bien, moi non plus... Elle n'est point tout à fait si bête que nous, tu sais?... L'autre jour, il y a l'instituteur qui a voulu causer politique, elle l'a boulé comme un lapin...

LE CANTONNIER.

Hein ! Les enfants d'aujourd'hui !...

ROUSSET.

Maintenant que tu connais le bonhomme, dis lequel que tu aimes le mieux... Chut !... Dites rien...

LE CANTONNIER.

J'aime autant l'un que l'autre...

ROUSSET.

Mais lequel qui est le modèle ?...

LE CANTONNIER.

Celui-là...

ROUSSET, *au comble de la joie.*

C'est celui de Blanchette !... Ah ! Ah ! Ah ! (*Il lui donne une grande claque sur l'épaule, de toutes ses forces.*) Ah ! Ah ! Mon vieux, si tu veux en savoir faire autant avant de mourir, faut te dépêcher d'aller à l'école !...

LE CANTONNIER, *riant aussi.*

Pour sûr !... Ben, Blanchette, quand tu courais dans les chemins et que je te traînais dans ma brouette, je ne me serais jamais douté... Te souviens-tu bien de moi au moins ?

BLANCHETTE, *un peu embarrassée.*

Certainement, monsieur...

LE CANTONNIER.

Ah ! « monsieur ! » Tu ne me disais pas monsieur, quand tu me grimpais sur les épaules, ou que tu montais aux arbres pour dénicher des nids comme un garçon... T'avais pas peur qu'on voie tes mollets à ce temps-là ! (*Il éclate de rire ainsi que Rousset et madame Rousset, Blanchette sourit seulement.*) Maintenant, la v'là comme une princesse... Tu te rappelles, dans le clos Guimbard, quand le garde te courait après, pour avoir volé des pommes...

BLANCHETTE, *souriant.*

... Avec son chien Pataud...

LE CANTONNIER.

Tu te souviens de Pataud... il est mort. Allons, je me sauve, parce que si on se met à parler de Pataud, je serai encore là demain... Bonsoir la compagnie...

Il sort.

ROUSSET.

Bonsoir, père Bonenfant... Il a toujours pas su lequel qu'était le modèle.

SCÈNE VI

ROUSSET, BLANCHETTE, MADAME ROUSSET.

MADAME ROUSSET.

Il faudra le faire encadrer.

ROUSSET.

C'est ça. On le mettra à côté de son brevet... Ah! à propos, j'ai vu M. Galoux, ce matin.

BLANCHETTE, *inquiète.*

Est-ce que Lucie ne va pas venir aujourd'hui?

ROUSSET.

Si... Ne pleure pas... (*Sans méchanceté.*) Hein, ta Lucie! tu ne peux pas t'en passer. C'est malheureux que vous ne puissiez pas vous marier ensemble...

MADAME ROUSSET.

Vous en êtes, une paire d'amies, toutes les deux!

BLANCHETTE, *avec sincérité mais simplement.*

Oui, je l'aime bien!

ROUSSET.

Son père m'a dit qu'il parlerait pour toi au préfet, pour la place d'institutrice.

BLANCHETTE. *Elle joue machinalement avec le dessin de Romulus.*

Ah!

MADAME ROUSSET.

N'abîme pas ton dessin. Tu seras bien contente de l'avoir, lorsque tu seras mariée, pour orner ta chambre.

BLANCHETTE.

Quand je serai mariée... j'aurai des tableaux autrement beaux que ça, dans mon salon...

ROUSSET.

Dans ton salon?

BLANCHETTE.

Oui, je veux un salon comme celui de M. Galoux. Et puis une chambre Louis XV, un lit de milieu.

ROUSSET

Mazette! en voilà des rêves!

BLANCHETTE.

Oh! j'en ai bien d'autres.

MADAME ROUSSET.

Lesquels?

BLANCHETTE.

Une masse. D'abord, j'habiterai Paris.

MADAME ROUSSET.

Pourquoi?

BLANCHETTE.

Je n'aime pas les paysans... Je veux dire... la campagne. Je n'aime pas la campagne. Alors, j'habiterai Paris l'hiver. Ensuite, je voyagerai...

ROUSSET.

Elle va! Elle va! Mais ça, ma pauvre Blanchette, ça ne se paye pas avec des noyaux de pêche.

BLANCHETTE.

Je le sais bien. Je serai riche.

ROUSSET.

Comment?

BLANCHETTE.

Mon mari le sera.

MADAME ROUSSET.

Et tu crois qu'il viendra te chercher chez le père et la mère Rousset, débitants et cultivateurs?

BLANCHETTE.

Pourquoi pas?

MADAME ROUSSET.

Tu te mets des idées dans la tête à te rendre malheureuse plus tard...

BLANCHETTE.

Qui sait!... madame Dubarry a été marchande de pommes de terre frites et Rachel a chanté dans les cours...

MADAME ROUSSET.

Je n'en sais rien, mais...

ROUSSET.

Laisse-la donc bâtir ses châteaux en Espagne. Cette petite, ça lui fait plaisir... Mieux vaut dire cela que du mal de son prochain.

BLANCHETTE.

M. Galoux n'a pas dit à quelle heure Lucie viendrait?

ROUSSET.

Non.

Blanchette va à la porte et regarde dans la rue.

MADAME ROUSSET, *bas à son mari.*

Tu n'as pas remarqué une chose, toi?

ROUSSET.

Non.

MADAME ROUSSET.

Quelque chose qui m'a fait de la peine?

ROUSSET.

Non.

MADAME ROUSSET.

Quand elle disait ce qu'elle ferait, une fois mariée...

ROUSSET.

Eh bien?

MADAME ROUSSET... *très détaillé.*

Elle nous a oubliés. Elle ne disait rien pour nous. On croirait qu'à ce moment-là, elle ne nous reconnaîtra plus... Rousset... j'ai peur que maintenant, ta fille ne soit trop instruite pour nous...

ROUSSET, *riant.*

Ah! ah! la mère! Tu voudrais aller dans les salons, avec les belles madames... Mais, ma pauvre femme, de quoi aurions-nous l'air... Nous ne sommes que des paysans... Ah! tu voudrais faire des révérences sur des parquets cirés, et puis avoir des chapeaux de quarante francs et des robes de soie !... C'est pas pour nous, tu sais bien, ces affaires-là... C'est bon pour Blanchette, qui sait parler et se tenir. Tout ce que nous pouvons demander au bon Dieu, c'est d'être bien portants et d'avoir du travail jusqu'à la fin de nos jours.

BLANCHETTE, *descendant, à elle-même.*

On ne la voit pas, mais elle ne peut pas tarder.

ROUSSET, *riant toujours.*

Sais-tu ce qu'elle disait, ta vieille bonne femme de mère... Elle disait qu'elle voudrait s'asseoir dans tes fauteuils dorés, et puis faire la dame... Ah! ces messieurs ne se moquaient point de toi, non!

MADAME ROUSSET.

Je ne disais pas cela... Seulement tu n'as pas prononcé un mot pour nous, dans tes projets.

BLANCHETTE.

Moi, je... Oui... mais... mais si... vous aurez une belle maison de campagne...

ROUSSET.

Là.... tu vois, la mère!... Et toute la journée, nous la passerons à nous tourner les pouces!... Rien!... on ne fera rien. Moi je veux avoir un domestique pour m'apporter mon mouchoir...

Il rit.

BLANCHETTE.

C'est ça. Tu devrais bien aller te changer... à cette heure-ci, tu n'es pas débarbouillé, ni rasé.

ROUSSET.

Bah! je suis bien assez beau pour rester ici...

BLANCHETTE.

Lucie va venir, avec M. Georges, peut-être...

ROUSSET.

Il sait bien ce que c'est que des paysans...

BLANCHETTE.

Ça ne fait rien...

ROUSSET.

Tu y tiens?... Allons, on y va... Je vas me faire beau comme un ministre.

Il sort à gauche.

SCÈNE VII

BLANCHETTE, MADAME ROUSSET.

BLANCHETTE.

A quelle heure doit-elle venir, Lucie?

MADAME ROUSSET.

Je ne sais pas.

BLANCHETTE, *allant à la porte.*

On ne la voit pas?... Si! c'est elle qui vient là-bas... Avec M. Georges... (*Redescendant.*) Il faut cacher cela.

Elle roule son dessin et le modèle.

MADAME ROUSSET.

Au contraire, laisse-le. M. Georges le verra...

BLANCHETTE.

Non, non. (*Baissant les manches de sa mère.*) Baisse tes manches... Ton tablier... Retire ton tablier...

MADAME ROUSSET.

On sait bien que nous ne sommes que des ouvriers...

BLANCHETTE.

Ça ne fait rien... (*Elle lui donne ses dessins.*) Tiens! emporte cela...

MADAME ROUSSET, *sortant à gauche.*

Je reviens tout de suite.

BLANCHETTE.

C'est cela. (*Elle tire de sa poche une petite boîte à poudre de riz dont le couvercle est une glace, se poudre légèrement, et arrange ses cheveux. — Seule.*) Oh! ma bonne petite Lucie, je t'aime bien... Et Georges... Georges... C'est bon, de dire son nom, tout court. (*Elle va au fond.*) Les voici...

Elle sort en courant, au-devant d'eux, et revient en embrassant Lucie. — Georges, vingt-quatre ans, costume de chasse, fusil, entre ensuite.

SCÈNE VIII

BLANCHETTE, LUCIE, GEORGES, puis MADAME ROUSSET.

BLANCHETTE, *embrassant Lucie.*

Que je suis contente de te voir!...

LUCIE.

Et moi!... Comment te portes-tu? Georges va à la chasse... Il m'a amenée.

BLANCHETTE.

Tu restes longtemps?

LUCIE.

Oui, Georges me reprend ici...

BLANCHETTE.

Quel bonheur!

GEORGES.

Et moi, on ne me dit pas bonjour, à moi?

BLANCHETTE.

Si! Si. Bonjour, monsieur Georges.

GEORGES,

Bonjour, mademoiselle Blanchette...

BLANCHETTE.

Je ne veux pas que vous m'appeliez Blanchette. Mon nom
est Élise.

GEORGES.

Bien, Blanchette.

BLANCHETTE,

Encore!

GEORGES.

Laissez-moi vous embrasser...

BLANCHETTE.

Du tout.

GEORGES.

Pour vous dire bonjour! Vous embrassez bien ma
sœur!...

Il l'embrasse par surprise.

BLANCHETTE,

Ah! Monsieur Georges! Lucie, fais-le finir...

LUCIE,

Georges, si tu n'es pas sage, je le dirai à maman.

GEORGES, *moqueur.*

J'vas l'dire à maman!

LUCIE.

Veux-tu finir!

GEORGES.

Je vous confie Lucie. Je vais voir dans le champ de
betteraves si on peut faire lever un perdreau, et je reviendrai la chercher. A tout à l'heure,

Il va pour sortir.

MADAME ROUSSET, *entrant.*

Monsieur Georges! (*A Blanchette.*) Comment, tu le laisses

partir comme ça sans lui faire rien prendre! (*A Georges.*)
Monsieur Georges... Qu'est-ce qu'on peut vous offrir?...

GEORGES.

Rien du tout, merci.

MADAME ROUSSET, *le prenant par le bras.*

Ah! par exemple! je voudrais bien voir cela... Venez,
venez...

BLANCHETTE.

Mais, maman... Si M. Georges ne veut pas...

MADAME ROUSSET.

C'est bon, c'est bon. Vous allez boire quelque chose.

BLANCHETTE, *la tirant par la jupe, bas.*

Maman !

MADAME ROUSSET.

Laisse donc! Un grand garçon comme ça! il n'a pas
peur d'un verre d'eau-de-vie.

GEORGES.

Je n'ai pas soif, je vous assure...

MADAME ROUSSET, *versant un petit verre d'eau-de-vie.*

Il n'y a pas besoin d'avoir soif pour avaler ça... Ça vous
donnera des jambes... (*Prenant avec ses doigts un morceau
de sucre et le mettant dans le verre.*) Avec un bout de
sucre...

BLANCHETTE.

Oh! maman ! avec tes doigts !

MADAME ROUSSET.

Bah! j'ai les mains propres...

GEORGES.

Mais oui, ça ne fait rien.

Il boit.

MADAME ROUSSET.

Tu vois bien! Il n'est pas si difficile que toi.

GEORGES.

Pristi, c'est raide !

MADAME ROUSSET.

Ça fait du bien par où ça passe, hein ! Eh bien ! Bonne
chance !

BLANCHETTE.

Il ne faut jamais souhaiter bonne chance aux chasseurs.
Ça porte malheur !

GEORGES.

Non. Plus maintenant. Allons, à tantôt !...

MADAME ROUSSET.

Au revoir, monsieur Georges.

Il sort.

BLANCHETTE, *à sa mère, bas, doucement.*

Pourquoi n'as-tu pas retiré ton tablier ?...

MADAME ROUSSET.

Bah ! Il n'y a pas de déshonneur à porter un tablier...

BLANCHETTE, *avec amertume.*

Puis, je t'avais déjà dit que ce n'était pas comme il
faut de forcer les gens à boire malgré eux.

MADAME ROUSSET.

Ah ! ma foi, je n'y ai plus pensé.

BLANCHETTE, *sans dureté.*

C'est ennuyeux.

MADAME ROUSSET.

Je me sauve. Comme ça, je ne dirai plus de bêtises.

BLANCHETTE.

Maman, maman, tu ne m'en veux pas... de te dire
cela ?

MADAME ROUSSET.

Mais non... C'est à moi que j'en veux.

Elle sort.

SCÈNE IX

BLANCHETTE, LUCIE.

BLANCHETTE, *à Lucie, qui lisait un journal ramassé sur une table.*

Viens que je te débarrasse, mon beau chéri... Attends que je retire l'épingle... (*Elle lui ôte son chapeau et sa voilette.*) J'aime te servir. Je voudrais être ta femme de chambre.

LUCIE.

Non, c'est moi... |Je suis contente de te voir. (*Elle l'embrasse.*) J'en ai des choses à te raconter !

BLANCHETTE.

Et moi donc !

LUCIE.

Eh bien ! commence.

BLANCHETTE.

Non. Toi.

LUCIE.

Installons-nous, d'abord.

BLANCHETTE.

As-tu apporté ton ouvrage?

LUCIE.

Oui. J'ai appris un point de crochet nouveau.

BLANCHETTE.

Quel bonheur! Tu vas me le montrer.

LUCIE.

Où nous mettons-nous ?

BLANCHETTE, *désignant la table ronde.*

Là.

LUCIE.

Non. Veux-tu ? Là, dans le comptoir.

BLANCHETTE.

Oh! ma chère !

LUCIE.

Mais, ma chère, ce sera tellement amusant... On aura l'air de jouer à la marchande.

BLANCHETTE.

C'est cela.

Elles s'installent.

LUCIE.

On est très bien.

BLANCHETTE, *la regardant.*

Tu n'es pas coiffée comme d'habitude.

LUCIE.

Parce que je n'ai pas fait ma torsade ? Ça ne se porte plus.

BLANCHETTE.

Ah! je changerai aussi, moi. Tu es mieux... Voyons, qu'est-ce que tu as à me raconter ?

LUCIE.

Moi, rien.

BLANCHETTE.

Tu disais, tout à l'heure...

LUCIE.

Oui, mais je ne me rappelle plus. Et toi ?

BLANCHETTE.

Rien non plus. Si : je m'ennuie, quand tu n'es pas là. Comme à la pension. Te rappelles-tu ?

LUCIE.

Oui.

BLANCHETTE.

Tu me battais, quelquefois.

LUCIE,

Moi !

BLANCHETTE.

Ne t'en défends pas : j'étais contente, Te souviens-tu quand nous nous sommes connues ?

LUCIE,

Non.

BLANCHETTE.

Tu étais un peu plus grande et plus forte que moi, Tu t'es approchée de moi un jour, sans prononcer un mot, tu m'as pris des bonbons que ma mère m'avait apportés, et tu les as jetés dans le ruisseau du jardin... Je n'ai rien osé te dire. Alors, tu m'as pincée... très fort. J'ai pleuré, mais je ne t'en voulais pas... Le lendemain, tu m'as embrassée en m'apportant des friandises. J'étais bien contente. Et tour à tour, tu me martyrisais et me caressais. C'était délicieux.

LUCIE.

Tu es bonne comme un ange.

BLANCHETTE.

Je me 'serais laissé faire, toujours. Je te savais riche, j'avais vu la voiture de ton père, et tu me paraissais appartenir à un monde à part si luxueux, si beau... et si loin de moi.

LUCIE.

Folle !

BLANCHETTE.

Mais ne parlons plus de cela. Où as-tu été, depuis l'autre jour ? Qui as-tu vu?

LUCIE,

Oh ! ma chère, nous avons été en soirée chez le comte de Bellerive...

BLANCHETTE,

Vraiment ! Tu lui as parlé ?...

LUCIE.

Parbleu.

BLANCHETTE.

Comment est-il ? Grand, les cheveux blancs, la barbe blanche, les yeux vifs, distingué...

LUCIE.

Du tout : petit gros, chauve et bégayant.

BLANCHETTE.

Oh ! c'est malheureux !

LUCIE.

Pas du tout.

BLANCHETTE.

Tu as dansé ?

LUCIE.

Toute la nuit. Ma chère, avec des barons, des vicomtes, des marquis... Il y avait le marquis de Hautfort... tu sais...

BLANCHETTE.

Celui qui est si riche ?

LUCIE.

Oui.

BLANCHETTE.

Es-tu heureuse ! Et Georges, a-t-il dansé ?

LUCIE.

Non.

BLANCHETTE.

Quelle chance ! Penses-tu qu'il m'aime ?

LUCIE.

Je le crois.

BLANCHETTE.

Quel bonheur ! Il ne t'en a jamais parlé ?

LUCIE.

Non.

BLANCHETTE.

Toi, tu ne lui en as jamais rien dit non plus ?

Rien de positif.

BLANCHETTE.

Cela ne fait rien. Lis-tu les feuilletons de l'*Indépendant ?*

LUCIE.

Non.

BLANCHETTE.

Moi, je lis tous ceux qui me tombent sous la main. Dans celui de l'*Indépendant*, il y a un jeune homme et une jeune fille qui s'aiment, comme cela, et qui meurent, ma chère, sans se l'être dit. C'est très beau.

LUCIE.

Tu ne mourras pas, toi, ma chérie, et tu épouseras mon frère. Je te l'ai promis, je tiendrai ma parole.

BLANCHETTE.

Comme je t'aime ! Songe donc, si je devenais sa femme, comme nous serions heureuses toutes les deux ! Nous ne nous quitterions plus !

LUCIE.

Tu sais que Georges a plaidé sa première affaire vendredi. Il a eu un acquittement. Son début a été très remarqué, et un greffier, qui s'y connaît, lui a prédit le plus bel avenir.

BLANCHETTE.

Il sera député.

LUCIE.

Oh ! cela, quand il voudra, dès qu'il aura l'âge. Tu comprends, avec la position de papa dans le canton... Le pays est tout à fait centre gauche.

BLANCHETTE.

Hum !... Le radicalisme... Mais peu importe. Une fois député il se fera vite connaître.

LUCIE.

Nous aurons un salon politique.

BLANCHETTE.

Et littéraire. Il me semble que j'y suis. Mon mari, à la cheminée, explique ses projets; il est entouré de messieurs graves qui l'écoutent avec respect. Toutes les deux, nous sommes en toilettes de bal, décolletées... Tu donnes des conseils, tu exposes tes idées, et moi, entourée de tout ce que la littérature compte d'hommes distingués, j'offre le thé à...

Le cantonnier est entré depuis quelques instants, sans que les jeunes filles l'aient vu.

LE CANTONNIER.

Bien! Blanchette, quand t'auras fini de jacasser, tu pourras donner une tasse de café à Bibi ?

SCÈNE X

LUCIE, BLANCHETTE, LE CANTONNIER.

BLANCHETTE, *un peu pincée.*

Si vous voulez vous asseoir, monsieur, je vais appeler maman.

LE CANTONNIER.

Ça me fait drôle que tu me dises monsieur... C'est pas ta mère que je veux, c'est une tasse de café...

BLANCHETTE.

Tout de suite.

Elle va à la porte de gauche.

LE CANTONNIER, *regardant Lucie.*

Tiens! C'est mademoiselle Galoux... Bonjour, mam'zelle.

LUCIE.

Bonjour, mon ami.

BLANCHETTE, *rentrant, sans dureté, un peu embarrassée,*
s'excusant.

Ma mère est sortie, monsieur. Si vous voulez repasser...

LE CANTONNIER.

Tu ne peux pas me servir ?...

BLANCHETTE.

Non. Je ne sais pas où sont les choses...

LE CANTONNIER.

Ah !... Alors, je vais à l'autre débit... Tout de même, c'était pas la peine que ton père t'envoie aussi longtemps à l'école pour que tu soyes aussi empruntée.

BLANCHETTE.

Je regrette... Au revoir, monsieur.

LE CANTONNIER.

Au revoir. T'es guère aimable avec le monde, toujours. (*A Lucie.*) Bonjour, mademoiselle... Allons, au revoir.

Il sort.

SCÈNE XI

LUCIE, BLANCHETTE, *puis* MADAME JULES.

LUCIE.

Pourquoi ne lui as-tu pas servi sa tasse de café ?

BLANCHETTE.

Je ne sais pas où l'on met ce qu'il faut... Et puis, ils me dégoûtent tous ces paysans.

Entre Madame Jules.

MADAME JULES.

Bonjour, mesdemoiselles.

BLANCHETTE, *à Lucie.*

Oh !... On vient te chercher !

MADAME JULES,

Monsieur m'a chargée de dire à mademoiselle de rentrer parce que monsieur, madame et mademoiselle Durand viennent d'arriver, et qu'ils repartent par le train de six heures.

LUCIE.

Ah ! Léonie Durand est là ? (*A Blanchette.*) Tu la connais ?

BLANCHETTE.

Oui, tu sais bien. J'étais jalouse d'elle parce qu'elle allait chez toi...

LUCIE.

Tu es une bonne petite folle !... Allons, je me sauve. Mon chapeau, ma voilette, mes gants.

Elle va à droite, où tout cela est déposé.

MADAME JULES, *à Blanchette.*

A propos, Blanchette, tu diras à ta mère qu'elle s'est trompée, ce matin : elle m'a donné douze œufs pour une douzaine, au lieu de treize.

BLANCHETTE.

Bien, bien.

LUCIE,

Allez devant, Joséphine. Je vous suis.

MADAME JULES.

Bien, mademoiselle. (*A Blanchette.*) Porte-toi bien, Blanchette.

Elle sort.

LUCIE.

Blanchette, veux-tu m'attacher ma voilette ?

BLANCHETTE.

Oh ! mon pauvre chéri, je te laisse toute seule...

LUCIE, *pendant que Blanchette est derrière elle,*
occupée à nouer la voilette.

Dis donc... ça me gêne, que ma cuisinière te tutoie.
Un silence.

BLANCHETTE.

Je te demande pardon... Si tu le lui disais.

LUCIE.

Non. Tu n'as qu'à lui en parler, toi.

BLANCHETTE.

Bien.

LUCIE.

Au revoir.
Elles s'embrassent.

BLANCHETTE.

Tu reviendras bientôt.

LUCIE.

Le plus tôt possible. Au revoir.
Elle sort.

SCÈNE XII

BLANCHETTE, *seule,* puis ROUSSET. *Blanchette reste un moment sur la porte, à regarder Lucie s'éloigner. Elle redescend en scène, attristée. Elle regarde longuement autour d'elle, comme si elle voyait les murs du cabaret pour la première fois, et soupire.*

BLANCHETTE.

Mon Dieu ! que je m'ennuie, ici ! (*Elle va s'asseoir au comptoir.*) Où est mon feuilleton ?

Elle prend son roman, dans un tiroir, et se met à lire.
— Entre Rousset, rasé et vêtu d'une blouse neuve.

ROUSSET, *allumant sa pipe.*

Me voilà... Me trouves-tu assez beau, comme cela?

BLANCHETTE, *sans cesser de lire.*

Oui.

ROUSSET.

Il n'est venu personne?

BLANCHETTE, *de même.*

Non.

ROUSSET.

Tu as vu mademoiselle Galoux?

BLANCHETTE, *après un silence et comme tirée
de son rêve.*

Si j'ai vu Lucie? oui.

ROUSSET.

Tu dévrais bien t'arrêter un peu de lire quand je te
parle. Tu réponds par des... oui... non... ou tu ne réponds
pas...

BLANCHETTE.

Mais si, je t'ai répondu...

ROUSSET.

Ce n'est pas répondre. On parle.

BLANCHETTE.

Mais je n'ai rien à te dire.

ROUSSET.

Allons donc! Qu'est-ce qu'elle t'a raconté, mademoiselle Galoux?

BLANCHETTE.

Oh! rien qui t'intéresse.

ROUSSET.

A propos, tu sais, le cheval de la mère Dufour... Il est
mort ce matin... (*Silence.*) Eh bien! tu n'entends pas ce
que je te dis?

BLANCHETTE.

Mais si... le cheval de madame Dufour est mort.

ROUSSET.

Eh bien ?

BLANCHETTE.

Qu'est-ce que tu veux que ça me fasse ?

ROUSSET.

... Tiens, ça te tourne la tête, tous ces romans. Un de ces jours je finirai par t'empêcher de lire. Tu crois à tout ce qu'ils racontent... Je ne te permettrai plus que des livres instructifs... Des voyages.

BLANCHETTE, *à part.*

Merci.

ROUSSET.

Fais-moi voir ce que tu lis ?

BLANCHETTE, *renfermant son feuilleton dans le tiroir.*

C'est un livre qu'on m'a prêté. Là ! Je ne le lis plus.

Elle se met à faire du crochet, à la table ronde du milieu.

ROUSSET.

Tu feras bien !

Entrent Auguste Morillon et son père, endimanchés.

SCÈNE XIII

BLANCHETTE, AUGUSTE MORILLON, ROUSSET, MORILLON.

ROUSSET.

Voilà le père Morillon, avec son gars. Ces deux-là, on ne les voit jamais l'un sans l'autre.

MORILLON.

Ah ! c'est qu'il n'y a pas beaucoup de pères et de fils qui s'entendent aussi bien que nous. Pas vrai, Auguste ?

AUGUSTE.

Oui, papa.

MORILLON.

Je n'ai pas de meilleur ami que lui, et lui pas de meilleur ami que moi. La semaine, nous travaillons ensemble, et le dimanche, nous allons ensemble faire notre petite partie. Le soir, après dîner, on reste chez soi, les coudes sur la table, en face l'un de l'autre. On fume chacun une pipe, en parlant des choses du passé, et on fait des projets...

ROUSSET.

Vous ne vous ennuyez jamais ?

MORILLON.

Non. Il est plus instruit que moi. Un peu... pas trop. Il me raconte ce qu'il a lu dans les livres, il me lit le journal, et voilà.

ROUSSET.

Ah ! vous avez de la chance !... Allons faire notre partie de dominos.

Ils s'installent à droite.

MORILLON.

Allons-y.

ROUSSET.

Donne-moi la goutte, toi, et les dominos.

Mouvement de Blanchette.

AUGUSTE, *qui l'a vu.*

Ne vous dérangez pas. Je n'ai rien à faire, moi : ça me distraira...

Il sert son père et Rousset et revient près de Blanchette qu'il regarde travailler.

MORILLON.

J'ai quelque chose à vous dire, père Rousset.

ROUSSET.

Heu ! pour la terre ?

MORILLON.

Oui.

AUGUSTE, *à Blanchette.*

Vous êtes triste ?

BLANCHETTE.

Oui, je m'ennuie.

ROUSSET, *à Morillon.*

Quoi donc ?

MORILLON.

Il y aurait un moyen de l'avoir la terre, et... pour
rien !

ROUSSET.

Pour rien ?

MORILLON.

Vous ne pensez pas à marier Blanchette ?

ROUSSET.

Oh ! marier une fille comme ça ! Une fille de c't'instruc-
tion-là ! Une fille qu'a son brevet ! Mam'zelle Galoux, qui
est pourtant la fille d'un homme instruit, elle n'a pas pu
l'avoir ce brevet-là, elle !

MORILLON.

Pas possible ?

ROUSSET.

Elle a été... (*A Blanchette.*) Comment que tu dis ça, toi ?
Elle a été collée à l'oral.

MORILLON.

Hein !

ROUSSET, *jouant.*

V'là la négresse.

MORILLON.

Du quatre.

ROUSSET.

N'n'ai point.

MORILLON.

Cor du quatre.

ROUSSET.

N'n'ai toujours point.

AUGUSTE, à Blanchette.

Qu'est-ce que tu as ?... Qu'est-ce que vous avez ?...

BLANCHETTE.

Ah ! oui, c'est vrai... nous nous disions tu, autrefois.

AUGUSTE.

Mais maintenant, je n'ose plus. Vous rappelez-vous comme nous étions amis ?

BLANCHETTE.

Je vous appelais mon petit mari.

MORILLON.

Du trois, puis du trois, domino !

ROUSSET.

Vous n'n'avez point de caché dans vos manches ?

MORILLON.

T'nez, regardez.

ROUSSET.

A moi la touille.

AUGUSTE.

Vous ne pensez pas à vous marier ?

BLANCHETTE.

Moi ? non !

AUGUSTE.

Ah !

BLANCHETTE

.....

AUGUSTE.

Alors, nous aurions mieux fait, mon père et moi, de rester chez nous.

BLANCHETTE.

Pourquoi ?

AUGUSTE.

Savez-vous ce que mon père est venu demander au vôtre ?

BLANCHETTE.

Non,

AUGUSTE.

Votre main... pour moi... S'il la lui accordait, qu'est-ce que vous diriez ?

BLANCHETTE.

Je vous aime bien, mais...,

MORILLON, *à Rousset.*

Je voudrais vous parler d'ma terre, père Rousset.

ROUSSET.

Vot' terre ? Qué terre ?

MORILLON.

N'en parlons plus... Du trois.

ROUSSET,

Du cinq. Non, mais qué terre ?

MORILLON.

Non, non, mettons que je n'ai rien dit, Du quatre.

ROUSSET.

Quoi ?

MORILLON.

Du deux.

ROUSSET.

C'est d'la terre du bois David que vous voulez parler ?

MORILLON.

Moi? non.

ROUSSET.

En v'là une mauvaise terre...

MORILLON.

Mauvaise, ma terre !

ROUSSET.

Oh ! je ne dis pas, pour y ramasser du caillou, ça peut core aller.

MORILLON.

Du caillou ! Du caillou !

ROUSSET.

Enfin, combien qu'vous voulez m'le vendre vot' champ de moëllons ?

MORILLON.

Vous en avez envie, hein ?

ROUSSET.

Moi ! du six... et pis core du six... domino.

MORILLON.

Y en a point sous la table ?

ROUSSET.

Non, r'gardez !

MORILLON.

Je n'la vendrai jamais, ma terre.

ROUSSET.

Ah !

MORILLON.

J'la donnerai à Auguste p't'être, quand il se mariera.

ROUSSET.

Oui.

MORILLON.

Oui. Pour avoir ma terre, faut avoir une fille à marier.

ROUSSET.

Oui.

MORILLON.

Oui... Vous, Blanchette, vous ne voulez pas la marier?

ROUSSET.

Euh! Euh!

MORILLON.

Ça ferait un joli couple.

ROUSSET.

Qui ça !

MORILLON.

Eux deux.

ROUSSET.

Je ne dis pas non.

MORILLON.

Voyons... Voulez-vous me donner Blanchette pour mon fils?

ROUSSET.

Hein? Blanchette... pour... ah! non! Ah! non! A ce prix-là, mon vieux, pour rien, elle serait encore trop cher votre terre... Ah! v'là justement la bourgeoise!... Hé! dis donc, le père Morillon qui m'demande Blanchette en mariage pour son gas!

MADAME ROUSSET.

Ah! non! Nous n'avons pas laissé notre enfant à l'école jusqu'à vingt ans pour la donner à un ouvrier comme nous.

ROUSSET.

Vous entendez, père Morillon, faudra repasser quand vous serez millionnaire.

AUGUSTE.

Allons-nous-en, père, allons-nous-en.

ROUSSET.

Quoi! Allons-nous-en? T'as pas besoin de te fâcher. Nous n'en sommes pas plus mauvais amis pour ça.

MORILLON.

C'est bon ! c'est bon !

ROUSSET.

Père Morillon, c'est pas possible. Vous comprenez bien qu'elle est trop instruite pour vous.

MORILLON.

C'est bon. Gardez-la pour un marquis votre fille. Pour le mal que je vous veux, je vous souhaite de ne pas vous repentir d'en avoir fait une demoiselle. Bonsoir, la compagnie.

ROUSSET.

Nous repentir !... Nous verrons, mon vieux.

MORILLON.

C'est ça, nous verrons.

RIDEAU.

ACTE DEUXIÈME

Même décor. — Avril.

SCÈNE PREMIÈRE

BLANCHETTE, MADAME ROUSSET. *Madame Rousset
jette du sable sous les tables.*

BLANCHETTE, *au guéridon, faisant des comptes.*

... Et sais-tu combien cela fait du tout? Deux cent
soixante-quinze francs. Pas un sou de plus.

MADAME ROUSSET.

C'est déjà beaucoup.

BLANCHETTE.

Beaucoup! Tu trouves que c'est beaucoup! Sais-tu ce
que tu as, pour deux cent soixante-quinze francs? Voici
le détail : Pour peindre ici, sur la devanture, ces mots :
Café de Cérès, 50 francs.

MADAME ROUSSET.

Pourquoi *Café de Cérès*, puisqu'on s'appelle Rousset?

BLANCHETTE.

Cérès était la déesse de l'agriculture. Cela revient au

même que de mettre Café de l'Agriculture, mais c'est plus distingué.

MADAME ROUSSET.

C'est-y bien utile?

BLANCHETTE, *rectifiant,*

Est-ce bien utile?

MADAME ROUSSET.

Oui, est-ce bien utile

BLANCHETTE.

Sans doute. Qu'est-ce qui fait la valeur d'un établissement? Son titre. Je veux dire que cela y entre pour beaucoup.

MADAME ROUSSET,

Mais...

BLANCHETTE.

Non, non, non, ne raisonne pas là-dessus. Tu ne sais pas. J'affirme que cette dépense est nécessaire.

MADAME ROUSSET.

Je veux bien.

BLANCHETTE.

... Peintures à l'intérieur, 85 francs... Ça en a besoin...

MADAME ROUSSET.

Oui... mais avec cent sous de chaux nous nous en tirons habituellement.

BLANCHETTE.

Je veux des peintures avec des sujets allégoriques, entourés de filets grecs, comme dans les cafés du chef-lieu.

MADAME ROUSSET.

Je n'oserai plus entrer chez nous, quand ce sera beau comme ça.

BLANCHETTE.

Plus... une pompe à bière, trente francs.

MADAME ROUSSET,

Mais on ne boit pas de bière, par ici.

BLANCHETTE.

Quand il y en aura de la bonne, on en boira... Plus un appareil à fabriquer les glaces, cent dix francs.

MADAME ROUSSET.

Des glaces!... Des glaces!... Comme il y en avait à la noce de Symphorien?

BLANCHETTE.

Oui.

MADAME ROUSSET.

Mais jamais on n'en a demandé.

BLANCHETTE.

Parce qu'il n'y en avait pas. Et puis, ça servira de réclame. Quand les gens se diront : « A quel café irons-nous, ce soir? » on répondra : « Au *Café de Cérès*, c'est le plus distingué : c'est le seul où l'on vende des glaces. »

MADAME ROUSSET.

Mais on n'en vendra jamais.

BLANCHETTE.

Peu importe.

MADAME ROUSSET.

Alors, puisqu'on ne fera jamais de glaces, avec cet outil à faire des glaces, on pourrait peut-être bien ne pas l'acheter. Ça n'empêcherait pas de dire qu'on en a un tout de même.

BLANCHETTE.

Et si M. Georges Galoux et ses amis viennent un jour en demander, de quoi aurons-nous l'air?...

MADAME ROUSSET.

Oui, mais...

BLANCHETTE.

Eh! maman! laisse-moi donc faire notre fortune! Le gouvernement me fait attendre la place d'institutrice qu'il me doit. Tant mieux. Je consacre mon intelligence et mon savoir à relever le débit, à le transformer en café. Je sais ce que je vous dois à tous les deux, je sais les sacrifices que vous vous êtes imposés, et je ne veux pas attendre plus longtemps pour vous en récompenser. Je vous rendrai riches.

MADAME ROUSSET.

Oui. (*Un temps.*) Ton père aimerait mieux te voir placée.

BLANCHETTE.

Père ! — Laisse-le. Quand l'engrais chimique que je lui ai fait mettre sur la terre aura produit ses effets, il ne voudra plus que je m'en aille.

MADAME ROUSSET.

Mais jusqu'à présent, ça n'a rien fait du tout, ton engrais qui coûte cependant plus cher que le fumier de ferme.

BLANCHETTE.

Il n'a rien fait. Pourquoi? Parce qu'il n'a pas plu. Il faut que les principes en soient dissous par l'eau de pluie, pour aller porter aux racines l'azote et le phosphate...

MADAME ROUSSET.

Mais il a plu cette nuit.

BLANCHETTE.

Il a plu cette nuit ! Tu en es sûre? Quel bonheur ! Il a plu ! Alors, tu vas voir père rentrer radieux. Les blés vont avoir poussé de ça !

Elle va à la porte.

MADAME ROUSSET.

Qu'est-ce que tu as, à aller toujours à la porte? Tu attends quelque chose?

BLANCHETTE.

Oui. Un paquet que j'ai demandé à la ville.

MADAME ROUSSET.

Qu'est-ce que c'est?

BLANCHETTE.

Mon cadeau pour père. Tu sais bien que c'est aujourd'hui sa fête.

MADAME ROUSSET.

Qu'est-ce que tu lui donnes?

BLANCHETTE.

Une lampe.

MADAME ROUSSET.

Mais nous en avons une.

BLANCHETTE.

Une lampe à colonne. Haute comme ça, comme on les fait maintenant. Nous l'avons choisie, avec Lucie. Tu verras.

MADAME ROUSSET.

Mais c'est trop beau pour nous.

BLANCHETTE.

Non. Ce n'est pas trop beau. Maman, mets-toi bien ça dans la tête : il faut nous élever... Je t'ai dit, n'est-ce pas, quelle est notre intention, à Lucie et à moi... c'est de me marier avec son frère Georges.

MADAME ROUSSET.

Tu te montes la tête. Crois-tu que M. Galoux va donner pour femme, à son fils, la fille d'un cabaretier?

BLANCHETTE.

La fille d'un cabaretier, non ; mais celle d'un gros négociant, oui. Or, il ne tient qu'à vous d'être riches, d'ici trois ans.

MADAME ROUSSET.

D'ici trois ans! c'est de la folie, ma pauvre enfant.

BLANCHETTE.

Tu vas voir. Rien n'est éloquent comme un chiffre, n'est-ce pas? Eh bien!... Écoute-moi. Il y a, dans notre ville, deux mille habitants, n'est-ce pas?

MADAME ROUSSET.

Deux mille trois cents.

BLANCHETTE.

Mettons deux mille. La statistique nous apprend que chaque individu consomme, en moyenne, pour vingt centimes de boisson par jour, t… en vin, cidre, liqueurs, etc. Or, tu admettras bien qu'a… les améliorations projetées, nous forcions le quart de nos citoyens à se fournir chez nous. Le quart, c'est-à-dire cinq cents. — A vingt centimes chacun, cela fait cent francs de recettes par jour. Comptons seulement vingt pour cent de bénéfices. C'est, au bas mot, vingt francs par jour que nous pouvons mettre dans notre poche, soit sept mille francs par an, et vingt mille francs dans trois ans…

MADAME ROUSSET.

Tu vas ! tu vas !

BLANCHETTE.

Ah ! il n'y a pas à contester mes calculs. Ils sont basés sur des chiffres authentiques : celui de la population et celui de la consommation individuelle… Ils sont donc exacts ; ri-gou-reu-se-ment exacts. Il n'y a pas à dire : les chiffres sont les chiffres et ce n'est pas pour rien qu'on m'a appris à calculer.

MADAME ROUSSET.

Je ne peux pas y croire… Nous serions riches… si vite.

BLANCHETTE.

Et pourquoi pas ! Elle est passée, l'époque où l'on mettait vingt ans à faire fortune… Il faut être de son temps ; il faut marcher avec son siècle.

MADAME ROUSSET.

Je fais ce que je peux, pour marcher avec mon siècle, comme tu dis. Même qu'on se moque de moi dans le pays,

— lorsque je dis les mots que tu m'apprends ou que je mets les chapeaux que tu me fais, ma pauvre Blanchette.

BLANCHETTE.

Comment cela?... Je t'ai déjà dit de ne plus m'appeler Blanchette.

MADAME ROUSSET.

C'est vrai... L'autre jour, chez les Gaillard, en parlant de la mère, qui trouve tout bien, j'ai dit qu'elle était optim...

BLANCHETTE.

Optimiste.

MADAME ROUSSET.

Optimiste; tu vois, je prononce bien, maintenant.

BLANCHETTE.

Oui. Alors?

MADAME ROUSSET.

On m'a dit que je ne savais pas parler; que ce mot-la voulait dire quelqu'un qui soigne les yeux.

BLANCHETTE.

Oculiste!... Ce sont des ignorants.

MADAME ROUSSET.

Tu es sûre que ce n'est pas toi qui se trompe?

BLANCHETTE.

Parbleu!

MADAME ROUSSET.

Hier, pour aller à la messe, j'avais mis le chapeau. Tu sais le tout petit chapeau, où il n'y a que des fleurs et des trous?

BLANCHETTE.

Oui, eh bien?

MADAME ROUSSET.

Tout le monde s'est moqué de moi. Je ne le remettrai plus.

BLANCHETTE.

Et pourquoi donc ! Est-ce qu'il faut faire attention aux jaloux et aux imbéciles !

Entre un voiturier portant des paquets.

SCÈNE II

LES MÊMES, UN VOITURIER.

LE VOITURIER.

Mademoiselle Élise Rousset.

BLANCHETTE.

Ah ! vous voilà. C'est ici. Qu'est-ce que c'est que ça

LE VOITURIER.

Des livres.

BLANCHETTE.

Mais vous avez autre chose... Une lampe ?

LE VOITURIER.

Une lampe... Une grande lampe qui n'en finit plus... C'est pour vous. J'ai cru que c'était pour le château. Elle est restée dans la voiture.

BLANCHETTE.

C'est pour nous.

LE VOITURIER.

Je vais la chercher...

BLANCHETTE.

Bien. Allez.

Il sort.

SCÈNE III

BLANCHETTE, MADAME ROUSSET.

MADAME ROUSSET.

Qu'est-ce que tous ces livres?

BLANCHETTE.

Des livres dont j'ai besoin... (*Lisant les titres.*) De la culture intensive. — De l'emploi des machines agricoles. — Le crédit à l'agriculture. — La fortune avec les engrais chimiques. — La production du sol. — Traité d'économie politique...

MADAME ROUSSET.

Tu vas lire tout cela...

BLANCHETTE.

Et c'est vous qui en profiterez...

MADAME ROUSSET, *qui a trouvé la facture.*

Mais! on s'est trompé! C'est pas possible... Ce n'est pas ta facture... Trente-deux francs !...

BLANCHETTE, *regardant.*

Trente-deux francs... Oui, c'est beaucoup. Tu as raison. (*Elle prend la facture et la met dans sa poche.*) On s'est trompé. J'irai réclamer en passant... Tu as raison.

MADAME ROUSSET.

Cache-la bien, que ton père ne la voie pas. Il va rentrer bientôt.

BLANCHETTE.

C'est vrai... Mais il saura l'effet de l'engrais chimique sur son blé... et il sera de bonne humeur... Ça ne fait rien, je la cache... Dis qu'il n'aura pas une bonne fête : un cadeau magnifique... mon plan pour faire fortune, et son blé vigoureux et dru comme personne n'en a, à dix lieues à la ronde.

MADAME ROUSSET.

Le voilà.

Entre Rousset.

SCÈNE IV

BLANCHETTE, MADAME ROUSSET, ROUSSET. *Rousset, l'air très mécontent, la blouse retroussée par ses mains qu'il tient dans ses poches, la tête baissée, entre sans mot dire, traverse toute la pièce et va s'asseoir dans un coin, où il bourre sa pipe. Un long silence.*

MADAME ROUSSET, *bas à sa fille.*

Il n'a pas l'air de bonne humeur.

BLANCHETTE, *de même.*

C'est qu'il n'a pas été à son champ.

MADAME ROUSSET.

Peut-être.

BLANCHETTE, *haut.*

Il a plu, cette nuit, père. Tu n'as pas été voir ton blé ?

ROUSSET.

Mille millions de tonnerres ! Bon sang de bon sang ! Cré matin !... Fiche-moi la paix... Oui, j'ai été voir mon blé.

BLANCHETTE.

Eh bien ? L'engrais chimique n'a pas produit d'effet ?

ROUSSET.

Si, qu'elles ont fait de l'effet, tes drogues ! Tout est perdu, brûlé, comme si on avait arrosé avec du vitriol.

BLANCHETTE.

Ce n'est pas possible.

ROUSSET.

Quoi?

BLANCHETTE.

Je dis que ce n'est pas possible. La science ne se trompe pas.

ROUSSET.

Je te dis, moi, que tout est perdu.

BLANCHETTE.

Ça ne se peut pas...

ROUSSET.

C'est trop fort! Je viens de le voir... Tout est perdu... mon blé et tes huit cents kilos de *chimiques*.

BLANCHETTE, *inquiète*.

Huit cents kilos. Je t'ai dit d'en mettre huit cents kilos?

ROUSSET.

Dame.

BLANCHETTE, *de même*.

Tiens!

Elle va au comptoir chercher dans ses papiers.

ROUSSET.

Ah! tu peux calculer! On vous en apprend de belles, à l'école! Il y a des moments où je me demande si je n'aurais pas mieux fait de t'élever comme nous l'avons été nous-mêmes.

BLANCHETTE, *qui n'a pas entendu*.

Je me suis trompée d'un zéro. C'est quatre-vingts kilos seulement qu'il aurait fallu mettre... L'année prochaine, tu essaieras avec quatre-vingts kilos...

ROUSSET.

Ah! oui, compte dessus! J'en remettrai, de tes drogues! Je cultiverai la terre comme mon père et ma mère la cultivaient, et je laisserai tous tes *chimiques* au diable. Tout ça c'est des diableries, des *mic-mac*, des je ne sais pas quoi. On mangeait du pain avant que ça soit inventé, n'est-ce pas? Je n'ai pas besoin de tes ingrédients.

BLANCHETTE.

La routine! toujours la routine!

ROUSSET.

Oui, la routine. Si je ne t'avais pas écoutée, j'aurais encore mon blé, et je n'aurais pas dépensé je ne sais plus combien.

BLANCHETTE.

Comme tu es drôle. L'engrais chimique...

ROUSSET.

Assez. Ne me parle plus de tout cela. (*A lui-même.*) Heureusement, je n'en avais mis que sur un tout petit coin de terre... histoire de voir... (*Un temps.*) On n'a pas encore reçu ce matin la lettre du gouvernement, pour ta place d'institutrice?

BLANCHETTE.

Non.

ROUSSET.

Alors, on se moque de nous...

BLANCHETTE.

Mais, non, père, je t'ai déjà expliqué...

ROUSSET.

C'est bon. Moi, à ta place, je serais honteuse d'être nourrie à rien faire.

Il va à droite et se met à tailler un morceau de bois avec son couteau.

BLANCHETTE.

Rien faire! Voilà huit jours que je ne dors pas, pour chercher le moyen de vous rendre ce que je vous dois.

ROUSSET.

Tu cherches, en priant le bon Dieu de ne pas trouver.

BLANCHETTE, *timidement.*

Justement j'ai trouvé.

ROUSSET, *toujours raillant.*

Ah! t'as trouvé!... Voyons... Parle... Si tu as trouvé, parle.

BLANCHETTE, *sans assurance.*

Il faut attirer ici la clientèle par une restauration complète... Nettoyer l'intérieur... Peindre, au dehors, en grosses lettres, ces mots : *Café de Cérès.*

ROUSSET.

Encore des *chimiques.*

BLANCHETTE.

Mais non.

MADAME ROUSSET.

Ça veut dire Café de l'Agriculture.

ROUSSET.

Tu sais ça, toi, la mère!... Ah!... Après?

BLANCHETTE.

Acheter une pompe à bière... un appareil à faire des glaces... on pourrait s'en passer à la rigueur.

ROUSSET.

Pourquoi pas des tables de marbre et des chaises à dossier, tout de suite.

BLANCHETTE.

On pourrait gagner sept mille francs par an... J'ai fait le calcul.

ROUSSET.

Tu as dû te tromper de plusieurs zéros, comme pour les chimiques. C'est là ton plan?

BLANCHETTE.

Oui, père. Mais si tu ne me laisses pas t'expliquer, tu ne sauras jamais.

ROUSSET.

Expliquer... expliquer... Elle est forte pour expliquer!... Je ne suis qu'un ouvrier, moi, je n'ai pas besoin de chercher à faire fortune. Que le bon Dieu me donne de l'ouvrage jusqu'à la fin de mes jours, c'est tout ce que je lui demande... ça, et puis que tu sois bientôt placée...

BLANCHETTE.

Je t'assure que si je te montrais mes calculs...

ROUSSET.

Fiche-moi la paix! (*Il a fini de tailler son morceau de bois.*) Sais-tu ce que je vais faire avec ce morceau de bois ?

BLANCHETTE.

Non.

ROUSSET.

On ne t'a pas appris comment il faut s'y prendre pour écarter la foudre d'une maison.

BLANCHETTE.

Si. Un paratonnerre communiquant avec un puits ou avec le sol. La pointe attire la foudre, et, le fer étant conducteur...

ROUSSET.

Patati, patata. Tu prends un morceau de bois à un arbre où un homme s'est pendu l'année précédente. Celui-là vient de l'arbre où on a trouvé Pierre Lariquot. Tu tailles ton bout de bois le premier vendredi avant le vendredi saint; le dimanche qui suit, tu le trempes dans le sang d'une poule noire, et tu l'enfonces au milieu du jardin.

MADAME ROUSSET.

Ah! c'est positif que jamais le tonnerre n'est tombé dans une maison où on avait fait ça.

BLANCHETTE.

Comment pouvez-vous avoir une telle crédulité? Mais ce sont les derniers vestiges d'un autre âge.

ROUSSET.

Les... quoi?

BLANCHETTE.

C'est de la superstition.

ROUSSET.

Les vieux de notre temps en savaient plus long là-dessus que tous tes livres... C'est mon grand-père qui m'a appris cela. Et il le tenait de son grand-père à lui... (*Avec vénération.*) qui était berger.

BLANCHETTE.

La foudre, le tonnerre, c'est de l'électricité... Nous savons la conduire, nous savons nous en servir... Comment veux-tu qu'un morceau de bois... (*Riant.*) Oh! oh! oh! avec un peu d'intelligence... Voyons, père... Ton bâton cueilli le vendredi... et trempé dans le sang d'une poule noire... (*Elle rit.*) C'est risible!... D'une poule, ou d'un coq? Ah! voilà que tu ne sais plus toi-même...

Elle rit.

ROUSSET.

Tu te moques de moi... Qu'est-ce qui prouve qu'ils aient raison, tes livres?...

BLANCHETTE.

Enfin...

ROUSSET.

Mes vieux parents m'avaient appris cela, je les aimais, je croyais tout ce qu'ils me disaient... et ça me ferait de la peine, maintenant, d'être sûr qu'ils se trompaient.

BLANCHETTE.

Cependant...

MADAME ROUSSET.

C'est bon. C'est bon. Ne vous disputez pas. (*Un temps.*)

M. Galoux a fait demander sa note du mois dernier. Tout
est inscrit. Tu n'as qu'à faire l'addition, Blanchettte...

BLANCHETTE.

Il y a une erreur.

ROUSSET.

Ah ! t'as encore oublié de marquer quelque chose !

BLANCHETTE.

Au contraire !

ROUSSET.

Alors, ne t'use pas la langue à rien.

BLANCHETTE.

Je vais effacer.

ROUSSET.

Ah ! ça, mais, vas-tu te tenir tranquille ? Qui est-ce qui
te demande quelque chose? C'est pas assez de m'avoir
fait perdre mon blé, faut encore que tu nous rognes nos
bénéfices !

BLANCHETTE.

Bien mal acquis ne profite jamais.

ROUSSET.

C'est encore à l'école qu'on t'a appris cela !... Qu'est-ce
qu'il y a, dans ce compte, qui te gêne?

BLANCHETTE.

On marque des œufs et du lait le 6, le 7, le 8 et le 9.
Or, Lucio et ses parents étaient au chef-lieu.

ROUSSET.

Ça, c'est vrai, on s'est trompé... mais ce n'est pas à
nous de nous en apercevoir.

Il continue à tailler son morceau de bois.

BLANCHETTE.

Je vais effacer.

ROUSSET.

Laisse cela, je te dis !

BLANCHETTE.

Non, je ne le laisserai point. Ce n'est pas honnête. De quoi aurons-nous l'air?

MADAME ROUSSET, *conciliante*.

Sois tranquille! ils ne vérifient jamais nos comptes.

BLANCHETTE.

Raison de plus pour ne pas les tromper.

ROUSSET.

Je te demande ce que cela peut faire à M. Galoux de payer dix francs de plus ou dix francs de moins?

BLANCHETTE.

Mais c'est voler.

MADAME ROUSSET.

Pas du tout. Quand on prend à plus riche que soi, ce n'est pas voler.

BLANCHETTE.

Eh bien, j'aime mieux vous payer la différence sur ma bourse. De cette façon vous ne perdrez rien.

ROUSSET

Ta bourse! ta bourse! Te voilà bien fière avec ta bourse?... D'où vient-il, l'argent qui est dedans? Est-ce que c'est toi qui l'as gagné?

BLANCHETTE.

Quand je serai nommée, je vous le rendrai.

ROUSSET.

Quand tu seras nommée! La semaine des quatre jeudis, alors? Ah! si on m'avait dit que ton brevet et puis rien c'était la même chose.

BLANCHETTE.

Ce n'est pas ma faute.

ROUSSET.

Enfin, au lieu de nous rapporter, tu nous coûtes. Tu me

fais perdre le prix de mon blé, et tu veux encore m'empêcher de gagner ma vie avec tes scrupules de millionnaire.

BLANCHETTE.

Mais je ne demande pas mieux que de travailler.
lacez-moi. Mettez-moi demoiselle de magasin.

ROUSSET.

On ne voudrait pas de toi. Tu ne sais rien faire de tes
dix doigts. Et puis tu es trop pointilleuse pour entrer
dans le commerce.

BLANCHETTE.

Trouve-moi autre chose...

ROUSSET.

Quoi? Dis-moi quoi? Tu as des idées de grandeur... des
idées de roman. C'est tout ce que tu lis qui te bourre la
caboche... Tu n'es propre à rien qu'à dépenser... Oh!
pour ça, tu t'y entends. On te donnerait la fortune à
Rottchil, tu l'aurais bientôt gaspillée... Mais pour ce qui
est de... (*Entre le voiturier.*) Qu'est-ce qu'il y a?

SCÈNE V

Les Mêmes, LE VOITURIER.

LE VOITURIER.

C'est pour vous, ça, père Rousset... C'est une lampe et
puis une belle, qui vient du *Panier fleuri*. (*Il sort la lampe
d'un panier.*) C'était avec d'autres affaires, dans de la
paille... Elle est assez grande. J'ai cru que c'était pour le
château...

BLANCHETTE.

C'est pour nous. (*A son père.*) C'est mon cadeau pour ta
fête.

LE VOITURIER.

S'il n'y avait pas eu l'adresse, je n'aurais jamais pensé que c'était à votre destination.

ROUSSET, *après un temps.*

Pourquoi pas?... Est-ce parce qu'on n'a pas de paletot tous les jours qu'on est forcé de s'éclairer à la chandelle?...

LE VOITURIER.

Je sais bien que vous êtes à votre affaire... Ça, c'est vrai... Vous avez de la chance tout de même d'avoir une demoiselle qui vous donne de belles choses comme ça pour votre fête.

ROUSSET.

Oui... Elle a du goût.

LE VOITURIER, *qui a fini de monter la lampe.*

Regardez... on se croirait dans un salon...

ROUSSET.

Ça, c'est vrai, c'est joli.

MADAME ROUSSET.

Et puis ça meuble.

LE VOITURIER.

Alors, elle attend toujours sa place, votre demoiselle...

ROUSSET.

Elle l'a... Mais nous ne sommes pas pressés de nous en débarrasser... Le gouvernement peut bien attendre...

LE VOITURIER.

Parbleu! Allons, adieu, père Rousset.

BLANCHETTE, *lui donnant un pourboire.*

Tenez, voilà pour vous.

LE VOITURIER.

Merci, mademoiselle.

Il sort.

SCÈNE VI

ROUSSET, BLANCHETTE, MADAME ROUSSET.

ROUSSET.

Combien lui as-tu donné de pourboire?

BLANCHETTE.

Deux sous.

ROUSSET.

Il aurait mieux valu lui offrir un petit verre.

MADAME ROUSSET.

C'est le même prix.

ROUSSET.

Oui, mais on aurait eu notre bénéfice...

MADAME ROUSSET.

Ça ne fait rien.

BLANCHETTE.

Père, je te souhaite une bonne fête. (*Elle l'embrasse.*)
Elle te plaît, la lampe?

ROUSSET.

Oui, mais pourquoi est-elle perchée si haut?

BLANCHETTE.

C'est plus joli!

ROUSSET.

C'est bêtement compris. Je n'ai pas besoin d'éclairer les
murs... quand j'ai une lampe, moi, c'est pour y voir là...
sur la table, quand je lis mon journal ou que je joue
aux dominos...

MADAME ROUSSET.

Si c'est la mode, pourtant.

ROUSSET.

Qu'est-ce que ça peut faire, la mode ? Je m'en fiche pas mal de la mode. Est-ce que t'es à la mode, toi ? Ce n'est pas la peine d'user du pétrole pour éclairer le plafond.

BLANCHETTE.

Alors, elle ne te plaît pas ? On peut la changer...

ROUSSET.

Non. Attends un peu... Je vais l'arranger.

Il prend la lampe et sort à gauche.

SCÈNE VII

BLANCHETTE, MADAME ROUSSET.

BLANCHETTE.

Qu'est-ce qu'il va en faire ?

MADAME ROUSSET.

Mettre du pétrole dedans, probablement.

BLANCHETTE, *regardant par la porte.*

Il sort dans la cour...

MADAME ROUSSET.

Oui, le pétrole est sous le hangar où sont ses outils.

BLANCHETTE.

C'est vrai. (*Un silence.*) Mon Dieu! mon Dieu! que je m'ennuie ici !

MADAME ROUSSET.

Je me demande un peu ce qu'il te manque. Est-ce que je m'ennuie, moi ?

BLANCHETTE.

Ce n'est pas la même chose... On ne m'aime pas... Mon

père ne sait comment me faire du chagrin, me froisser !
Ce n'est pas ma faute si je ne gagne rien. J'ai bien étudié
à l'école ! J'ai mon brevet ! J'ai fait mon devoir. Le reste,
ça vous regarde... On me rudoie, on me traite comme une
étrangère. On ne me comprend pas.

MADAME ROUSSET.

Qu'est-ce que tu veux qu'on fasse de plus ?... Mais, je
te le répète, est-ce qu'il te manque quelque chose ? Est-ce
que tu n'es pas heureuse ?

BLANCHETTE.

Ah ! non certes. Il s'en faut. Il y a des nuits où je ne
m'endors qu'au petit jour, après avoir pleuré... la tête
dans mon oreiller, pour que l'on ne m'entende pas. Je
me sens toute seule, bien abandonnée. Tous les deux,
vous ne m'aimez pas comme je voudrais que vous m'aimiez !

MADAME ROUSSET.

Et allez donc ! Et allez donc ! Ah ! tiens, ton père avait
raison : si tu savais tout juste lire et écrire, tu ne t'inven-
terais pas des chagrins comme tu le fais.

BLANCHETTE.

Inventer !

MADAME ROUSSET.

Oui, inventer. Peux-tu le dire, pourquoi tu pleures ?
Voyons, dis-le moi.

BLANCHETTE.

Je ne sais pas. Je m'ennuie... tout est triste, autour de
moi. Je m'ennuie.

MADAME ROUSSET.

Toujours le même refrain : Je m'ennuie ! Travaille, tu
ne t'ennuieras pas.

BLANCHETTE.

Tu ne m'aimes pas, maman... Si, si. Je sais... oui, tu
m'aimes bien... Oh ! vois-tu !... Il y a des moments où je

crois que je deviens folle, et où je me sens capable des
choses les plus vilaines... aime-moi bien... Je pleure bien
souvent, en cachette.

MADAME ROUSSET.

Ma pauvre Blanchette, t'as du chagrin... Moi aussi, j'en
ai, et beaucoup. Je ne suis plus la mère que tu voudrais;
tu n'es plus la petite fille que j'aimais tant. On t'a changée,
là-bas. Et nous ne nous comprenons plus que rarement.
Tu parlais de tes pleurs en cachette... moi aussi, j'ai souvent pleuré dans les coins, à cause de toi.

BLANCHETTE.

Ma pauvre maman... A cause de moi !

MADAME ROUSSET.

Oui. Je ne t'ai jamais dit cela... Mais chaque fois que
j'allais te voir à ta pension, j'en revenais le cœur gros.

BLANCHETTE.

Pourquoi?

MADAME ROUSSET.

Ah! ces visites ! Je me les rappellerai toute ma vie!..
Quand j'arrivais au parloir, je te voyais de loin jouant
avec tes petites amies... tu étais gaie, heureuse... Lorsqu'on allait te dire que j'étais là, ta gaîté tombait tout de
suite; ta figure devenait dure et ennuyée, et je me ren-
dais bien compte que je te gênais en allant te voir.

BLANCHETTE.

Tu te trompes...

MADAME ROUSSET.

Non. Pendant que je te parlais, tu me regardais des
pieds à la tête... tu comparais ma toilette à celle des mères
de tes amies... et — je n'ai compris ça que plus tard — tu
avais honte de moi...

BLANCHETTE.

Maman ! Non ! je t'en prie...

MADAME ROUSSET.

Si, si. Je le sais bien. Je suis bête, c'est pourquoi je ne m'en suis pas aperçue plus tôt. Je te racontais ce qui se passait ici, croyant t'intéresser, et tu étais distraite, et tu m'interrompais pour me dire : — « Oh! mère! Tu n'as pas de gants » ou... « Tes gants sont troués... tu en as d'autres, pourtant. » Moi, toute au plaisir de te voir, et croyant que tu étais de même, je répondais : « Bah! ça ne fait rien! Ceux qui ne seront pas contents m'en achèteront d'autres »... Des bêtises, quoi! Toi, tu regardais autour de nous si on m'avait entendue et tu me reprochais de parler trop haut... Tu aurais voulu que je ne vienne jamais...

BLANCHETTE.

Je te demande pardon!

MADAME ROUSSET.

Tu n'es cependant pas méchante... Pourtant... un jour!... ce que j'ai souffert! — tu me croyais partie... une de ces demoiselles t'a demandé : « C'est ta bonne, cette femme-là? » Et toi, tu n'as pas osé dire non...

BLANCHETTE.

Pardon!

MADAME ROUSSET.

J'avais tellement de chagrin... comme je ne voulais rien dire à ton père... j'ai inventé, pour l'expliquer, que j'avais perdu cent francs... il s'est mis en colère et m'a presque battue...

BLANCHETTE, *l'embrassant à plusieurs reprises.*

Maman! maman! Je t'en prie! Ne parle plus de cela! Jamais! jamais...

MADAME ROUSSET, *la tenant dans ses bras.*

Tu vois que j'ai eu mes chagrins, moi aussi, ma pauvre Blanchette!... Ne pleure pas... Ce n'est pas ta faute... Mais j'ai eu bien du mal.

Elles pleurent ensemble. — Silence. Entre Rousset avec

*la lampe dont il a scié la colonne, et qui n'a plus
que la hauteur d'une lampe ordinaire. — Très laide.
— Les deux femmes se séparent.*

SCÈNE VIII

ROUSSET, BLANCHETTE, MADAME ROUSSET.

ROUSSET.

La voilà arrangée...

BLANCHETTE.

Oh ! Qu'est-ce que tu as fait ?

ROUSSET.

J'ai enlevé ce qu'il y avait de trop. Comme ça, elle éclai-
rera sur la table...

BLANCHETTE, *à sa mère.*

Ma belle lampe !

MADAME ROUSSET.

Elle est bien mieux comme ça...

BLANCHETTE, *s'éloignant.*

Tu trouves ?

ROUSSET, *à sa fille.*

Tu n'es pas contente ?

BLANCHETTE.

Si. Très contente.

Elle prend la lampe et va sortir à gauche.

MADAME ROUSSET.

Tu l'emportes ?

BLANCHETTE.

Oui, afin de la préparer pour ce soir.

Elle sort. Aussitôt après, on entend un bruit de chute et de verre cassé.

ROUSSET, *allant à gauche et sortant.*

Ah! la petite peste! Elle l'a cassée exprès... (*Au dehors.*) Je suis sûr que tu l'as fait exprès!... N'est-ce pas que tu l'as fait exprès?...

BLANCHETTE, *au dehors.*

Oui, je l'ai fait exprès! Oui, je l'ai fait exprès... Ça t'apprendra.

ROUSSET, *au dehors.*

Ah! ça m'apprendra! Eh bien! Tiens! attrape ça! Ça t'apprendra, à ton tour...

On entend le bruit d'un soufflet et un cri de Blanchette.

MADAME ROUSSET, *allant chercher son mari.*

Voyons, Rousset! Rousset!

ROUSSET, *rentrant, en tenant par le bras Blanchette qui ne pleure pas.*

Répète-le donc, que tu l'as fait exprès?

BLANCHETTE.

Oui. Je l'ai fait exprès pour te punir de ta bêtise...

ROUSSET, *levant la main.*

Tu en veux une autre?

MADAME ROUSSET, *s'interposant.*

Rousset!

BLANCHETTE, *le bravant.*

Tu peux me battre tant que tu voudras... Tu peux me tuer... Cela ne me fait rien! Je ne te céderai pas.

ROUSSET.

Dis-le encore...

BLANCHETTE.

Tu me fais mal... avec tes grosses mains...

MADAME ROUSSET, *cherchant à les séparer.*

Blanchette ! tais-toi... entends-tu !... Rousset, lâche-la...

BLANCHETTE.

Non, je ne me tairai pas... Tu n'as pas le droit de me battre... Nous verrons... Je me plaindrai. La loi ne vous permet pas de me battre.

MADAME ROUSSET, *s'exaspérant à son tour.*

Veux-tu te taire !

BLANCHETTE.

Non !

MADAME ROUSSET.

Veux-tu te taire ?

BLANCHETTE.

Non !

MADAME ROUSSET, *furieuse.*

Tu m'obéiras, petite morveuse ! Ou sans ça.....

BLANCHETTE, *criant de douleur.*

Tu me fais mal !

ROUSSET.

Ah ! laisse-la, ta fille. Ah ! tiens ! j'vas me promener un peu...

MADAME ROUSSET.

Oui, ça vaut mieux. (*Elle la repousse rudement.*) Je ne sais pas ce que je lui ferais.

Rousset sort.

SCÈNE IX

BLANCHETTE, MADAME ROUSSET.

MADAME ROUSSET.

Tu vois : tu as mis ton père en colère... Il va aller

boire dans les cabarets et il rentrera plus méchant que
jamais.

BLANCHETTE.

Tuez-moi tout de suite. Vous serez débarrassés...

MADAME ROUSSET.

Tu n'es qu'une imbécile !

BLANCHETTE.

Merci.

MADAME ROUSSET.

Qu'une sotte ! malgré toute ton instruction !

BLANCHETTE.

Continue.

MADAME ROUSSET.

Tu feras notre malheur à tous !

BLANCHETTE.

Tant mieux !

MADAME ROUSSET.

Mais cette vie-là ne durera pas, tu sais, et tant que tu
seras ici, tu obéiras, c'est moi qui te le dis !

Elle sort à gauche.

SCÈNE X

BLANCHETTE, *seule.*

Mais est-ce qu'on ne viendra pas m'arracher de ce
enfer !... J'ai envie de me sauver d'ici, d'aller à la ville, de
faire n'importe quoi... N'importe où, je serai mieux
qu'avec mes parents qui me détestent, et qui me sont
maintenant plus étrangers que le premier venu.

Entrent Lucie et M. Galoux.

SCÈNE XI

BLANCHETTE, LUCIE, MONSIEUR GALOUX.

LUCIE.

Bonjour Élise !

BLANCHETTE.

Toi ! Oh ! que je suis contente de te voir.

MONSIEUR GALOUX.

Bonjour, mademoiselle...

BLANCHETTE.

Bonjour, monsieur Galoux... Quel bon vent vous amène ? (*A Lucie.*) Tu vas bien ?

LUCIE.

On dirait que tu as pleuré !

BLANCHETTE.

Ce n'est rien, ce n'est rien... Vous êtes bien aimable de m'amener Lucie. Quoique mes parents soient très bons pour moi, je m'ennuie à attendre.

MONSIEUR GALOUX.

Je vous apporte des nouvelles, au sujet de votre nomination au poste d'institutrice.

BLANCHETTE.

Elles sont bonnes ?

MONSIEUR GALOUX.

Oui. Ma chère enfant, il y avait deux mille candidates à placer avant vous. J'ai employé toutes mes relations en votre faveur, et maintenant...

BLANCHETTE.

Maintenant ?

MONSIEUR GALOUX.

Vous n'êtes plus que la cinq cent quatorzième.

BLANCHETTE.

Et alors, il faudra attendre... encore combien de temps?

MONSIEUR GALOUX.

Peut-être six mois, peut-être un an.

BLANCHETTE.

Écoutez, monsieur Galoux, je ne veux pas vous faire de longues supplications : je vous dirai seulement ceci, c'est que si je dois attendre non pas un an ni six mois, mais seulement six semaines, ce n'est plus la peine de vous occuper de moi.

MONSIEUR GALOUX.

Parce que?

BLANCHETTE.

Parce que je serai morte d'ici là.

MONSIEUR GALOUX.

On parle facilement de la mort à votre âge, ma chère petite, mais on ne fait qu'en parler.

BLANCHETTE.

Je ne suis pas une jeune fille comme une autre. Je ne puis tout vous dire, monsieur, et il faut que vous me compreniez à demi-mot. Bien que mes parents soient très bons pour moi, je le répète, je souffre beaucoup ici, beaucoup, et mon père et ma mère ont aussi un grand chagrin de me voir inoccupée. On s'aigrit mutuellement, on devient injustes les uns envers les autres, et un moment arrive où la vie en commun n'est plus possible. Nous en sommes là.

MONSIEUR GALOUX.

Oui, oui... Voyons, ne vous désolez pas... Je ne vois rien... à moins que...

LUCIE.

A moins que...

MONSIEUR GALOUX.

Ma foi, c'est assez difficile à vous proposer. Consenti-
riez-vous à être demoiselle de compagnie auprès d'une
jeune fille de votre âge, qui se prépare aux examens et à
laquelle vous serviriez de répétiteur?

BLANCHETTE.

De grand cœur.

MONSIEUR GALOUX.

Même si cette demoiselle était Lucie?

LUCIE, *l'embrassant.*

Oh! papa! que tu es gentil!

BLANCHETTE.

Mais ce serait le paradis...

MONSIEUR GALOUX.

On vous donnerait, par mois...

BLANCHETTE.

N'en parlons pas... La nourriture et le logement, c'est
tout ce que je demande.

MONSIEUR GALOUX.

Nous verrons.

LUCIE.

Quel bonheur!

BLANCHETTE.

Quel bonheur!

MONSIEUR GALOUX.

Une minute... Je vous demande, mon enfant, trois jours
de patience, — trois jours, ce n'est pas trop. — Pendant ce
temps, je tenterai une nouvelle démarche à la préfecture,
et si elle ne réussit pas, vous n'aurez plus qu'à demander
à votre père si notre arrangement lui convient. Si oui, je
viens m'entendre avec lui, et c'est chose faite. Mais il faut
ne rien dire à personne d'ici là.

BLANCHETTE.

Je vous le promets.

MONSIEUR GALOUX.

Maintenant, parlons d'autre chose. Il y a demain chasse à courre chez M. de Hautfort. Nous ne sommes pas de la chasse, mais nous irons la voir passer...

LUCIE.

Il reste une place dans la voiture.

MONSIEUR GALOUX.

Et Lucie a pensé à vous l'offrir.

BLANCHETTE.

Oh! qu'elle est gentille!... Mais je n'ai rien à me mettre...

LUCIE.

Tu peux venir n'importe comment.

MONSIEUR GALOUX.

Nous serons seulement tous les quatre : mon fils Georges, Lucie, vous et moi... Je comptais rencontrer vos parents pour vous demander à eux...

BLANCHETTE.

Maman va rentrer bientôt. C'est joli, une chasse à courre!

LUCIE.

Oh! oui, c'est joli... Et puis il y aura là le plus beau monde.

BLANCHETTE.

C'est bien barbare, ne trouves-tu pas? Cette malheureuse bête qu'on poursuit toute une journée...

LUCIE.

Mais c'est un des plaisirs les plus distingués qu'il y ait.

BLANCHETTE.

Je sais, mais il me semble que les femmes du monde

devraient former entre elles une sorte de ligue de la pitié, pour empêcher les hommes d'être aussi cruels... Je vous demande pardon, monsieur.

MONSIEUR GALOUX.

Je suis de votre avis. Les bêtes plus grosses qu'un lièvre, ça me fait de la peine de les voir tuer.

BLANCHETTE.

Je sais bien que cette chasse permet au luxe de se déployer, donne aux bons cavaliers l'occasion de montrer adresse et courage, mais tout cela n'est que vanité... Ne vous semble-t-il pas, monsieur Galoux?

MONSIEUR GALOUX.

Parfaitement, mademoiselle.

BLANCHETTE.

Si l'on pouvait décrire les souffrances morales du cerf ainsi poursuivi, on nous tirerait les larmes des yeux.

MONSIEUR GALOUX.

Oui, mais le cerf a-t-il vraiment des souffrances morales?

BLANCHETTE.

Je le crois. Dans tous les cas, si j'étais châtelaine...

Entrent Rousset et le cantonnier du premier acte.

SCÈNE XII

Les Mêmes, ROUSSET, LE CANTONNIER,
puis MADAME ROUSSET.

ROUSSET.

Dis donc, Blanchette, c'est-y vrai que tu as refusé de servir à boire à cet homme-là?... Bonjour, monsieur Ga-

loux, bonjour, mademoiselle... Réponds. C'est-y vrai que
tu as refusé de servir à boire à cet homme-là ?

BLANCHETTE.

Je ne me rappelle pas...

ROUSSET.

Il s'agit de tirer la chose au clair... (*Allant à la porte de
gauche*). Hé ! la bourgeoise, arrive ici. (*Entre madame Rousset.*) Vous allez être témoin, monsieur Galoux. Voilà
Bonenfant, le cantonnier, un ami à moi et un client...
Depuis déjà un bout de temps, je me disais : Tiens, on ne
voit plus le père Bonenfant... Voilà-t-il pas que tout à
l'heure, en passant devant l'autre débit, celui qui a le bureau de tabac, je rencontre Bonenfant qui en sortait.
« Tiens, que je lui dis, vous nous avez retiré votre pra-
tique ? — Non, qu'il me répond, mais maintenant vous ne
recevez que les grands seigneurs... » Alors, il m'explique
qu'un jour, il est venu, que la bourgeoise et moi nous
n'étions pas là, et qu'on a refusé de le servir... Je veux
savoir si c'est vrai.

LE CANTONNIER.

Votre demoiselle m'a dit qu'elle ne savait pas... Mademoiselle Galoux peut le dire, elle était là.

BLANCHETTE, *après un moment d'embarras.*

Je n'aime pas mentir : c'est vrai.

LE CANTONNIER.

Ah ! vous voyez bien !

ROUSSET, *furieux.*

Eh bien ! tu vas lui demander pardon, à cet homme à
qui tu as fait de la peine, que tu as vexé... Tu vas t'excuser auprès de lui de ton orgueil... C'est un cantonnier,
c'est vrai, mais c'est un ami de ton père, et tu dois le res-
pecter. Ah ! tu as peur de salir tes mains en servant à
boire à un brave homme !... Si j'ai pu te mettre à l'école

jusqu'à vingt ans et te donner cette instruction dont tu es si vaniteuse, c'est parce que ni ta mère ni moi, nous n'avons rougi de ce métier dont tu as honte à présent. (*Il va prendre un tablier sur une table.*) Tu vas mettre ce tablier... Sans un mot, ou je te gifle devant tout le monde! (*Il lui met le tablier.*) Tu vas demander pardon au cantonnier, et tu vas lui donner une tasse de café.

BLANCHETTE, *allant au cantonnier.*

Monsieur, je vous demande pardon.

Elle pleure.

LE CANTONNIER.

Il ne faut pas pleurer pour ça, Blanchette, je ne t'en veux pas.

ROUSSET.

Oui, oui, c'est bon. Sers-le maintenant.

MADAME ROUSSET.

Allons! ça suffit comme cela. Je vais le servir, moi.

ROUSSET.

Tiens-toi tranquille. (*A Blanchette.*) Et toi, obéis.

Toujours pleurant, Blanchette apporte une tasse devant le cantonnier.

LUCIE, *simplement.*

Je vais t'aider.

Elle apporte le sucrier. Blanchette verse le café.

MONSIEUR GALOUX.

Si mademoiselle Blanchette a eu un tort, elle l'a tout à fait réparé, père Rousset, et il me semble qu'à votre tour...

ROUSSET.

Je vous demande pardon, monsieur Galoux, là-dessus, je n'en ferai qu'à ma caboche... Charbonnier est maître chez lui...

MONSIEUR GALOUX.

C'est bien. Je venais vous demander de laisser votre fille venir passer la journée demain avec Lucie.

ROUSSET.

Oui, oui, mais demain je ne sais pas... Vous êtes bien aimable. On verra.

MONSIEUR GALOUX.

Comme vous voudrez... Bonsoir, père Rousset... Bonsoir, mademoiselle... Voyons, père Rousset, regardez comme elle pleure, cette pauvre petite...

ROUSSET.

C'est bon ! c'est bon ! si vous croyez que ça me touche, ces manières-là ! Au revoir, monsieur Galoux. Au revoir, mam'selle Galoux...

Lucie embrasse Blanchette silencieusement et sort avec son père. Le père Bonenfant a bu son café tranquillement.

LE CANTONNIER.

Eh bien ! voilà une bonne tasse de café...

ROUSSET.

Payez pas. C'est ma tournée...

LE CANTONNIER.

Allons ! elle est encore meilleure... A la revoyure !

ROUSSET.

Et maintenant, vous n'irez plus chez le concurrent, hein ?

LE CANTONNIER.

Ça, non !

ROUSSET.

Bonsoir.

Le cantonnier sort.

SCÈNE XIII

ROUSSET, BLANCHETTE, MADAME ROUSSET.

ROUSSET.

Est-ce qu'il a apporté ta nomination d'institutrice, ton M. Galoux ?

BLANCHETTE.

Non. Il faut attendre.

ROUSSET.

Toujours. Alors qu'est-ce qu'il venait faire ici ?

BLANCHETTE.

M'inviter pour demain.

ROUSSET.

Demain, ce n'est pas possible. Tu as autre chose à faire, demain.

BLANCHETTE.

Quoi donc ?

ROUSSET.

Les comptes de quinzaine.

BLANCHETTE.

Je les terminerai ce soir avant de me coucher.

ROUSSET.

C'est pas la peine de travailler à la lumière.

BLANCHETTE.

J'ai promis. On m'attendra.

ROUSSET.

Eh bien ! on t'attendra.

BLANCHETTE.

Je t'en prie... Puisque les comptes seront prêts...

ROUSSET.

Mais qu'est-ce que tu as donc à être toujours fourrée chez ces gens-là? Alors tu aimes mieux des étrangers que tes parents?

BLANCHETTE.

J'aime beaucoup Lucie.

ROUSSET.

Va la chercher un peu pour te donner du pain.

BLANCHETTE.

Si j'en avais besoin, elle m'en donnerait.

ROUSSET.

Tu crois cela.

BLANCHETTE.

J'en suis certaine.

ROUSSET.

C'est bon. Tu n'iras pas. D'ailleurs, à partir de demain, la vie va changer, pour toi, ici. Il y a trop longtemps que ça dure.

MADAME ROUSSET.

Encore un peu de patience.

ROUSSET.

J'en ai eu de trop, de la patience... On s'est fichu de moi... On nous avait promis qu'elle gagnerait aussitôt son brevet, et pour le lui faire avoir, nous avons trimé comme des bêtes... La nomination ne vient pas... (*A Blanchette.*) Je ne suis pas assez riche pour t'entretenir ici à rien faire. Si encore tu te contentais de ne pas apporter de l'argent ! Mais tu en gâches. Avec les inventions de tes livres, tu me fais perdre à la fois le prix de mon blé et celui des chimiques que je suis assez bête pour mettre dessus ! Tu achètes des lampes hautes comme le clocher de l'église, qui ne valent pas un quinquet de vingt-neuf sous et, parce que je ne suis pas émerveillé, tu fais exprès de les casser. On voit bien que l'argent ne te coûte rien... Ce n'est pas tout. Mademoiselle veut nous empêcher de gagner notre vie, et elle épluche les notes des clients ; elle prend les intérêts des étrangers contre ses parents... Ah ! mais ! on ne m'a pas élevé comme cela, moi ! A dix ans, je travaillais, moi !... J'étais pas aussi savant que toi, c'est vrai, et je ne riais pas de mon père lorsqu'il se garait du tonnerre avec des moyens de braves gens que son père lui avait appris, ça c'est encore vrai, mais enfin j'étais bon à quelque chose... A partir de demain, tu gagneras ton pain, ou tu n'en mangeras pas.

BLANCHETTE.

Comment ?

ROUSSET.

Tu te lèveras à cinq heures, et tu descendras laver par terre, ici.

MADAME ROUSSET.

Qu'est-ce que je ferai alors, moi ?

ROUSSET.

Toi, la vieille, tu te reposeras. Chacun son tour. (*A Blanchette.*) Après, tu resteras ici, et lorsque tous les ouvriers viennent avant d'entrer à l'usine, ou en sortant, ceux qui travaillent la nuit, tu les serviras.

MADAME ROUSSET.

Voyons, Rousset, ce n'est pas la place d'une jeune fille, au milieu de tous ces ouvriers qui boivent.

ROUSSET.

C'est pas la place d'une jeune fille ! Tu y étais bien toi ! Est-ce que ça m'a empêché de t'épouser ?... Je continue. (*A Blanchette.*) Tu iras à la lessive, et tu laveras la vaisselle. Après souper, tu raccommoderas tes bas, car je te défends de lire...

MADAME ROUSSET.

Écoute, Rousset...

ROUSSET.

Qu'est-ce que je lui demande d'extraordinaire? Je lui demande de faire ce que font les filles de cabaretier. Est-ce qu'elle n'en est pas une? D'abord, c'est pas la peine de crier, ce sera comme je dis, ou elle partira d'ici.

MADAME ROUSSET.

Je ne veux pas, moi!

ROUSSET.

Qu'est-ce que tu as dit? Qui est-ce qui a le droit de dire « je veux » dans la maison? Ah çà! qu'est-ce que vous avez donc aujourd'hui, vous, les femmes! En voilà des manières qui ne me conviennent pas! Je suis le maître, m'entendez-vous, le maître, et vous devez m'obéir!

MADAME ROUSSET.

T'obéir!...

ROUSSET.

Tais-toi aussi, toi, entends-tu? Et tenez-vous tranquilles, toutes les deux, ou gare les claques!

MADAME ROUSSET.

Tu en aurais bien le courage, de me frapper. Ce ne serait pas la première fois...

ROUSSET, *avec un coup de poing sur la table.*

Assez! (*A Blanchette.*) Tu feras ce que je t'ai dit, ou tu t'en iras.

BLANCHETTE.

Eh bien! je m'en irai.

ROUSSET.

Eh bien! bonsoir. Il y aura plus de pain pour les autres!

BLANCHETTE.

Me l'auras-tu assez reproché, le pain que je mange! Ah! sois tranquille : tu ne me le reprocheras plus!

ROUSSET.

Je te conseille de te plaindre.

BLANCHETTE.

Oui, je me plains, et, j'ai raison de me plaindre. Rien qu'aujourd'hui, ai-je été assez torturée ? Pour ta fête, je t'achète cette lampe, croyant bien faire. Tu la déformes méchamment... Oui, je sais bien, cela n'est rien, mais tous les jours, c'est un petit fait comme celui-là qui marque que nous ne pouvons plus vivre ensemble. Tout ce que je trouve beau te paraît laid. Tout ce qui me paraît mauvais te paraît bon. Nous ne nous comprendrons plus jamais. Nous sommes devenus des étrangers. Tu es entêté dans ta routine et je ne conçois même pas l'honnêteté de la même façon que toi. J'ai d'abord flatté ta vanité, et tu me montrais comme un chien savant. Maintenant, ça ne te suffit plus. Mon orgueil te blesse, et tu cherches toutes les occasions de m'humilier. Tu m'as forcée ici à demander pardon au cantonnier parce que Lucie était là ; et quand M. Galoux a voulu intervenir, tu m'as encore froissée par une parole grossière. Tu ne sais plus qu'inventer pour me faire du mal... Ce que je te dis est vrai : nous sommes devenus des étrangers l'un pour l'autre. Aussi, il vaut mieux pour tout le monde que je m'en aille et je m'en irai. Je m'en irai, je m'en irai, je m'en irai !...

ROUSSET.

Voilà quatre fois que tu le dis...

BLANCHETTE.

Veux-tu donc que je parte tout de suite ?

ROUSSET.

Je suis bien tranquille. T'as de la fierté, mais t'as encore plus de paresse. Ici, on te nourrit à rien faire : tu resteras.

BLANCHETTE.

Allons ! tu le veux !

Blanchette sort à gauche.

ROUSSET.

Où va-t-elle?

MADAME ROUSSET, *à son mari.*

Elle va chercher son manteau probablement... Est-ce que tu la laisseras s'en aller?

ROUSSET.

Tu crois à tout cela, toi? C'est de la frime, c'est de la comédie.

MADAME ROUSSET.

Mais si pourtant...

ROUSSET.

Ah! si elle veut absolument partir, je ne puis pas l'attacher ici, moi!

Blanchette rentre, avec un manteau et un chapeau.

BLANCHETTE.

Adieu!

ROUSSET.

C'est sérieux, alors?

BLANCHETTE.

Très sérieux. (*A sa mère.*) Adieu, maman.

Elle va pour l'embrasser.

MADAME ROUSSET.

Voyons, Blanchette, ne fais pas la mauvaise tête. Va embrasser ton père et que ce soit fini.

BLANCHETTE.

C'est inutile. Ce serait à recommencer demain.

MADAME ROUSSET, *mécontente.*

Allons, écoute ta mère. Vas-y.

BLANCHETTE.

Non...

MADAME ROUSSET, *irritée.*

Quelle mauvaise tête ! Veux-tu m'écouter ?

BLANCHETTE.

Non... Vois-tu, maman, j'ai du chagrin de te quitter, mais tu ne peux pas me défendre et tu ne sais pas m'aimer...

MADAME ROUSSET, *de plus en plus irritée.*

Tu ne veux pas m'obéir ?

BLANCHETTE.

Non. C'est inutile. Ma résolution est prise.

MADAME ROUSSET, *colère.*

Eh bien ! va-t-en au diable !... Je suis bien bête de me tourmenter...

BLANCHETTE.

Laisse-moi t'embrasser.

MADAME ROUSSET.

Eh ! non, puisque tu veux me quitter...

ROUSSET.

C'est pas bientôt fini, vos simagrées ?

BLANCHETTE.

Si. Adieu.

ROUSSET.

Attends un peu ! Écoute ce que je vais te dire. Si tu franchis le pas de la porte, tu ne rentreras pas ici tant que je serai vivant. Tu auras beau être dans la misère jusqu'au cou, et crever la faim, il n'y aura pas ici, pour toi, le morceau de pain qu'on donne aux mendiants. Tu entends bien ce que je te dis là ?

BLANCHETTE.

Tu peux être tranquille. J'aimerais mieux mourir que de vous tendre la main. Adieu !

ROUSSET.

Bonsoir !

Elle sort.

MADAME ROUSSET, *allant à la porte avec un cri.*

Blanchette, ma fille ! Blanchette !

ROUSSET, *l'arrêtant par le poignet.*

Toi, la mère, reste là.., Celle qui est partie, je ne la connais plus... (*Un silence.*) Va-t'en préparer la soupe.

RIDEAU.

ACTE TROISIÈME

Même décor. — Les chromos de Carnot et du général Boulanger ont été remplacés par ceux du Tsar et de Félix Faure. — Novembre.

SCÈNE PREMIÈRE

ROUSSET, MADAME ROUSSET.

Madame Rousset est assise à gauche. Rousset est à une table, auprès de la fenêtre. Tous deux, les coudes sur la table, réfléchissent sans parler.

ROUSSET, *après un long moment.*

Je vas aller voir mes betteraves.

MADAME ROUSSET.

C'est ça.

Nouveau silence.

ROUSSET.

Il est neuf heures, voilà le facteur qui passe.

MADAME ROUSSET.

Alors, oui, il est neuf heures.

ROUSSET,

Tiens, on dirait qu'il vient par ici.

MADAME ROUSSET, *se levant vivement.*

Il a peut-être une lettre pour nous.

ROUSSET.

Pour nous !... (*Dur.*) Qui veux-tu qui nous écrive ?

MADAME ROUSSET.

Mais...

ROUSSET.

On a reçu la feuille d'impôt et nous ne sommes pas en temps d'élections. Alors ?

MADAME ROUSSET.

Enfin, il vient ici...

ROUSSET.

Ah !

MADAME ROUSSET.

Mon Dieu ! si c'était...

ROUSSET.

Tais-toi.

Entre le facteur.

SCÈNE II

LES MÊMES, LE FACTEUR.

LE FACTEUR.

Bonjour, la compagnie... c'est pas souvent que je viens vous voir... (*Il fouille dans son sac.*) Voilà... C'est une lettre pour votre demoiselle. (*Tenant l'enveloppe.*) Mademoiselle Élise Rousset... Est-ce qu'elle est revenue ?

ROUSSET.

Non... Vous pouvez laisser la lettre, on la lui enverra.

LE FACTEUR.

Donnez-moi son adresse, vous économiserez trois sous.

ROUSSET.

C'est pas la peine... Nous avons une occasion.

LE FACTEUR.

Et elle est toujours dans sa place?

ROUSSET.

Oui.

LE FACTEUR.

Toujours contente?

ROUSSET.

Toujours.

LE FACTEUR.

On ne va pas la revoir bientôt?

ROUSSET.

Non.

LE FACTEUR.

C'est donc bien loin, où elle est?

ROUSSET.

Oui, c'est loin.

LE FACTEUR.

Allons, à une autre fois...

ROUSSET.

C'est ça. Au revoir, monsieur Caillard.

MADAME ROUSSET.

Au revoir, monsieur Caillard.

Il sort.

SCÈNE III

ROUSSET, MADAME ROUSSET.

ROUSSET, *se levant et allant vers la porte, après un silence.*
Je vas aller voir mes betteraves. (*Sur le point de sortir,*

ACTE TROISIÈME

il hésite, regarde madame Rousset qui tient la lettre dans ses mains, et qui la retourne dans tous les sens. D'un air détaché.) Qu'est-ce que cette lettre-là?

MADAME ROUSSET.

Il y a écrit dessus, en imprimé : *Librairie des Agriculteurs.*

ROUSSET.

Ah! oui... C'est là qu'elle a acheté ses livres sur les chimiques...

MADAME ROUSSET.

Quand je pense qu'elle n'a pas écrit une fois depuis plus d'un an !

ROUSSET.

Ça vaut mieux.

MADAME ROUSSET.

Ce qu'on me fait du mal quand on me demande de ses nouvelles...

ROUSSET.

T'as qu'à dire comme moi... oui... non...

MADAME ROUSSET.

Et qu'il me faut répondre qu'elle va bien, alors qu'elle n'est plus peut-être...

ROUSSET.

Fallait bien inventer quelque chose...

MADAME ROUSSET.

Tout le monde sait la vérité dans le pays.

ROUSSET.

Tout le monde! Il y a juste le père Bonenfant et les Morillon... Et s'ils la savent, ça n'est pas nous qui la leur avons dite.

MADAME ROUSSET.

Ils l'ont bien devinée...

ROUSSET.

Ils savent, c'est possible, et je sais qu'ils savent. Seulement, comme je ne le leur ai jamais laissé voir, ils sont forcés de faire comme s'ils ne savaient pas. J'aime mieux ça... Et puis, en voilà assez parlé... Je vas voir mes betteraves.

Il sort.

SCÈNE IV

MADAME ROUSSET *seule,* *puis* **LE PÈRE BONENFANT.**

BONENFANT, *entrant après un moment.*

Bonjour, la mère Rousset.

MADAME ROUSSET.

Bonjour, père Bonenfant. Une tasse de café ?

BONENFANT.

Non, merci, pas maintenant. (*Il la regarde en riant.*) Hé! Hé!

MADAME ROUSSET.

Vous êtes gai, à ce matin.

BONENFANT.

Comme une petite demoiselle... Et Blanchette, vous n'en avez point de nouvelles?

MADAME ROUSSET.

Si, de temps en temps.

BONENFANT.

Ben, moi aussi, j'en ai reçu des nouvelles.

MADAME ROUSSET.

Vrai?... ites, dites, mon Dieu!...

BONENFANT.

Ben, c'est les mêmes que vous.

Madame Rousset va précipitamment chercher un verre qu'elle emplit et place devant le cantonnier.

MADAME ROUSSET.

Vous savez bien que le père ne dit pas la vérité. Vous savez bien que nous ignorons où elle est, et même si elle est encore vivante.

BONENFANT.

Ça..., elle est encore vivante...

MADAME ROUSSET.

Et en bonne santé ?

BONENFANT.

Mais oui...

MADAME ROUSSET, *après un soupir.*

Le reste, ça m'est égal... Buvez donc, père Bonenfant.

BONENFANT.

Quoi que vous diriez, si vous la voyiez revenir un de ces jours ?

MADAME ROUSSET.

Quoi que je dirais... quoi que je dirais ?... je ne sais pas, mais je serais bien contente. Mais ça n'est pas possible...

BONENFANT.

Avec les chemins de fer, on va, on vient, au jour d'aujourd'hui.

MADAME ROUSSET.

Vous croyez qu'elle va revenir ?

BONENFANT.

On a vu des choses plus extraordinaires.

MADAME ROUSSET.

Vous croyez que...

BONENFANT.

Je ne dis point oui, je ne dis point non... Moi, on me l'a dit, que ça se pourrait bien.

MADAME ROUSSET.

Qui vous l'a dit ?

BONENFANT.

Ben, sur une lettre...

MADAME ROUSSET.

Qui vous l'a envoyée cette lettre ?...

BONENFANT.

Ma connaissance.

Il rit.

MADAME ROUSSET.

Je le saurai bien, qui vous a écrit.

BONENFANT.

Y a que moi qui le sais.

MADAME ROUSSET.

Vous avez vu Blanchette...

BONENFANT.

Moi ? Bon ! V'là que j'ai vu Blanchette, à c't'heure...

MADAME ROUSSET.

Oui... Vous ne savez point lire ; alors, pour connaître
ce qu'il y avait sur une lettre il aurait fallu que vous la
montriez à quelqu'un, et comme vous dites qu'il n'y a
que vous qui savez ce qu'il y a dessus, c'est qu'il n'y a
point de lettre et c'est que vous avez vu Blanchette...

BONENFANT.

C'est-y bavard, les femmes, c'est-y bavard !..

MADAME ROUSSET.

Dites, c'est vrai ?...

BONENFANT.

Laissez-moi boire ma goutte.

Il boit en la regardant du coin de l'œil.

MADAME ROUSSET.

Alors ?

BONENFANT.

Attendez, j'ai pas fini.

Il se lève et regarde par la fenêtre.

MADAME ROUSSET.

Elle est là?...

BONENFANT.

Voilà le père Rousset passé derrière le bocqueteau. Il n'y a plus de danger..

Il va à la porte.

MADAME ROUSSET.

Elle est là?...

BONENFANT.

Bougez pas ! Si vous bougez, vous ne la verrez pas.

Blanchette maigrie, pauvrement mise, paraît sur le pas de la porte. Madame Rousset, médusée, reste immobile. — Le père Bonenfant sort et ferme la porte derrière lui.

SCÈNE V

MADAME ROUSSET, BLANCHETTE,
LE PÈRE BONENFANT.

BLANCHETTE, *sans cri, simplement.*

Maman, je te demande pardon.

MADAME ROUSSET, *sans entendre, immobile.*

C'est-y possible ! C'est-y possible !...

BLANCHETTE, *s'avançant.*

Maman, je te demande pardon...

MADAME ROUSSET.

La voilà... mais oui...

BLANCHETTE, *se jetant dans ses bras.*

Maman...

MADAME ROUSSET.

Blanchette !... (*Au milieu des baisers et des larmes.*) C'est-y possible ! c'est-y possible !.. La v'là retrouvée ! la v'là retrouvée !

Bonenfant ouvre la porte.

MADAME ROUSSET, *effrayée.*

Mon Dieu ! voilà ton père ! (*Parait Bonenfant riant.*) Non ! ce n'est que cet imbécile de cantonnier. (*Bonenfant salue et sort.*) Que j'ai donc eu peur !

BLANCHETTE.

Il ne me pardonnera pas, lui...

MADAME ROUSSET, *évasive.*

Mais si...

BLANCHETTE.

Tu dois bien le savoir.

MADAME ROUSSET.

Comment veux-tu que je le sache ?

BLANCHETTE.

Quand vous parliez de moi, il en parlait durement, n'est-ce pas ?

M' DAME ROUSSET.

Non. Seulement, il vaut mieux qu'il ne te trouve pas ici sans que je l'aie prévenu.

BLANCHETTE.

Je pense bien. C'est pourquoi j'ai envoyé le père Bonenfant.

MADAME ROUSSET.

Tu vois.

BONENFANT, *en dehors, par la fenêtre.*

Je le guette... D'ici on le verra poindre derrière le bocqueteau...

MADAME ROUSSET.

Tu iras un peu là-haut, en attendant. Je t'appellerai.

BLANCHETTE.

Oui, mère. Mon Dieu! Pourvu qu'il ne me renvoie pas!

MADAME ROUSSET.

Il ne te renverra pas.

BLANCHETTE.

S'il me renvoyait ce serait un malheur, parce que, vois-tu, maman, j'étais à bout.

MADAME ROUSSET.

Pauvre Blanchette! Qu'est-ce que tu as fait depuis que tu es partie?

BLANCHETTE.

Ce serait trop long et trop triste à te raconter. Je te dirai cela en détail, petit à petit...

MADAME ROUSSET.

Tu as peut-être faim...

BLANCHETTE, *avec un sourire.*

Ah! oui!

MADAME ROUSSET.

Et moi qui suis là...

Elle lui apporte du pain et un couteau.

BLANCHETTE.

Merci... Le bon pain!... C'est toujours Denis qui l'apporte...

MADAME ROUSSET.

Tu ne vas pas manger ton pain sec! (*Elle lui donne du fromage.*) Oui, c'est toujours Denis. Il a une voiture neuve.

BLANCHETTE.

Ah!... Il doit être fier!

MADAME ROUSSET.

Le roi n'est pas son cousin.

BLANCHETTE.

Et du fromage à la cendre..., celui que père fait lui-
même.

MADAME ROUSSET.

Tu te rappelles...

BLANCHETTE.

Et que personne autre que lui ne doit toucher.

MADAME ROUSSET.

C'est ça... Il n'a pas changé, tu sais...

BLANCHETTE.

J'avais faim et je ne puis plus manger : je suis trop
contente. (*Regardant sa mère.*) Maman !... Comme je t'ai
fait du chagrin, déjà, dans ma vie, et comme tu es bonne
de bien vouloir l'oublier...

MADAME ROUSSET.

Mange donc, mange donc... Il aurait fallu avoir du
bouillon... Et un verre de cidre !... Je ne pense à rien...
Nous avons du bon cidre. Cette année nous en avons fait
six barriques... Goûte... Il est bon.

BLANCHETTE.

Très bon.

MADAME ROUSSET.

Les Morillon nous ont demandé de leur en céder une
pièce.

BLANCHETTE.

Les Morillon... Ils sont toujours heureux... ensemble?

MADAME ROUSSET.

Toujours.

BONENFANT, *par la fenêtre.*

Le v'là...

MADAME ROUSSET.

Mon Dieu ! Va... va vite... je t'appellerai... Prends ça !
Tu n'as rien mangé... Mais si... va...

> *Elle la fait sortir et, en hâte, essuie la table. Entre
> Roussel.*

SCÈNE VI

ROUSSET, MADAME ROUSSET.

MADAME ROUSSET.

T'as vu tes betteraves?

ROUSSET.

Oui.

MADAME ROUSSET.

Elles sont belles?

ROUSSET.

Si on veut. Mais l'acheteur trouvera encore qu'elles ne pèsent rien... T'as vu personne, à ce matin?

MADAME ROUSSET.

Personne.

ROUSSET.

Ah!

MADAME ROUSSET.

Pourquoi dis-tu « Ah! »

ROUSSET.

Parce que... Parce qu'il y a quelqu'un qui m'a dit qu'on avait vu de loin sur la route, du monde étranger.

MADAME ROUSSET.

Je n'ai vu personne.

ROUSSET, *montrant le petit verre de Bonenfant.*

C'est donc toi qui as bu la goutte toute seule, alors?

MADAME ROUSSET.

La goutte? Ah! je me rappelle : c'est le père Bonenfant qui est venu.

ROUSSET.

Tu vois bien.

MADAME ROUSSET.

Le père Bonenfant, c'est pas du monde.

ROUSSET.

C'est que justement, c'est avec le père Bonenfant qu'on m'a dit qu'on avait vu du monde étranger.

MADAME ROUSSET.

C'est peut-être...

ROUSSET.

Peut-être quoi?

MADAME ROUSSET.

Je ne sais pas...

ROUSSET.

C'est bon. Donne-moi à manger un morceau. (*Pendant ce qui suit madame Rousset dispose sur la table un pain entier, du fromage et un verre de cidre. Rousset met ses lunettes.*) Qu'est-ce que tu as fait de cette lettre?

MADAME ROUSSET.

Quelle lettre? Ah! oui! (*Désignant le comptoir.*) Elle est là.

ROUSSET.

Qu'est-ce qu'elle dit?

MADAME ROUSSET.

Je ne sais pas.

ROUSSET, *prenant la lettre.*

Tu ne l'as pas regardée... T'es pas curieuse... ou peut-être que tu n'as pas eu le temps. (*Il l'ouvre et lit.*) « Nous vous prions de nous faire régler le plus tôt possible le montant de notre facture, concernant la livraison qui vous a été faite — il y a près de deux ans — des volumes désignés ci-dessous, et qui vous a déjà été réclamée plusieurs fois... De la culture intensive. — De l'emploi des machines agricoles. — Traité d'Économie politique. — La fortune avec les engrais chimiques. »

MADAME ROUSSET.

C'est des livres qu'elle a achetés.

ROUSSET.

Oui, oui. Je me rappelle.

MADAME ROUSSET.

C'était pour nous.

ROUSSET.

Pour nous! Tu les a lus, toi? Je les ai lus, moi?

MADAME ROUSSET.

Pour notre bien, je veux dire.

ROUSSET.

Pour faire des ravages, oui! Notre bien?... Pour faire des ravages, il n'y a pas d'autre mot.

MADAME ROUSSET.

Elle croyait bien faire.

ROUSSET.

Elle croyait bien faire aussi quand elle a cassé la lampe exprès... C'est le même jour. C'est le jour qu'e est partie! (*Regardant la facture.*) Combien! Combien!... combien que tu lis, toi, là?

MADAME ROUSSET, *timidement.*

Trente-deux francs...

ROUSSET.

Trente-deux francs! Ah! ça c'est trop fort!

MADAME ROUSSET.

J'irai voir... on me fera une diminution... On s'est peut-être trompé.

ROUSSET.

T'iras voir rien du tout! C'est pas nous qui les avons commandés ces... ces... ces diaboliques! Hein? Alors, nous ne devons rien. Qu'on aille lui réclamer à elle... Elle doit gagner assez d'argent dans son Paris!... Et puis, en voilà assez!... (*Il s'installe pour manger. — Il sort son couteau de sa poche, l'ouvre et l'essuie sur son pantalon. — Il voit le pain entier.*) Pourquoi faire entamer un pain?

MADAME ROUSSET.

Mais...

ROUSSET.

Il en restait.

MADAME ROUSSET.

Je t'assure...

ROUSSET.

J'en suis certain. C'est pas pour l'histoire d'un morceau de pain, mais je suis sûr qu'il en restait.

MADAME ROUSSET.

Tu as raison... oui, un croûton.

ROUSSET.

Tu vois bien. Apporte-le-moi. C'est pas la peine de le laisser perdre.

MADAME ROUSSET.

C'est que...

ROUSSET.

Quoi?

MADAME ROUSSET.

Je me rappelle maintenant, je l'ai donné à un chemineau... un pauvre diable...

ROUSSET.

C'est bon, c'est bon...

MADAME ROUSSET.

Le morceau était tout petit.

ROUSSET.

Tu y as donc donné aussi du fromage à ton chemineau?

MADAME ROUSSET.

Il avait un enfant avec lui.

ROUSSET.

T'es bien donnante, aujourd'hui. (*Il boit. Pendant que sa*

femme a le dos tourné, il ramasse à terre un petit peigne perdu par Blanchette, le regarde et le met dans sa poche.) Qu'est-ce qu'il t'a dit, le père Bonenfant?

MADAME ROUSSET.

Rien.

ROUSSET.

Rien... Il t'a dit quelque chose tout de même.

MADAME ROUSSET.

Je ne me rappelle plus.

ROUSSET.

T'as pas beaucoup de mémoire.

MADAME ROUSSET.

Moi?

ROUSSET.

Non ! Monsieur le curé... Dis donc, la mère?

MADAME ROUSSET.

Rousset?

ROUSSET.

Pour qu'on y ait écrit ici, c'est peut-être qu'on croit qu'elle est revenue?...

MADAME ROUSSET.

Je ne sais pas...

ROUSSET.

Ou qu'elle a dans l'idée de revenir...

MADAME ROUSSET.

Tu vas chercher des manigances... Tu ferais bien mieux de lire ton journal.

ROUSSET.

Alors, tu ne te rappelles plus... *(Tout à coup.)* On a marché là-haut. Tu n'as pas entendu?

MADAME ROUSSET.

Non.

ROUSSET.

Je t'assure qu'on a marché. Il y a quelqu'un chez nous.

MADAME ROUSSET.

Mais tu es fou... ou tu as bu... C'est que tu as bu, Rousset. Je n'ai rien entendu.

ROUSSET, *prenant son bâton.*

Ben, attends. Je vais voir. Et gare aux voleurs!

MADAME ROUSSET, *l'arrêtant.*

Non!... Je ne veux pas!...

ROUSSET.

Ah! Ah!... C'est ta gredine de fille qui est là-haut. Tu crois donc que je ne l'ai pas deviné?

MADAME ROUSSET.

Non.

ROUSSET.

C'est pas vrai que ta fille est revenue?

MADAME ROUSSET.

Non.

ROUSSET.

Alors, laisse-moi monter...

MADAME ROUSSET.

Je ne veux pas. Tu peux me croire, peut-être, quand je te dis quelque chose! J'en viens, de là-haut. Il n'y a personne.

ROUSSET.

Ça n'est pas vrai que ta fille est revenue?

MADAME ROUSSET.

Non.

ROUSSET.

C'est pas vrai que ta fille est revenue?

MADAME ROUSSET.

Non.

ROUSSET,

Alors, à qui donc c'est-il ce peigne-là, que je viens de trouver. C'est pas à toi, bien sûr !... C'est pas vrai que ta fille est là?

MADAME ROUSSET,

Non.

ROUSSET.

Ecoute, écoute... entends-tu marcher cette fois?... Tiens !... tiens... on descend l'escalier... Hein, menteuse !

MADAME ROUSSET,

Mon Dieu !

ROUSSET.

Ecoute... Elle est là, je te dis, elle est là ! Tiens, la v'là.

Blanchette paraît.

BLANCHETTE.

Oui, c'est moi. Fais de moi ce que tu voudras.

SCÈNE VII

BLANCHETTE, ROUSSET, MADAME ROUSSET.

ROUSSET, *d'une voix sourde.*

Débarrasse-moi le plancher, toi, tu entends!

BLANCHETTE.

Vraiment, père, tu me chasses?

ROUSSET.

Oui.

BLANCHETTE.

Tu devrais avoir pitié de moi. Ah ! oui, tu devrais avoir pitié.

ROUSSET.

Pas d'histoires! Qu'est-ce que je t'ai dit quand tu as voulu t'en aller?

BLANCHETTE.

Si je suis revenue, c'est que vraiment je ne pouvais plus.

ROUSSET.

Tu n'as pas beaucoup de cœur.

BLANCHETTE.

Si c'était vrai, j'aurais moins souffert.

ROUSSET.

Non, vrai, tu n'as pas beaucoup de cœur, je te le répète. Après ce que tu m'as dit en partant, moi, j'aurais mieux aimé me jeter à l'eau que de revenir. Avec l'instruction que je t'ai fait donner et qui m'a coûté assez cher, quand on est courageuse, on ne meurt pas de faim.

BLANCHETTE.

Je le croyais, lorsque je suis partie.

ROUSSET.

Eh bien?

BLANCHETTE.

Eh bien, ça n'est pas vrai.

ROUSSET.

A Paris, il ne manque pas de travail.

BLANCHETTE.

D'ouvrières non plus.

ROUSSET.

Tu as eu peur de t'abîmer les doigts par la couture.

BLANCHETTE.

Non. On ne voulait pas de moi.

ROUSSET.

Allons donc!

ACTE TROISIÈME

BLANCHETTE.

Je savais broder, mais pas coudre. Tout de même, j'ai
perlé de la dentelle et gagné vingt sous en travaillant
douze heures.

ROUSSET.

Avec ça, on vit.

BLANCHETTE.

Mais il y a la morte-saison.

ROUSSET.

Tout ça ne me regarde pas. Qu'est-ce que je t'ai dit?
Je ne te connais plus. Va-t-en.

MADAME ROUSSET.

Rousset! Je t'en prie, Rousset!

ROUSSET.

Allons! allons! Tu me casses les oreilles. Je l'avais
prévenue.

BLANCHETTE.

Alors, tu me renvoies?

ROUSSET.

Combien de fois faut-il te le dire?

BLANCHETTE.

Tu me renvoies sans savoir si je ne vais pas mourir de
faim à ta porte?

ROUSSET.

Retourne d'où tu viens. T'as vécu, jusqu'à présent? T'as
qu'à refaire ce que tu faisais.

BLANCHETTE.

Mais les derniers temps, je ne mangeais pas tous les
jours. Si tu savais ce que c'est, le travail de la femme à
Paris! On est dix à se disputer une journée, pour l'avoir, on
offre son temps à des prix ridicules, et de cette façon on
empêche les autres de vivre, sans vivre soi-même. Si tu
voyais comme on est à la piste des petites affiches écrites

à la main, où l'on demande des ouvrières pour un travail facile. Et si tu savais comment on est exploitée ! Il y a des gens qui attendent qu'on en soit à la dernière misère pour vous proposer des choses abominables, et qui se moquent lorsqu'on refuse, et qui vous disent : « Si vous aimez mieux crever dans la rue, ça vous regarde. » J'ai vu tout ça, j'ai supporté tout ça. J'ai lutté tant que j'ai pu : mon orgueil me soutenait. A la fin, j'ai compris que c'était impossible, et je reviens, parce que revenir près de vous, c'est la seule chose honnête et courageuse qui me restait à faire. — Non ! je ne veux pas recommencer. Je ne le peux pas. (*A genoux.*) Papa je te demande pardon ! Je te jure que tu n'auras jamais de reproche à me faire. Je te promets que je ne serai plus vaniteuse et que je t'obéirai. Papa, je te demande pardon, ne me jette pas à la rue, je t'en supplie ! Je suis incapable de gagner mon pain, alors qu'est-ce que je ferai si tu me chasses ?

ROUSSET.

Tu iras chez M. Galoux. Il t'avait promis de te prendre pour donner des leçons à ton amie Lucie, ta grande amie Lucie...

BLANCHETTE.

M. Galoux a tenu sa promesse.

ROUSSET.

Et tu n'es pas restée chez lui ?

BLANCHETTE.

Non.

ROUSSET.

T'étais bien là pourtant. Tu n'avais pas à te salir les mains, ça devait te plaire. T'auras encore fait quelque sottise et tu t'es fait mettre à la porte.

BLANCHETTE.

Non. Je n'ai rien fait de mal.

ROUSSET.

Si tu n'avais rien fait de mal on ne t'aurait pas renvoyée.

BLANCHETTE.

Tu crois?

ROUSSET.

Dame !

BLANCHETTE.

A peine entrée chez M. Galoux, son fils a voulu faire de moi sa maîtresse. Puis il a parlé de m'épouser. C'est à ce moment qu'on m'a renvoyée... Oh! en me faisant beaucoup de compliments, mais en me donnant à comprendre que l'instruction et la vertu ne sauraient remplacer une dot et en m'offrant une somme d'argent que j'ai refusée.

ROUSSET.

Toujours tes idées de grandeur !

BLANCHETTE.

Allons! il faut te le dire, ce que j'en ai pleuré, des larmes, ce que j'en ai avalé, de la honte! Écoute. En sortant de chez M. Galoux, dans une autre place, j'ai encore dû m'en aller!... Là, c'est la mère qui m'a renvoyée, oui, la mère, parce qu'en prenant une demoiselle de compagnie pour elle, elle entendait, en même temps, donner à son fils une maîtresse économique et sans dangers. Après? Après... Un vieillard, très respectable, avait perdu une fille de mon âge, à qui je ressemblais, disait-il. Il me demanda pour la remplacer. Ah! l'ignoble personnage!... Quand je suis partie, il a levé les épaules : ma candeur lui faisait pitié, à ce père inconsolé! Dans une autre maison, ç'a été le mari... Je ne croyais pas que c'était aussi uniformément sale, les hommes !

ROUSSET.

Fallait entrer chez une dame seule.

BLANCHETTE.

C'est ce que j'ai fait, je te l'ai dit; j'y ai été bonne, et j'ai lavé par terre comme tu le demandais. Celle-là ne me donnait pas à manger... Maintenant, tu me chasses. Réfléchis. Veux-tu donc me forcer à imiter des diplômées comme moi, que j'ai rencontrées, qui se conduisent mal et qui sont dans la rue, dans le ruisseau ! Oui, oui, je dis la vérité... Il n'en manque pas des malheureuses qui peuvent envelopper leur carte de fille soumise dans leur brevet d'institutrice !

ROUSSET.

Alors, on a tort de donner de l'instruction à ses en-fants ?

BLANCHETTE.

Non. Mais il faudrait aussi leur donner la manière de s'en servir et ne pas vouloir absolument en faire des fonc-tionnaires.

ROUSSET.

Tais-toi, voilà du monde.

Entre le père Bonenfant.

SCÈNE VIII

LES MÊMES, LE PÈRE BONENFANT, *puis* MORILLON *et* AUGUSTE.

BONENFANT.

Bonjour, la compagnie... (*S'asseyant.*) J'voudrais bien une tasse de café. (*Feignant d'apercevoir Blanchette.*) Eh ! mais, c'est Blanchette !...

ROUSSET.

Elle est venue nous dire un petit bonjour.

BONENFANT.

Ah !... Je prendrais bien une tasse de café tout de même.

Madame Rousset se dispose à servir. Blanchette l'arrête.

BLANCHETTE, *en regardant son père qui lui-même
l'observe du coin de l'œil.*

Mais... je vais servir, mère. Donne-moi ton tablier.

*Elle sert au milieu du silence. Rousset la regarde avec
surprise, enfin un peu touché.*

BONENFANT, *après avoir bu.*

Ah !...

*Il donne à Blanchette une pièce qu'elle va porter à sa
mère. — Elle dessert. — Entrent Morillon et son fils.*

MORILLON.

Bonjour, père Rousset... (*A Blanchette.*) Vous v'là revenue, mademoiselle Blanchette?... Ah !... je suis content, bien content... et je ne suis pas le seul... Pas vrai,
Auguste?

ROUSSET.

Ouais.

MORILLON.

Dites donc, père Rousset?

ROUSSET.

Quoi?

MORILLON.

Venez donc faire un petit tour avec moi, je voudrais
bien vous dire deux mots...

ROUSSET, *à la fenêtre.*

Oh! j'peux pas. J'ai pas le temps maintenant. Je suis
occupé à prendre l'air.

MORILLON.

C'est pour la terre.

ROUSSET.

Pour la terre du bois David?

MORILLON.

Allons, venez, venez... (*Aux autres.*) A tout à l'heure.

*Il l'entraîne et sort avec lui. Auguste reste debout, em-
barrassé.*

1.   8

BLANCHETTE.

Asseyez-vous, monsieur Auguste...

MADAME ROUSSET, *après les avoir regardés.*

Ça ne vous fait rien que je vous laisse un peu tout seuls?... Je reviens...

Elle sort.

SCÈNE IX

BLANCHETTE, AUGUSTE.

AUGUSTE.

Voilà... On nous a dit que vous étiez revenue, et alors, comme nous passions par là, le père et moi, nous avons eu l'idée d'entrer vous dire bonjour.

BLANCHETTE.

Je vous remercie.

AUGUSTE.

Alors... c'est pour toujours que vous revenez?

BLANCHETTE.

Non. Je repars.

AUGUSTE, *déconcerté.*

Ah!... ah! vous...

BLANCHETTE.

Oui.

AUGUSTE.

Vous vous plaisez mieux à Paris?

BLANCHETTE.

Ah! Dieu non! Vous ne pouvez pas savoir ce que je l'ai en horreur, Paris.

AUGUSTE.

Seulement... vous y avez peut-être des affections.

BLANCHETTE.

Aucune.

AUGUSTE.

Moi... je m'attendais toujours à apprendre... un jour ou l'autre... votre mariage.

BLANCHETTE.

Avec qui, mon Dieu ?

AUGUSTE.

Je ne sais pas, moi... Vous êtes... vous êtes assez... je ne sais pas, moi... enfin, assez plaisante pour que... on ait pensé... enfin pour que, là-bas, il y ait eu des jeunes gens qui... je ne sais pas, moi...

BLANCHETTE.

Qui m'aient recherchée ? Non, il n'y en a pas eu... ou ceux qui l'ont fait sont des misérables dont je me suis éloignée.

AUGUSTE.

Vraiment... vous... Alors, rien ne vous oblige à repartir...

BLANCHETTE.

Si. Mon père ne veut plus de moi...

AUGUSTE.

Enfin, je veux dire, personne ne vous attend... vous ne...

BLANCHETTE.

Personne.

AUGUSTE.

Ça me fait vraiment plaisir d'entendre ça... c'est vrai ?... C'est bien vrai... vous n'avez pas d'amis, là-bas... et vous...

BLANCHETTE.

Et je n'en ai jamais eu, je vous le jure. Oh! j'ai été malheureuse... malheureuse!

AUGUSTE.

Oh! je suis bien content!... On ne peut pas savoir ce que je suis content. Alors, voilà, moi, j'ai quelque chose à vous dire.

BLANCHETTE.

Dites.

AUGUSTE.

Nous avons été forcés chez nous d'agrandir l'atelier... parce qu'il y a maintenant de l'ouvrage pour trois ouvriers... nous en avons même jusqu'à cinq, à l'époque de la moisson. Nous sommes très contents. On se fait des journées, de dix, douze et même quinze francs... et depuis que vous êtes partie j'ai mis quatre cents francs de côté. Le père parle de se retirer... Écoutez donc, écoutez donc... Nous avons fait bâtir un premier étage... avec une grande fenêtre... Et puis...

Silence.

BLANCHETTE.

Pourquoi me dites-vous...

AUGUSTE, *tout à coup.*

Enfin!... Là!... C'est clair, pourtant!... Vous me... je... Enfin... je viens vous demander si maintenant vous voulez vous marier avec moi.

BLANCHETTE, *très émue.*

Auguste?...

AUGUSTE.

C'est-il oui, c'est-il non, dites? Moi, je vous ai attendue...

BLANCHETTE.

Ah! le bon et brave garçon que vous êtes!

AUGUSTE.

C'est... c'est oui?....

BLANCHETTE, *après un silence.*

Tenez!

Elle l'embrasse sur les deux joues.

AUGUSTE.

C'est oui ! Eh bien, vous pouvez vous vanter d'avoir fait un heureux, vous... Bon sang ! Vous verrez si je serai un bon mari... Vous verrez !... Vous ne vous dédirez pas, hein ?... Ben ! j'en ai une veine, moi !... (*Il rit.*) Venez, moi aussi, il faut que je vous embrasse.

Entre le cantonnier.

SCÈNE DERNIÈRE

Les Mêmes, BONENFANT, *puis* ROUSSET, MORILLON
et MADAME ROUSSET.

BONENFANT.

Mande pardon !

Il va pour s'en retourner.

AUGUSTE.

Ben quoi donc, père Bonenfant, on s'en retourne ?

BONENFANT.

C'est parce que j'ai oublié de boire ma goutte après mon café.

BLANCHETTE, *gaie.*

On va vous la donner, père Bonenfant, voilà.

AUGUSTE.

Et un bout de sucre avec, peut-être ?

Entrent Rousset et Morillon.

BONENFANT.

Je suis servi comme un prince, moi !

Auguste est auprès de la table. Blanchette à côté de lui, la main sur l'épaule. Tous deux très heureux.

BLANCHETTE.

C'est bon, hein ?

BONENFANT.

Oui.

Il les regarde et rit.

AUGUSTE, *de même*

Hé ! hó ! hé !

BLANCHETTE, *de même.*

Hi ! hi !

Ils rient tous les trois ensemble.

LE CANTONNIER.

Je parie que vous ne m'inviterez pas à la noce !

BLANCHETTE.

Si.

AUGUSTE.

Oui, on vous invitera.

MORILLON, *entrant.*

Si je veux !... et je veux ben.

Le cantonnier va pour sortir. A la porte, il rencontre
le père Rousset.

BONENFANT, *à Rousset.*

Alors, elle va s'en retourner, Blanchette ?

ROUSSET.

Ben, on verra... On s'est donné la peine d'élever une enfant, c'est pas pour la laisser toujours chez les autres.

MADAME ROUSSET, *éclatant en sanglots.*

Heu ! heu ! heu ! (*Blanchette et Auguste vont à elle. Blan-*
chette, l'embrassant.) Mère !

MADAME ROUSSET.

C'est tellement que je suis contente...

ROUSSET.

Alors, moi, je suis un étranger ! Alors, y a que moi qu'on n'embrasse pas ?

Blanchette se jette dans ses bras.

RIDEAU

TROISIÈME ACTE ORIGINAL

Même décor.

SCÉNE PREMIÉRE

UN HUISSIER, SON CLERC, LE PÈRE BONENFANT, ROUSSET. *L'huissier et son clerc écrivent, à la table de droite. Rousset est assis près de celle de gauche. Le père Bonenfant est debout à côté de lui.*

ROUSSET, *pleurnichant.*

Ainsi, maintenant, je n'ai plus rien à moi que ce que j'ai sur le dos... On va tout vendre ici... Depuis un an le malheur est dans la maison...

LE PÈRE BONENFANT

C'est pas de ta faute. Si un nouveau débit n'était pas venu s'établir près de toi, là, juste en face... je n'en serais pas aujourd'hui à te servir de témoin pour la saisie de tes affaires... Tu ne m'en veux pas?... L'huissier m'a demandé... J'ai pensé que tu aimerais autant que ce soit moi qu'un autre...

ROUSSET

Oui... Ah! si M. Galoux était encore dans le pays, il m'aurait tiré de là !

BONENFANT

Oui, mais depuis le mariage de sa fille, il est parti, voilà plus de deux ans...

L'HUISSIER

Je reprends la lecture. (*A son clerc.*) Suivez bien. (*Lisant.*)
« Tels sont les meubles, effets, mobilier, matériel et marchan-
« dises que j'ai trouvés et saisis gagés sur et au domicile de
« M. Rousset. Je les ai laissés à la garde de ce dernier, qui les
« a acceptés pour les représenter à toute réquisition de justice,
« sous les peines de droit et notamment pour la vente qui en
« sera faite après l'accomplissement des formalités voulues
« par la loi, au jour qui sera fixé ultérieurement. De tout ce
« que dessus, j'ai dressé le présent procès-verbal, duquel j'ai
« délivré copie à M. Rousset, parlant à lui-même et après lec-
« ture, celui-ci et mes témoins ont signé tant l'original que la
« copie, avec moi, huissier. Le coût est de quarante-sept francs
« quatre-vingts centimes. Employé pour cette copie, trois
« feuilles de timbre spécial à soixante centimes. Droit, quatre
« francs vingt. » (*Il signe les deux exemplaires. A son clerc.*)
Signez. (*A Bonenfant.*) Signez ici et là... (*A Rousset.*) Vous aussi :
ici et là... C'est bien. Voilà pour vous. (*Il lui donne la deuxième
copie.*) Bonsoir...

ROUSSET

Alors, un petit renseignement...

L'HUISSIER.

Vous n'avez qu'à lire... Bonsoir.

ROUSSET.

Bonsoir, mon bon monsieur.

> *L'huissier et le clerc sortent. L'huissier a donné une pièce
> de monnaie à Bonenfant.*

SCÈNE II

ROUSSET, BONENFANT.

ROUSSET.

Oh! les canailles! les canailles! Ils m'ont tout saisi, tout
pris, tout volé... Je n'ai plus rien, rien qui soit à moi... Ils ont

partout fureté, ils ont tout inscrit... Demain... Dans huit jours, on me chassera d'ici et je n'aurai plus de logis... et j'irai le long des routes, comme les mendiants... Y en a-t-il dans le bourg qui doivent être contents! Comme ils doivent rire, ceux qui me jalousaient jadis!... Mon vieux Bonenfant, quand je te demanderai un morceau de pain, tu ne me le refuseras pas, dis? *(Pleurnichant.)* Tu vois, je suis dans la misère, dans la plus grande misère... Ah! mon Dieu! mon Dieu! mon Dieu! Où irons-nous, ma pauvre femme et moi quand on nous aura mis à la porte de notre maison! C'est abominable! abominable! Et tout ça parce que l'autre a eu le bureau de tabac, et qu'un nouveau débit est venu s'établir à côté. Le gouvernement devrait défendre l'ouverture de nouveaux débits... Il n'y a pas assez d'ivrognes peut-être!... Et protéger ceux qui existent!... Mais il n'y a pas de gouvernement pour les malheureux, vois-tu, mon pauvre père Bonenfant...

BONENFANT.

Voyons! tu es déjà assez embêté : c'est pas la peine de parler politique... Je m'en vais... Tiens, puisque tu es dans la misère... L'huissier m'a donné vingt sous pour avoir été témoin les voilà.

ROUSSET.

Merci, père Bonenfant. Merci... Tu es un brave homme... Merci...

Bonenfant sort.

SCÈNE III

ROUSSET, *puis* MADAME ROUSSET *et* MADAME JULES.

ROUSSET, *changeant de ton.*

Heureusement que j'ai été prévenu à temps et qu'avant la saisie, j'ai pu garer tout ce qui avait quelque valeur... En somme, je dois plus d'argent qu'on n'en pourra tirer de tous ces vieux meubles... Par conséquent, il y avait économie à me laisser saisir... Mais c'est bien malheureux tout de même.

(*Apercevant madame Jules qui entre avec madame Rousset.*)
Ah! mon Dieu! mon Dieu! mon Dieu! Nous n'avons plus rien!
Quel malheur, madame Jules. Quel malheur! Quand nous vous
demanderons un morceau de pain, vous ne nous le refuserez
pas, dites?

MADAME JULES.

Voyons, père Rousset...

ROUSSET.

C'est abominable! abominable...

MADAME JULES.

Ne vous désolez pas... Si vous voulez...

ROUSSET.

Chassés... Nous sommes chassés...

MADAME ROUSSET, *devant la table ronde.*

Console-toi... Écoute. J'ai une grande nouvelle à t'apprendre.
Peut-être que nous resterons...

MADAME JULES.

Il suffit que vous disiez « oui » et vous resterez ici, comme
avant...

ROUSSET.

Mais on vient de nous saisir, ma bonne madame Jules!...
Un huissier est venu...

MADAME JULES.

Quelqu'un paiera l'huissier...

ROUSSET.

Qui donc?

MADAME ROUSSET.

Ah! voilà!... Madame Jules a vu, ce matin, arriver chez
elle... quelqu'un que tu connais bien.

ROUSSET.

Mais qui encore une fois?

MADAME JULES.

Votre fille.

ROUSSET.

Je ne veux pas en entendre parler... Sachez-le bien, madame

Jules. Voilà trois ans qu'elle est partie d'ici, et depuis ce temps, je n'ai plus d'enfant.

MADAME JULES.

Justement, vous n'avez jamais voulu qu'on vous dise ce qu'elle devenait et vous avez eu tort.

ROUSSET.

Il y a six mois, je me rappelle, vous m'avez forcé à vous écouter. Elle était domestique, elle était bonne... J'ai eu honte... Oui, j'ai eu honte, nous n'avons jamais été en service, nous autres, dans notre famille... C'est pas pour vous mépriser que je dis cela; d'ailleurs je sais la différence qu'il y a entre une cuisinière de grande maison et une simple bonne. J'ai dit que je ne lui enverrai pas un sou... C'est dit.

MADAME JULES.

Mais puisque c'est elle qui vous en apporte, de l'argent.

ROUSSET.

Elle a de l'argent! Elle a de l'argent! Vous en êtes sûre?

MADAME ROUSSET.

Et c'est elle qui veut désintéresser tes créanciers.

ROUSSET.

Comment a-t-elle de l'argent?

MADAME ROUSSET.

On te le dira, mais laisse un peu qu'on te parle...

MADAME JULES.

Elle a un petit commerce de mercerie... Lorsque vous l'avez renvoyée de chez vous,...

ROUSSET.

Non, mais comment a-t-elle de l'argent?

MADAME ROUSSET.

Écoute depuis le commencement.

ROUSSET.

Soit. J'écoute.

MADAME JULES.

Elle est arrivée chez nous. M. Galoux... Vous le savez cela, puisque M. Galoux est venu vous demander de la reprendre...

ROUSSET.

Même que je l'ai envoyé promener, votre M. Galoux, et puis bien, encore !

MADAME JULES.

Elle a d'abord été très heureuse... Elle servait de dame de compagnie à mademoiselle Lucie... Et puis... elle n'a pas eu de chance... M. Georges a voulu... je ne sais pas quoi... l'épouser... ou ne pas l'épouser, je ne sais pas au juste. Toujours est-il que M. Galoux lui a fait comprendre qu'elle ne pouvait plus rester chez lui... Il lui a offert une certaine somme qu'elle a refusée...

ROUSSET.

Toujours ses idées de grandeur !

MADAME ROUSSET.

Madame Jules est allée la voir à Paris.

MADAME JULES.

Je l'ai trouvée dans une soupente, rue Quincampoix... chez une logeuse qui parlait de la renvoyer. Elle était couchée sur un lit de sangle... des draps sales... ses vêtements en guise de couverture. On était en plein été, et on ne pouvait pas tenir la main sur le zinc du toit qui lui servait de plafond. Malgré cela, elle grelottait la fièvre, elle n'avait à boire que de l'eau tiède dans laquelle une voisine avait mis un fond de cafetière...

ROUSSET, *ému.*

C'est vrai, ça ! c'est vrai ?

MADAME ROUSSET.

Mon pauvre homme ! Elle ne nous en voulait pas... elle a parlé de nous...

ROUSSET.

Mais moi, elle me déteste... elle me...

MADAME JULES.

Elle a pleuré de joie quand elle a su que vous étiez bien portants. Dans son idée, elle vous croyait morts... On l'a conduite à l'hôpital.

ROUSSET.

A l'hôpital ! Pourquoi ne me disais-tu pas ça ?

MADAME ROUSSET.

Tu ne voulais pas qu'on te parle d'elle...

MADAME JULES.

Elle était maigre... et changée... Je ne la reconnaissais pas. On ne voyait plus que ses yeux dans sa figure... Elle n'en finissait pas de m'embrasser en pleurant, disant que si elle pouvait, elle rentrerait ici comme servante... que vous aviez été trop bons... Elle a voulu se tuer... On l'a retirée de la Seine...

ROUSSET.

Elle voulait... Pauvre Blanchette! Pauvre petite Blanchette!...

MADAME ROUSSET.

Elle est là... Je vais la chercher...

ROUSSET, *après un silence.*

Oui. Non. Je ne veux pas...

MADAME JULES.

Allons! Vous aviez dit oui.. D'abord il est trop tard, la voilà...

Entre Elise, en très bonne santé, vêtue simplement mais avec goût. Très à son aise.

SCÈNE IV

Les Mêmes, ÉLISE.

ELISE. *Elle reste entre la porte et la table ronde.*

Bonjour, père.

ROUSSET.

Mais... mademoiselle...

ÉLISE.

Allons, voyons, ne m'appelle pas mademoiselle. Tu sais bien que je suis ta fille... Blanchette ou Élise, Élise ou Blanchette comme tu voudras... Alors tu es dans la dèche, mon pauvre père, et on allait tout vendre. Pleure pas : j'ai payé l'huissier... Il avait l'air tout épaté, et il faisait des manières pour recevoir l'argent. Parole d'honneur, je n'avais jamais vu ça... Allons, embrassons-nous et ne pensons plus à toutes les histoires d'autrefois... (*Elle embrasse son père qui se défend.*) Là... Ça y est... Ça me fait plaisir de revoir ce toit où vécut mon enfance, comme disait l'autre...

ROUSSET, *grave.*

Alors tu as payé l'huissier?

ÉLISE.

Parfaitement.

ROUSSET.

Avec quoi?

ÉLISE.

En voilà une question! C'est pas en lui faisant les yeux doux, va, ça n'aurait pas pris! Comme ça, tu t'étais laissé mettre en faillite, mon pauvre papa!... Mais je veillais sur toi, tu sais bien... Madame Jules me tenait au courant... et puis maman. Alors quand j'ai su que le paternel était dans la panade je me suis dit, c'est le moment! J'ai pris le train et me voilà!

ROUSSET.

Je veux savoir où tu as eu cet argent-là.

ÉLISE.

Je me demande un peu ce que ça peut te faire... Je ne l'ai pas volé, tu peux en être sûr.

ROUSSET.

Je veux savoir où tu as eu cet argent-là.

ÉLISE.

Je suis établie, la!... Je vends des cravates, des manchettes, des faux-cols. J'en vends bien au moins pour cent sous par jour. Cet argent-là, c'est mes économies...

ROUSSET.

Ce n'est pas possible... Qui est-ce qui t'a donné de quoi t'établir?... Je veux savoir où tu as eu cet argent-là.

ÉLISE, *sans se fâcher.*

Oh! bien non! ça, papa, tu sais, non, non, non, non! Je

viens ici, ce n'est pas pour que tu me fasses des scènes. Voyons, réfléchis : je suis bonne fille... j'oublie toutes nos bisbilles, je ne te demande rien, je paye tes dettes!... Ça devrait te suffire. Ne sois pas trop exigeant. Qu'est-ce que je veux, moi? Que tout le monde soit content. Je suis heureuse de vous voir. Embrassons-nous, amusons-nous, mais ne me fais pas de morale... Quant à l'argent... crois ce que tu veux et parlons d'autre chose... Sais-tu que tu as bonne mine? Non, vrai, tu n'es pas changé du tout... Dites donc, madame Jules, vous savez que Lucie va avoir un bébé...

MADAME JULES.

Vraiment?

ROUSSET.

Qui est-ce qui t'a dit ça?

ÉLISE.

C'est Georges... monsieur Georges, son frère.

ROUSSET.

Tu le vois donc?

ÉLISE.

Oui.

ROUSSET.

C'est lui qui t'a donné de l'argent?

ÉLISE.

Oui, na! Es-tu content à présent?

ROUSSET.

Eh bien, tu peux t'en aller d'où tu viens, je ne veux pas de cet argent! J'aime mieux rester dans la misère et n'avoir plus demain un coin à l'abri pour me coucher, plutôt que de dormir dans un bon lit et de savoir que ton argent n'est pas de l'argent honorablement gagné. Je n'ai jamais volé un sou à personne, moi.

ÉLISE.

Voyons, papa, dis pas ça. Je me rappelle encore quand nous faisions les notes des clients; tu me trouvais bébête parce que je voulais le faire à la délicatesse.

ROUSSET.

Ça ce n'était pas la même chose : c'était du commerce.

ÉLISE.

Je le reconnais aujourd'hui, c'est toi qui étais dans le vrai...
Mais moi j'étais jeune!

ROUSSET, *déjà ébranlé.*

Je ne veux pas vivre avec le prix du déshonneur.

ÉLISE.

Bon, voilà les gros mots qui commencent. Non, ce qu'on a
de la peine à s'entendre, dans la vie! Qu'est-ce qui nous
manque maintenant pour être heureux? Rien. Faut que tu
nous bouleverses avec tes idées de roman. Tu te rappelles bien
que tu me reprochais d'en lire trop, et de me monter la tête
avec... Allons! ne fais pas de façon! nous allons faire un joli
petit dîner de famille. J'ai tout commandé pour que maman
n'ait pas l'embêtement de faire la cuisine. Seulement, tu sais,
t'as pas beaucoup de crédit : on m'a fait payer d'avance. J'ai
invité madame Jules et son mari, et puis encore quelqu'un.

MADAME ROUSSET.

Qui donc?

ÉLISE.

Morillon, le père Morillon et son fils, vous savez bien
Auguste, qui voulait m'épouser. Pauvre garçon!... Je crois
qu'au fond je n'ai jamais aimé que lui.

ROUSSET.

Ils ne viendront pas, ce sont d'honnêtes gens.

ÉLISE.

Que si. Quand Auguste m'a vue, il a fait des yeux blancs...
Ça m'a remuée, parole d'honneur.

ROUSSET.

Moi je m'en vais, je ne dînerai pas ici.

MADAME JULES.

Faites donc pas tant d'histoires! On sait bien ce que c'est
que la vie, mon Dieu!

MADAME ROUSSET.

Tu n'avais qu'à ne pas être si curieux.

ROUSSET.

Je m'en vais.

ÉLISE.

Mon petit papa.

ROUSSET, *se dégageant.*

Tu n'es qu'une fille perdue.

ÉLISE, *nerveuse, changeant de ton.*

Allons, allons, ne me reproche pas cela.

ROUSSET.

C'est pas vrai alors?

ÉLISE.

Si.

ROUSSET.

Eh bien?

ÉLISE.

Tu n'as pas le droit de me le reprocher.

ROUSSET.

Pourquoi?

ÉLISE.

Ce n'est pas ma faute.

ROUSSET.

C'est peut-être la mienne.

ÉLISE.

Je commence à le croire. J'ai été une fille trop instruite.

ROUSSET.

Oh! c'est trop fort, par exemple! Voilà que tu me reproches les sacrifices que j'ai faits pour que tu sois bien élevée.

ÉLISE.

Oui, parce que tu as agi non pas dans mon intérêt, mais par vanité. D'ailleurs, j'en ai assez souffert, d'avoir été dans les pensions de riches.

ROUSSET.

Souffert! Mais comment?

ÉLISE.

Je ne veux pas remuer tout ce passé ni me rappeler toutes mes tristesses. Je suis venue ici pour être gaie... pour passer quelques jours bien tranquillement dans ma famille. Ne nous reprochons pas nos torts, nous avons eu chacun les nôtres, va. (*Changeant de ton.*) Allons, c'est fini, hein? Tu ne sais pas c'est aujourd'hui ta fête... Voyons, mon petit papa.

ROUSSET.

Il n'y pas de petit papa. Je ne vous connais plus...

ÉLISE.

Ah! que tu es bête!

ROUSSET.

Possible! Mais je suis un honnête homme, moi, et je peux marcher la tête haute, partout où j'irai. Tout le monde ne peut pas en dire autant.

ÉLISE.

Tout le monde ne peut pas en dire autant! C'est pour moi, cela?

ROUSSET.

Probable.

ÉLISE.

Allons, c'est toi qui l'auras voulu! Aussi bien, il faut que nous nous expliquions là-dessus une bonne fois pour toutes, et il vaut mieux plus tôt que plus tard. (*Elle s'assied sur un coin de table.*) Eh bien! je dis, moi, que tu récoltes ce que tu as semé. J'étais née pour être servante d'auberge, comme ma mère, et pour épouser un ouvrier comme tu en es un. Vous m'avez fait élever avec des filles de millionnaires. On m'y a inspiré le mépris pour ceux qui n'ont pas de fortune. Alors ça m'a dégoûté, l'existence ici. Ce n'était pas là peine de m'envoyer apprendre à faire la révérence si je devais servir des tasses de café aux cantonniers. Toi, mon pauvre père, je le reconnais, tu n'en as pas eu pour ton argent : c'est pas ma faute. Evidemment, tu étais fier quand je collais l'instituteur, mais tu espérais que je rapporterais de l'argent, et tu t'es lassé d'attendre. Tu n'étais pas content. Moi non plus. Je suis partie... Ah! c'est là que ça a commencé pour moi la vie joyeuse! Je suis partie de chez toi parce que j'étais trop savante... J'ai dû partir de chez les autres parce que j'étais trop honnête. Encore un bagage inutile dont on m'avait chargée, la vertu.

MADAME ROUSSET.

Blanchette! Il ne faut pas dire cela!

ÉLISE.

C'est pourtant la vérité, ma pauvre maman. Mon histoire, vois-tu, n'est pas faite pour être dite aux jeunes filles, mais on peut la raconter aux parents vaniteux, ils en tireront profit.

ROUSSET.

Je sais bien que si c'était à refaire...

ÉLISE.

Oui, mais voilà, ce n'est plus à refaire. Malheureusement, je suis entrée, tu le sais, chez M. Galoux. J'aimais le fils et je voulais l'épouser; lui, il a voulu faire de moi sa maîtresse.

MADAME ROUSSET.

Le misérable!

ÉLISE.

Oui, c'est ce que j'ai dit d'abord. A la réflexion ça m'a beaucoup moins indignée. J'en ai vu bien d'autres. Toujours est-il que je me suis révoltée, qu'il y a eu scandale, et que M. Galoux, tout en rendant hommage à mon honnêteté, m'a priée d'aller la promener ailleurs, lorsqu'il a su que son fils parlait de m'épouser. J'ai eu bien de la chance après. Un vieillard très respectable avait perdu une fille de mon âge, à qui je ressemblais, disait-il. Il me demanda pour la remplacer. Son chagrin, son deuil m'avait émue, et cela me paraissait joli à faire, de soigner ce vieillard infirme, quinteux et bavant, et de lui donner cette illusion de l'enfant morte revenue près de lui! Ah! comme j'étais godiche! Ah! le vieux satyre et l'ignoble personnage!... Quand je suis partie il a levé les épaules! Ma candeur lui faisait pitié, à ce père inconsolé! Dans une autre maison ç'a été le mari... et toujours, je pense il en est de même, et tous les mâles dans les familles, sous d'hypocrites dehors, ne sont que des ogres haletants guettant la chair fraîche. Pouah! Je ne croyais pas que c'était aussi uniformément sale, les hommes!

ROUSSET.

Fallait entrer chez une dame seule!

ÉLISE.

C'est ce que j'ai fait, j'y ai été bonne, j'ai lavé par terre, comme tu le demandais. Elle m'a renvoyée, celle-là, parce qu'elle a été vexée un jour d'avoir une bonne plus savante qu'elle. Allons, faut-il tout dire encore?... Je savais broder, mais pas coudre. Tout de même j'ai perlé de la dentelle et j'ai gagné vingt sous par jour en travaillant douze heures. Tu veux les savoir encore, mes misères, mes courses à la poursuite des petites affiches blanches manuscrites, où l'on demande des ouvrieres pour un travail facile?... Faut-il te la détailler, toute la dégringolade jusqu'au garni de la rue Quincampoix où madame Jules m'a retrouvée avec une fièvre qui me venait d'un suicide manqué? Peux-tu deviner ce que j'en ai pleuré des larmes pour en arriver là. Ce que j'en ai avalé de la honte, le devines-tu? Georges a su mon adresse; il m'aimait à sa manière, ce garçon, et j'ai été sa maîtresse. Et j'ai beau chercher jusqu'au fond de mon cœur, je ne trouve pas un remords pour ce crime-là. (*Changeant de ton.*) Maintenant me voilà confessée. Madame Jules, allez chercher le fricot.

Madame Jules sort.

ROUSSET.

Si je le tenais, ce M. Georges...

ÉLISE.

Faudrait pas lui faire de mal, c'est lui qui m'a sauvée.

ROUSSET.

Sauvée! de quoi?

ÉLISE.

De la prostitution. Il n'en manque pas, va, des malheureuses qui peuvent envelopper leur carte de fille soumise dans leur brevet d'institutrice!... Allons, c'est fini, n'est-ce pas? Tu restes et soyons gais.

ROUSSET.

Depuis... M. Georges...

ÉLISE.

Oui, p'pa.

ROUSSET, *ne résistant plus que pour la forme.*

Non, décidément je ne puis accepter cela.

MADAME ROUSSET, *conciliante.*

Voyons, Rousset, si elle n'en a eu qu'un!...

MADAME JULES.

Voilà toujours le liquide et le gâteau... on apporte le reste dans cinq minutes, tout chaud, tout bouillant!

ÉLISE.

Bravo! Bravo!

Entre M. Jules, type d'ancien cocher portant des plats et des bouteilles de vin dans un panier.

SCÈNE V

LES MÊMES, MONSIEUR JULES, *puis* MORILLON *et* AUGUSTE.

MONSIEUR JULES.

Bonjour, mademoiselle... (*S'approchant pour l'embrasser.*) Voulez-vous me permettre?...

ÉLISE.

Allez-y, monsieur Jules... et mettons la table.

Il l'embrasse.

MADAME JULES, *qui a déplacé la table ronde.*

Il n'y a pas de nappe?

MADAME ROUSSET, *qui était sortie un moment à gauche, rentrant et apportant une nappe.*

Voilà! Voilà!

MADAME JULES *aide à mettre le couvert.*

Toi, monsieur Jules, débouche tout ça... (*A Rousset.*) C'est du cacheté...

ROUSSET.

Oui, mais...

MONSIEUR JULES.

Aidez-moi, père Rousset. Tenez, voilà un tire-bouchon...

M. Jules débouche.

MADAME ROUSSET.

Les assiettes... les verres...

MADAME JULES.

Trois verres à chacun...

Elles mettent le couvert pendant ce qui suit.

MONSIEUR JULES, *à Rousset.*

Entendez-vous, vieux veinard? Trois sortes de vin, comme dans le grand monde... Allons, qu'est-ce que vous faites là?... Vous ne débouchez pas?... Tenez, voilà une bouteille... c'est du vieux Bordeaux.

MADAME JULES.

Vous ne voulez pas nous aider?

ROUSSET.

Si c'est pour vous aider, je veux bien...

Il enfonce lentement le tire-bouchon et débouche... on le regarde.

ÉLISE, *après le bruit du bouchon enlevé.*

Làl... regardez s'il est gentil p'pa... Tu crois que ça ne vaut pas mieux d'être ainsi que de se chamailler pour des bêtises?

ROUSSET.

Oui, mais alors, faut plus parler de tout ça... Censément, moi, je ne sais rien...

ÉLISE.

Qu'est-ce que je demande?...

ROUSSET.

Passez-moi une autre bouteille, monsieur Jules.

Entrent Morillon et son fils Auguste.

MORILLON, *restant à la porte.*

Bonjour, la compagnie.

ROUSSET.

Entrez donc, père Morillon, il n'y a plus d'huissier. Nous sommes sauvés... par Blanchette... Oui, elle est établie à Paris, elle a un grand magasin de mercerie... Nous étions fâchés, mais on se raccommode. Alors, on vous a invités... Allons, Auguste, entre donc.

MORILLON.

A la bonne heure.

ROUSSET, *à Auguste.*

Tu ne dis pas bonjour à Blanchette. (*Respectueusement, à
Élise.*) Ah ! mais c'est que tu ne veux pas qu'on t'appelle Blanchette, je crois, je te demande pardon.

ÉLISE, *à Auguste.*

Si, si, appelez-moi Blanchette.

AUGUSTE.

Bonjour, mademoiselle...

ROUSSET.

Embrasse-la donc.

AUGUSTE, *s'approchant.*

Mademoiselle.

ÉLISE, *sérieuse et très doucement.*

Non, monsieur Auguste... pas vous... donnez-moi la main...
en camarades... Moi je vous la tends de bon cœur... comme à
un grand ami... (*Ils se donnent la main.*) J'aime mieux cela.

MADAME ROUSSET.

Eh bien, il ne manque plus que la soupe...

MADAME JULES.

Ah ! il faut attendre encore cinq m.. ites...

MONSIEUR JULES.

J'ai une idée, moi, j'ai une idée !

ROUSSET.

Voyons.

MONSIEUR JULES.

Nous allons tous ensemble boire le vermouth. C'est moi qui
paie.

MADAME ROUSSET.

Ah ! croyez-vous ?...

MONSIEUR JULES.

Chez le concurrent d'à côté.

ROUSSET.

Chez le concurrent... Ça c'est une idée.

MADAME ROUSSET.

Ça le ferait rager...

ROUSSET.

Oui, lui qui était sur sa porte ce matin, quand l'huissier est
venu... et qui ricanait...

MONSIEUR JULES.

Allons-y.

ROUSSET.

Il a raison... Viens-tu, Blanchette?

ÉLISE.

Non, je reste.

ROUSSET.

Comme tu voudras, dépêchons-nous.

Ils sortent, Auguste le dernier.

ÉLISE, *à Auguste.*

Auguste, vous y tenez beaucoup à aller boire le vermouth?

AUGUSTE.

Non.

ÉLISE.

Alors restez là.

AUGUSTE.

Volontiers.

Il ferme la porte.

SCÈNE VI

ELISE, AUGUSTE. *Auguste s'assied à gauche de la table du
milieu. Élise, à droite.*

ÉLISE.

Asseyez-vous... Vous ne dites rien...

AUGUSTE.

Je ne sais pas quoi vous dire.

ÉLISE.

Causons. Est-ce que je vous fais peur?

AUGUSTE.

Je suis content de vous voir. Cela me rend tellement heureux que je n'ai plus la force de penser à autre chose.

ÉLISE, *riant.*

Ah! ah! Mais vous tournez très bien les compliments. Qu'est-ce que vous avez fait, voyons, depuis trois ans ?

AUGUSTE.

J'ai travaillé! J'ai fait tous les jours la même chose. J'ai vécu dans le calme de nos habitudes. Mon père et moi nous avons réussi, nous avons dû prendre deux ouvriers.

ÉLISE.

Vous voilà un grand garçon tout à fait. Quand vous mariez-vous?

AUGUSTE.

Jamais.

ÉLISE.

C'est tard... Mais je suis bien tranquille. Je suis sûr que si on cherchait bien... on vous trouverait plus d'une amourette.

AUGUSTE.

Non.

ÉLISE.

A votre âge! Dites pas ça en ville, mon garçon.

AUGUSTE.

Pourquoi?...

ÉLISE.

Ainsi, moi par exemple, je n'en crois pas un mot, de ce que vous m'avez dit.

AUGUSTE.

Cela me fait de la peine.

ÉLISE.

Comme vous dites cela sérieux! Vous avez raison, gardez vos secrets... Moi j'aurais cru que les filles de la campagne n'étaient pas aussi difficiles... Vous n'êtes pas mal...

AUGUSTE.

?...

ÉLISE.

Non, je ne me moque pas de vous. Vous êtes un beau gars...
bien découplé...

AUGUSTE *se lève et reste à la même place.*

Il faut que je vous prévienne de quelque chose. Si vous ne
tenez pas absolument à me faire du chagrin, ne continuez pas.
Je comprends vos pensées, vos moqueries. Je sais ce que vous
entendez par un beau gars... C'est un bouvier; si je vous appa-
rais ainsi, ayez assez de bonté pour ne pas me le dire.

ÉLISE.

Mais vous vous exprimez très bien.

AUGUSTE.

Cela vous surprend, que je ne sois pas tout à fait un sot?

ÉLISE.

Non... Mais vous êtes susceptible, par exemple. Je dis que
tel que vous êtes, je suis surprise qu'on ne vous aime pas.
Vrai de vrai! Dans la campagne, quand vous passez, les filles ne
s'arrêtent pas de moissonner, pour vous regarder en riant, avec
leurs beaux yeux naïfs tout grands ouverts?

AUGUSTE.

Je ne sais pas... Je ne les vois pas.

ÉLISE.

Les malheureuses! Mais je les plains de tout mon cœur,
monsieur Auguste, et c'est mal à vous d'être aussi cruel...
Quand le dimanche vous dansez... n'y en a-t-il pas une dont
l'approche vous trouble, vous rende tout bête, tout chose, tout
godiche.

AUGUSTE.

Non.

ÉLISE.

Alors je ne comprends pas du tout, vous avez un amour
caché?

AUGUSTE.

Vous avez deviné.

ÉLISE.

Qui est-ce?

AUGUSTE.

Cherchez.

ÉLISE.

Quelqu'un que je connais?

AUGUSTE.

Oui.

ÉLISE.

La fille du père Bonenfant?

AUGUSTE.

Non...

ÉLISE.

Je ne sais plus... Lucie peut-être?...

AUGUSTE.

Pas davantage. Ne vous fatiguez pas plus longtemps. Il s'agit de vous.

ÉLISE.

De moi?

AUGUSTE.

Ne faites pas l'étonnée, vous le savez bien.

ÉLISE, *un peu rêveuse.*

Oui. Vous vouliez m'épouser. Je me rappelle, mon père a refusé, et vous avez pleuré. C'est vrai. Mais il y a longtemps qu'il est fini ce chagrin-là?...

AUGUSTE.

Il dure toujours.

ÉLISE.

Vous plaisantez?

AUGUSTE.

Non, je vous assure...

ÉLISE, *se reprenant.*

Mais faut soigner ça, mon pauvre garçon.

AUGUSTE.

Voulez-vous, Élise, ne dites plus rien, si vous devez me parler avec cette voix qui n'est pas la vôtre, avec cette voix que vous avez rapportée de là-bas. Croyez-moi, mon chagrin a été très grand et il l'est encore. C'est que je vous aimais depuis bien longtemps. D'abord, je vous ai toujours aimée, quand j'étais encore moutard... Vous rappelez-vous comme j'étais : lés cheveux trop blonds, les yeux trop bleus, mal débarbouillé, courant les rues et les cours de fermes... Je vous aimais, et je vous protégeais... Pour toi, je pleurais déjà... quand on ne voulait pas me laisser venir jouer ici, et j'ai volé à mes petits camarades des joujoux parce que tu les voulais. On se moquait de nous, de moi... de cet amoureux de sept ans. Quand on voulait faire rire des amis, on me mettait en face de toi, de toi, que j'appelais ma petite femme, et on s'amusait de mon air, alors que très sérieux et très ému, je t'embrassais, après avoir essuyé ma bouche avec ma manche... Tu te rappelles ?

ÉLISE.

Oui. Le croirais-tu, je m'apercevais de tout et j'étais très fière de ta docilité infatigable. Je me souviens... un jour, j'étais avec des amies... Nous revenions de la messe. Tu étais sur le bord de la route, presque dans le fossé, à nous regarder venir. Je me suis vantée à mes petites compagnes de pouvoir t'aller souffleter, sans que tu dises rien, tellement je te savais une chose à moi. On m'en a défiée. Je l'ai fait. Tu n'as pas pleuré et tu n'as rien dit.

AUGUSTE.

J'ai grandi en t'aimant. Il me semblait que c'était écrit depuis toujours, que nous nous marierions, et tu me paraissais être ma femme de droit, sans qu'on puisse l'empêcher; pas plus qu'on ne peut faire qu'on ne soit pas frère et sœur quand on l'est. Lorsque votre père a refusé de consentir à notre mariage, j'ai senti un grand craquement dans ma tête, comme si elle avait été broyée par une roue; j'ai été longtemps malade et je ne suis pas guéri.

ÉLISE.

Vous m'aimiez tant que cela ?

AUGUSTE. *Il se rassied.*

Nous aurions été si heureux, si doucement heureux ensemble. Vous auriez pris à table chez nous la place de ma mère, et dans mon amour pour vous il y aurait eu un peu du respect que j'avais pour elle. Nous aurions eu la vie la plus tranquille... Moi travaillant en chantant. Vous... je vous voyais assise auprès de la fenêtre cousant, et tout le monde vous aurait dit en passant un bonjour amical. Vous auriez fait envie à toutes les femmes et moi à tous les maris...

ÉLISE.

Oui. La vie toute simple... Le bonheur tout pur...

AUGUSTE.

Je pensais aux enfants que nous aurions, à votre joie de voir ma joie et celle de mon père qui avec ses grosses mains les aurait soutenus en les faisant danser sur ses genoux... J'entrevoyais un intérieur bien heureux, une chambre très gaie, pleine de soleil, et là-dedans, des rires d'enfants et des chansons... Vous pleurez?

ÉLISE.

Oui, je pleure tout ce bonheur perdu, tout ce bonheur dont vous venez de me faire le tableau... Oui, j'aurais dû vous épouser et même je vous aimais, je crois... Mais cela m'a paru trop peu extraordinaire... et j'ai raté ma vie.

Un grand silence.

AUGUSTE.

Élise, voulez-vous que mon père demande au vôtre votre main? Je vous aime toujours...

ÉLISE *se lève.*

Mais vous ne savez donc rien?

AUGUSTE, *se levant aussi.*

Si, je sais tout. Mais jamais je n'ai pu vous mépriser ni vous haïr.

ÉLISE.

Alors si vous savez tout, comment vous, un honnête garçon, pouvez-vous penser à épouser une fille comme moi?...

AUGUSTE.

Je vous aime.

ÉLISE.

Oubliez. Non, jamais je ne consentirai, vous méritez meilleure que moi.

AUGUSTE. *Il va vers elle.*

Élise!..

ÉLISE.

Jamais... Je suis une fille perdue. Nous serons bons amis, si vous le voulez... Vous venez de me rendre bien heureuse en me demandant cela... Je vous estime trop pour jamais vous dire oui... seulement je vous remercie bien...

Ils pleurent tous les deux, Auguste attire Élise près de lui et l'embrasse doucement au front. Ils se séparent après un serrement de mains.

ÉLISE, *allant à la porte.*

Voici les parents qui reviennent.

Entrent madame Jules, M. Jules, madame Rousset, Rousset, Morillon, le père Bonenfant, tout le monde animé.

SCÉNE VII

ÉLISE, AUGUSTE, MADAME JULES, MONSIEUR JULES, MADAME ROUSSET, ROUSSET, LE PÈRE BONENFANT, MORILLON.

MADAME JULES, *à la porte, puis apportant une soupière sur la table. — Au dehors.*

Merci! Donnez-moi cela, je le mettrai moi-même sur la table... V'là la soupe.

ÉLISE.

A table! A table! On se met comme on veut... (*Elle pose à la place de son père un petit carton.*) Allons, père, assieds-toi...

Tout le monde s'installe autour de la table.

ROUSSET, *trouvant le carton.*

Qu'est-ce que c'est que ça?

MADAME ROUSSET.

Un cadeau de ta fille pour ta fête...

ROUSSET.

Une douzaine de cravates !...

ÉLISE.

Et de bonne qualité... Je les garantis...

TOUS.

Vive la Saint-François !

Ils s'installent pour manger.

ROUSSET.

Je te remercie, mon enfant... Je te remercie.

MADAME JULES.

Mangeons, donnez-moi votre assiette...

ROUSSET, *grave.*

Attendez... madame Jules... Reprenons nos bonnes anciennes habitudes... Blanchette, dis-nous le *Benedicite...*

Tout le monde se lève.

ÉLISE, *faisant le signe de la croix.*

Au nom du Père, du Fils, du Saint-Esprit, ainsi soit-il.

RIDEAU

M. DE RÉBOVAL

PIÈCE EN TROIS ACTES

Représentée pour la première fois sur le Théâtre National
de l'Odéon, le 20 septembre 1892.

A

JULES LEMAITRE

PERSONNAGES

M. DE RÉBOVAL.	MM. Albert Lambert.
PAUL LOINDET	Garraud, fils.
PIERRE	Paunier.
M. BADIN	Berthet.
PREMIER OUVRIER	Chataignier.
JEAN LEGRAND	Darras.
LOUISE DE RÉBOVAL	Mlles Gerfaut.
PAULINE LOINDET.	Arbel.
BÉATRICE	Wissocq.
MARGUERITE	Petite Parfait.
UN DOMESTIQUE.	MM. Fournier.
DEUXIÈME OUVRIER	Prosper.

M. DE RÉBOVAL

ACTE PREMIER

Un salon, dans un château. Portes à droite et au fond. Vers le milieu, une table et un grand fauteuil. A gauche, cheminée et fauteuil.

SCÈNE PREMIÈRE

MONSIEUR BADIN, UN DOMESTIQUE. *M. Badin, 60 ans, gros, gai, fleuri, rougeaud. Il a les poches bourrées de journaux et en tient un à la main. Il entre au fond.*

MONSIEUR BADIN, *au domestique.*

Tiens! vous êtes nouveau ici, vous?

LE DOMESTIQUE.

Oui, monsieur.

MONSIEUR BADIN.

Joseph est parti?

LE DOMESTIQUE.

Oui, monsieur, renvoyé.

MONSIEUR BADIN.

Renvoyé! Pourquoi?

LE DOMESTIQUE.

Monsieur a découvert que Joseph, qui est marié, avait une maîtresse. Monsieur ne plaisante pas sur ce chapitre-là.

MONSIEUR BADIN.

Oui, je sais. Et c'est vous qui remplacez Joseph?

LE DOMESTIQUE.

Oui, monsieur.

MONSIEUR BADIN.

Vous êtes fier d'être en service chez un sénateur?...

LE DOMESTIQUE.

Oh! je sais ce que c'est que le monde. Je sors d'une maison où nous étions trois valets de chambre, et je puis garantir à monsieur que c'était bien, et très correct... un peu gourmé même... Attelage superbe, grand chic anglais... et l'habitude de voir le monde le plus distingué... Tout l'armorial... C'était même trop sérieux.

MONSIEUR BADIN.

Et qui était-ce, votre ancien maître?

LE DOMESTIQUE.

Un ténor.

MONSIEUR BADIN.

Hein!... (*Un temps*). Veuillez prévenir madame de Réboval que M. Badin, son notaire, qu'elle a fait demander, vient d'arriver.

Le domestique s'incline et sort.

SCÈNE II

MONSIEUR BADIN, *puis* **MADAME DE RÉBOVAL.**

MONSIEUR BADIN, *seul. Il lit ses journaux. S'interrompant.*

Quel succès ! quel succès !... Ah ! M. de Réboval est un grand orateur.

> *Entre madame de Réboval, 38 ans, faible, malade, se soutenant à peine. Elle va s'asseoir dans un fauteuil.*

MONSIEUR BADIN.

Vous allez un peu mieux, n'est-ce pas, madame ? Oh ! ne niez pas. Vous avez meilleure mine, ce matin.

MADAME DE RÉBOVAL.

Merci, mon bon monsieur Badin. Ne vous donnez pas la peine de me rassurer. Je suis fixée...

MONSIEUR BADIN.

Quel succès pour votre mari ! Vous avez lu les journaux ? Non ? Mais c'est un triomphe ! Tenez « ... Cet orateur merveilleux... », « M. de Réboval est une âme d'élite. » C'est un adversaire qui le reconnaît. « Tour à tour vibrante... une conscience élevée et incorruptible, » Je vous les laisse. Je n'ai pas encore lu celui-là. Il rappelle la belle conduite de M. de Réboval pendant la guerre... son fameux discours, jadis, contre le divorce... sa noble attitude comme magistrat... Il y en a deux colonnes. Il n'est pas ici, notre grand homme ?

MADAME DE RÉBOVAL.

Non. Il est à Paris. Nous l'attendons. C'est aujourd'hui mercredi : il n'y a pas séance, vous le savez.

MONSIEUR BADIN.

Son mandat de sénateur l'absorbe beaucoup ? Il est souvent absent...

MADAME DE RÉBOVAL, *avec amertume et tristesse.*

Non. Il passe ici tous ses dimanches, et, de plus, les mercredis et les vendredis.

MONSIEUR BADIN.

Oui. Quand il n'y a pas commission, ni séances extraordinaires.

MADAME DE RÉBOVAL.

C'est cela.

Un silence.

MONSIEUR BADIN, *qui a repris un journal.*

Et celui-ci... On parle de vous, madame.

MADAME DE RÉBOVAL.

De moi ?

MONSIEUR BADIN.

Parfaitement. (*Lisant.*) « Pendant que M. de Réboval honorait ainsi la tribune française, notre pensée se reportait vers la compagne chérie de son existence, la vaillante épouse qu'une longue maladie retient au château du Mesnil, et pour laquelle ce succès considérable sera un adoucissement à sa douleur, en même temps qu'un sujet de fierté. » Écrivent-ils bien, ces journalistes ! Le fait est, madame, que vous devez être bien fière, bien orgueilleuse, bien heureuse...

MADAME DE RÉBOVAL, *sans éclat, mais très douloureusement.*

Non, monsieur Badin. Je ne suis ni fière, ni heureuse. Laissez ces journaux. Asseyez-vous là. Je vais vous dire pourquoi je vous ai fait venir.

MONSIEUR BADIN.

A vos ordres, madame...

MADAME DE RÉBOVAL.

Nous sommes mariés, M. de Réboval et moi, sous le ré-
gime de la communauté. Vous êtes le notaire de la famille.
Ai-je le droit de vous demander des renseignements sur
la façon dont mon mari gère notre fortune? Vous verrez
tout à l'heure que ce n'est ni curiosité féminine, ni in-
quiétude d'avare. Répondez.

MONSIEUR BADIN.

Questionnez-moi, madame, je vous donnerai tous les
renseignements que je pourrai.

MADAME DE RÉBOVAL.

Combien M. de Réboval dépense-t-il par an?

MONSIEUR BADIN.

Je ne sais pas exactement. Mais je puis, demain...

MADAME DE RÉBOVAL.

Non. Un chiffre approximatif. Tout de suite.

MONSIEUR BADIN.

Cent mille francs.

MADAME DE RÉBOVAL, comme à elle-même.

C'est cela. Cinquante mille ici, cinquante mille là-bas.
Il fait les parts égales. (Changement de ton.) Vous êtes capable de garder un secret?

MONSIEUR BADIN.

C'est mon métier, madame.

MADAME DE RÉBOVAL, très simplement.

M. de Réboval a une maîtresse. Le savez-vous?

MONSIEUR BADIN.

Non seulement je l'ignore, mais je suis prêt à jurer
que ce n'est pas.

MADAME DE RÉBOVAL, de même.

Ne jurez pas. Cela est.

MONSIEUR BADIN.

Un homme de cette droiture, de cette valeur, de cette bonté, tromper une femme comme vous avec quelque gourgandine!...

MADAME DE RÉBOVAL.

Ce n'est pas une gourgandine. C'est presque une honnête femme. Il ne lui manque que le mariage pour l'être tout à fait. Lorsque je serai morte, cela ne lui manquera bientôt plus.

MONSIEUR BADIN.

Mais lui, lui, madame, qui, hier encore, au Sénat, pouvait dire, sans que nul n'osât élever la voix, à droite ni à gauche : « Vous pouvez en croire la parole d'un homme qui n'a jamais menti! »

MADAME DE RÉBOVAL.

Il disait vrai, au point de vue politique.

MONSIEUR BADIN.

Mais ce serait une lâcheté, et l'on sait son courage : au combat du Bourget... et plus tard, comme magistrat...

MADAME DE RÉBOVAL.

De même qu'il y a l'honnêteté publique et l'autre, il y a le courage militaire et le courage civique, qui n'empêchent pas la lâcheté privée. Mais nous n'avons pas à l'expliquer. Revenons à notre sujet...

MONSIEUR BADIN.

Je vous demande pardon, madame, mais j'ai cru chercher à défendre...

MADAME DE RÉBOVAL.

Il a dû prendre, chez vous, il y a peu de temps, une assez grosse somme ?

MONSIEUR BADIN.

En effet.

MADAME DE RÉBOVAL.

Cinquante mille francs?

MONSIEUR BADIN.

Je crois qu'oui.

MADAME DE RÉBOVAL, *sans élever la voix.*

Eh! bien, j'ai le devoir, pour ma fille, de m'opposer à ce que cela continue. Il dépense cent mille francs par an : il y en a la moitié pour moi et la moitié pour cette femme. Les cinquante mille francs ont servi à payer les folies de jeune homme de son fils.

MONSIEUR BADIN.

Elle a un fils?

MADAME DE RÉBOVAL, *avec une grande douleur contenue.*

Ils ont un fils.

MONSIEUR BADIN.

Je vous prie de m'excuser... J'ai ravivé votre douleur... vous pleurez.

MADAME DE RÉBOVAL.

Non. Il y a longtemps que je ne pleure plus. J'ai honte, devant vous, pour lui... (*Un temps.*) Voilà ce que je veux vous demander : quels moyens la loi me donne-t-elle pour sauver la fortune de ma fille?

MONSIEUR BADIN.

Les moyens extrêmes, c'est la séparation, c'est le divorce...

MADAME DE RÉBOVAL.

Je me suis condamnée à ce martyre ignoré de tous, pour que ma fille ne soit pas éclaboussée par le scandale. D'ailleurs, il repousserait le divorce, qui lui est interdit.

MONSIEUR BADIN.

Interdit? Par quoi?

MADAME DE RÉBOVAL.

Par ses rincipes.

MONSIEUR BADIN.

Il y a mieux à faire. Il a pour vous une affection visible qui est très grande. Pourquoi ne lui reprochez-vous pas sa conduite. Entre vous et... elle, il n'hésiterait pas ; il la quitterait.

MADAME DE RÉBOVAL.

N'en croyez rien. Ce n'est pas une maîtresse comme une autre... Il l'a connue avant notre mariage. Elle était la demoiselle de compagnie de sa mère. Il l'a séduite. Il a voulu l'épouser. Ses parents s'y sont opposés, et comme il les aimait beaucoup, il a cédé. C'est avec moi qu'on l'a marié. Il devait à ses parents, à son monde et à la société de ne pas se singulariser dans le célibat. La demoiselle avait été renvoyée, mais elle a eu un fils, qu'il adore. Depuis, la vie de mon mari est partagée entre cette femme et moi. Il a deux foyers.

MONSIEUR BADIN.

Vous êtes certaine de cela ?...

MADAME DE RÉBOVAL.

Il y a quinze ans que j'en ai été avertie par une lettre anonyme. J'ai vérifié; c'est vrai. J'ai essayé d'en parler à mon mari. Dès les premiers mots, il m'a arrêtée, me donnant sa parole d'honneur que ce n'était pas. Je n'ai pas insisté : j'avais ma fille. J'ai eu peur qu'il nous abandonne toutes les deux.

MONSIEUR BADIN.

Sa parole d'honneur?

MADAME DE RÉBOVAL.

Sa parole d'honneur... D'ailleurs, il a inventé une histoire qui lui permet de s'occuper ouvertement de ce jeune homme et même de m'en parler. Il a une telle

franchise qu'il éprouvait ce besoin. Quelque temps après
la scène que nous avions eue, il m'a raconté qu'un ami à
lui, à son lit de mort, l'avait chargé de l'éducation d'un
enfant naturel qu'il avait.

MONSIEUR BADIN.

M. de Réboval ! Un si honnête homme !

MADAME DE RÉBOVAL.

De sorte que c'est lui maintenant qui me tient au courant. Ce jeune homme qu'ils n'ont pas gardé, parce qu'il
les aurait génés, qui doit ignorer tout cela, a vécu loin de
sa mère. Du lycée, on l'a envoyé à Toulouse faire son
droit. Puis, Paul Loindet — je sais son nom, vous voyez
— est entré au régiment comme conditionnel et il a ren-
gagé. Il a fait des folies, joué et perdu. On doit le faire
permuter et l'envoyer aux colonies. Mais comme son départ est toujours retardé, j'ai peur, et je ne veux pas que
le bâtard gaspille la fortune de mon enfant. Qu'est-ce
qu'il faut faire ?

MONSIEUR BADIN.

Je ne vois pas bien, pour le moment... Tout cela m'a
tellement troublé... Je vais chercher... et je reviendrai
vous voir.

MADAME DE RÉBOVAL.

Vous ne trouvez pas immédiatement un moyen d'empêcher ce vol ?

MONSIEUR BADIN.

Tranquillisez-vous, madame, je trouverai... Tout s'ar-
rangera...

MADAME DE RÉBOVAL.

Eh bien ! cherchez, monsieur Badin, mais hâtez-vous.

MONSIEUR BADIN.

Comptez sur moi, madame. (*A lui-même, en s'en allant.*
Un tel homme ! si comme il faut !

Il sort.

SCÈNE III

MADAME DE RÉBOVAL, *seule*, *puis* LE DOMESTIQUE.
Madame de Réboval reste seule pendant un moment, abîmée dans sa douleur, sans dire un mot. Entre le domestique.

LE DOMESTIQUE.

J'attendais que madame eût fini de causer avec son notaire pour la prévenir qu'une députation des ouvriers du village est là et demande à être reçue.

MADAME DE RÉBOVAL.

Vous n'avez pas dit que monsieur n'était pas encore rentré de Paris?

LE DOMESTIQUE.

Je demande pardon à madame. Mais c'est à madame et à mademoiselle qu'ils veulent parler. Il y a Jean Legrand, contremaître, et sa petite fille, avec un bouquet.

MADAME DE RÉBOVAL.

Eh bien! laissez-les entrer, ces braves gens. Mais auparavant, faites prévenir mademoiselle et apportez ici des verres, du vin blanc et des biscuits. (*Le domestique sort.*) Il ne faut pas compromettre sa réélection.

Entre mademoiselle de Réboval, 20 ans, déjà grave.

SCÈNE IV

MADAME DE RÉBOVAL, BÉATRICE.

BÉATRICE, *entrant et embrassant sa mère.*
Qu'est-ce qu'il y a donc, mère?

MADAME DE RÉBOVAL.

Il y a, ma chérie, que ton père a obtenu hier, au Sénat,
le plus grand succès, dans le discours qu'il devait prononcer en faveur des ouvriers de notre région. Les journaux ne parlent que de lui, et dans les termes les plus
élogieux. Tu les liras : M. Badin m'en a apporté quelques-
uns.

BÉATRICE, *en prenant un, lisant.*

« Merveilleux talent oratoire mis au service d'une conscience élevée et incorruptible. »

MADAME DE RÉBOVAL.

De plus, il y a dans l'antichambre une délégation des
ouvriers du Mesnil.

BÉATRICE.

Qui viennent remercier mon père...

MADAME DE RÉBOVAL.

Du tout. Ils en veulent à toi et à moi, et nous apportent
un bouquet.

BÉATRICE.

Les braves gens ! Nous allons les recevoir ?

*Les domestiques apportent au fond, à gauche, une
petite table chargée de verres et de biscuits.*

MADAME DE RÉBOVAL.

Tu vois.

LE DOMESTIQUE.

On peut faire entrer ?

MADAME DE RÉBOVAL.

Oui. (*A elle-même.*) Allons ! courage !

*On voit venir au fond trois ouvriers endimanchés,
portant un gros bouquet, accompagnés d'une petite
fille de six à huit ans, en robe blanche avec ceinture
bleue, jambes et bras nus, une couronne de fleurs sur
ses cheveux trop frisés, des mitaines blanches.*

SCÈNE V

MADAME DE RÉBOVAL, BÉATRICE, LES TROIS OUVRIERS, LA PETITE MARGUERITE.

JEAN LEGRAND, à la porte au fond.

Tiens, Marguerite, prends le bouquet. Tu vas aller le porter à la dame, et tu lui diras ton compliment.

LA PETITE MARGUERITE.

Oui, papa.

Elle prend le bouquet, plus gros qu'elle, à deux bras.

JEAN LEGRAND.

Va. Prends bien garde de tomber, surtout.

LA PETITE MARGUERITE.

Oui, papa. (*Elle fait deux pas, trébuche, tombe avec son bouquet et reste étendue en pleurant, très fort.*) Hou ! Hou ! Hou !

JEAN LEGRAND.

Sacre... Petite bête, va ! (*Un geste de menace. Bas.*) T'en recevras, une tournée, quand on sera rentré à la maison !

LA PETITE MARGUERITE, plus fort.

Euh ! Euh ! Euh !

BÉATRICE, la relevant.

Ne pleurez pas, mon bébé, vous êtes-vous fait mal ?... C'est ce gros bouquet... Ce ne sera rien. (*Elle lui essuie les yeux avec son mouchoir.*) Ne pleurez plus.

MADAME DE RÉBOVAL.

Donne-lui un biscuit.

BÉATRICE, obéissant.

Tenez, voilà un biscuit.

La petite le prend et va le manger.

JEAN LEGRAND, *lui donnant une tape sur la main.*

Et « merci » ! Tu n'as pas dit merci !

LA PETITE MARGUERITE, *pleurant plus fort.*

Mè... erci, ma-a-dame...

BÉATRICE.

Ça ne fait rien...

JEAN LEGRAND.

Oh mais ! c'est que je veux qu'elle soit polie !

BÉATRICE.

Elle ne le fera plus. N'est-ce pas qu'elle ne le fera plus ?

LA PETITE MARGUERITE.

Non, madame.

BÉATRICE, *lui essuyant les yeux de nouveau.*

Faut plus pleurer... Allez porter votre bouquet.

Elle la conduit jusqu'à sa mère.

JEAN LEGRAND, *lui soufflant de loin.*

Et ton compliment !

LA PETITE MARGUERITE

Madame... Madame...

JEAN LEGRAND.

Et après ?

LA PETITE MARGUERITE.

Je me rappelle plus le commencement.

JEAN LEGRAND, *soufflant.*

Au nom de la po...

LA PETITE MARGUERITE, *récitant.*

« Au nom de la population ouvrière de la petite ville
du Mesnil, je viens, madame, vous assurer, vous et votre
demoiselle, de la reconnaissance que nous avons pour
votre illustre époux, et vous exprimer tous nos vœux. Ils
se résument par ces trois mots : Joie, santé, bonheur. »

MADAME DE RÉBOVAL.

Très bien, ma petite fille, c'est...

JEAN LEGRAND, *rayonnant.*

Pardon si je vous coupe, madame de Réboval. mais c'est pas fini. (*A la petite.*) Et après?

LA PETITE MARGUERITE *en lui présentant le bouquet*

A madame et à mademoiselle de Réboval, la population ouvrière du Mesnil, reconnaissante...

MADAME DE RÉBOVAL.

C'est tout, cette fois?

LA PETITE MARGUERITE.

Oui, madame.

MADAME DE RÉBOVAL.

Eh bien! mon enfant, je te remercie de ton beau bouquet et de ton joli compliment. (*Elle pose le bouquet sur la table.*) Attends un peu. (*Bas à Béatrice.*) Donne-moi donc mon porte-monnaie, qui est là. (*Béatrice obéit. Madame de Réboval donnant une pièce à l'enfant :*) Voilà pour mettre dans ta tirelire.

JEAN LEGRAND.

Qu'est-ce qu'on dit?

LA PETITE MARGUERITE.

Merci, madame.

MADAME DE RÉBOVAL.

Elle allait le dire. Je suis très touchée de votre attention, mes amis. M. de Réboval a fait son devoir en défendant vos intérêts, et votre gratitude sera pour lui la meilleure et la plus douce des récompenses.

UN AUTRE OUVRIER.

Madame, on ne sait pas parler. Seulement, on sait reconnaître ceux qui vous veulent du bien et qui soutiennent le travailleur. Nous ne demandons pas mieux que de tra-

vailler, mais malheureusement, il y a le chômage, et puis
les prix trop bas. M. de Réboval s'est occupé de nous, il
est venu voir par lui-même comment les choses se pas-
saient, il nous a interrogés, et puis, hier, il nous a dé-
fendus. Nous nous ferions couper en quatre pour lui,
parce que, à dix lieues à la ronde, il n'y a pas plus honnête homme. (*A ses compagnons.*) Pas vrai?

LES DEUX OUVRIERS.

Ça, pour sûr!

L'OUVRIER.

Alors, nous avons eu l'idée de vous donner ce bouquet,
pensant comme ça que vous deviez être bien fière et bien
heureuse d'avoir un mari comme M. de Réboval.

MADAME DE RÉBOVAL.

Vous avez eu raison. Vous êtes très bons. Voulez-vous
boire un verre de vin blanc?...

JEAN LEGRAND.

C'est pas de refus...

Le domestique verse.

UN OUVRIER.

Madame et mademoiselle, à la vôtre.

MADAME DE RÉBOVAL *et* BÉATRICE.

Merci bien.

JEAN LEGRAND, *au domestique qui ne bronche pas.*

A la vôtre, monsieur Dubois.

Ils boivent.

TOUS.

En l'honneur de vous revoir, madame..

JEAN LEGRAND, *à la petite.*

As-tu dit au revoir à la dame?

LA PETITE MARGUERITE.

Au revoir, madame. (*Madame de Réboval l'embrasse. A Béatrice qui fait de même.*) Au revoir, mademoiselle.

Ils sortent. Pendant qu'ils s'en vont, on voit le premier ouvrier prendre dans la main de la petite la pièce que madame de Réboval lui a donnée, et la montrer avec joie à ses compagnons.

SCÈNE VI

MADAME DE RÉBOVAL, BÉATRICE, *puis* LE DOMESTIQUE.

BÉATRICE.

Père sera très' content, de voir que ses électeurs lui sont reconnaissants du mal qu'il se donne pour eux... Il est très joli, leur bouquet, et pas mal fait du tout.

MADAME DE RÉBOVAL.

Tout le monde nous aime beaucoup. Ton père est si aimable, avec tous. Aussi, tu verras quelle fête on te fera, le jour de ton mariage...

BÉATRICE.

Oh! le jour de mon mariage...

MADAME DE RÉBOVAL.

Eh bien ?

BÉATRICE.

Il est loin.

MADAME DE RÉBOVAL.

Sais-tu, mon enfant, que tu as vingt ans passés?

BÉATRICE.

Oui, je sais. Ce n'est pas ma faute si tous les jeunes gens qu'on m'a présentés jusqu'ici m'ont donné envie de rire. Vois-tu, mère, la position de prétendant à la main de mademoiselle de Réboval est difficile à soutenir.

MADAME DE RÉBOVAL.

Pourquoi?

BÉATRICE.

Parce qu'il faut subir une terrible comparaison...

MADAME DE RÉBOVAL.

Avec?

BÉATRICE.

Avec mon père. Je ne voudrais épouser qu'un homme comme lui. (*Mouvement de madame de Réboval.*) N'ai-je pas raison?

MADAME DE RÉBOVAL.

Certainement si. Tout le monde cependant ne peut pas être un grand orateur.

BÉATRICE.

J'en conviens. Mais je suis gâtée par l'exemple, par la vue de ton bonheur, et je vois bien que je deviendrai vieille fille. Nul ne me plaira qui ne sortira pas de la médiocrité banale. Soldat, homme politique ou artiste, celui-là seul fera battre mon cœur plus vite, qui aura attiré l'attention sur lui par sa bravoure, son patriotisme ou son talent.

MADAME DE RÉBOVAL.

... On demande un héros, alors?

BÉATRICE.

Oui, mère. On demande beaucoup plus ardemment de rester à côté de toi. Tu comprends, ce n'est pas par vanité que j'ai ces sentiments, mais je ne pourrais pas aimer un homme pour lequel je n'aurais pas la plus haute estime. N'es-tu pas comme moi?

MADAME DE RÉBOVAL.

Si. Tout à fait.

BÉATRICE.

Mais nous avons bien le temps de causer de tout cela.

Il viendra, le prince charmant... quand on ne l'attendra
plus peut-être... Ça ne fait rien. L'heure s'avance. Père
va arriver d'une minute à l'autre. Si tu veux, nous allons,
nous aussi, fêter notre grand homme. Voilà ce qu'on
ferait. Pour nous trois seulement, à déjeuner, on sorti-
rait les faïences rares, les surtouts d'argent, enfin toutes
nos belles choses. On demanderait à l'office de soigner le
menu; on mettait ce gros bouquet sur la table, avec plusieurs autres dans les coins. Ce serait gentil! Veux-tu?

MADAME DE RÉBOVAL.

A quoi bon... Mais... fais comme tu voudras.

BÉATRICE.

Merci. Je n'ai pas une minute à perdre. Il n'y a plus
qu'une demi-heure avant le déjeuner. Et puis, je crois
bien entendre qu'on ouvre la grille... C'est lui... Je me
sauve.

Elle sort, emportant le bouquet.

SCÈNE VII

MADAME DE RÉBOVAL, puis MONSIEUR DE RÉBOVAL.
MADAME DE RÉBOVAL, seule.

*Scène muette. Elle prend un des journaux qui sont sur la
table et le lit distraitement. Elle le repose avec un geste de
tristesse et de découragement. Elle en prend un autre et
commence à le lire. Elle dresse la tête, entendant son mari
entrer.*

*Entre Monsieur de Réboval, 48 ans. Grand, assez fort. Belle
tête grave. Favoris blancs, un peu chauve; sur les côtés,
cheveux blancs assez longs. Excessivement correct. Officier
de la Légion d'honneur. Il entre suivi par le domestique,
auquel il remet son pardessus et son chapeau.*

MONSIEUR DE RÉBOVAL, *au domestique.*

Tenez, débarrassez-moi de ceci. (*Il entre.*) Bonjour, ma chère amie. Comment allez-vous, ce matin?

Il embrasse sa femme.

MADAME DE RÉBOVAL.

Toujours de même.

MONSIEUR DE RÉBOVAL.

Et Béatrice?

MADAME DE RÉBOVAL.

Très bien.

MONSIEUR DE RÉBOVAL.

Vous avez vu les journaux?

MADAME DE RÉBOVAL.

Ils sont remplis d'éloges à votre égard.

MONSIEUR DE RÉBOVAL, *très sincère.*

Et même au vôtre. J'avoue, d'ailleurs, que celui qui a reconnu votre bonté, qui s'est apitoyé sur vos souffrances, et m'a félicité d'avoir une femme telle que vous, est celui qui m'a fait le plus de plaisir.

MADAME DE RÉBOVAL.

Vous êtes sincère?

MONSIEUR DE RÉBOVAL.

Oh! ma chère amie, le vilain mot! N'êtes-vous pas le modèle des épouses? N'avez-vous pas été pour moi, dans toutes les luttes de la vie, la consolatrice, l'espérance et le soutien?

MADAME DE RÉBOVAL.

Vous parlez trop bien.

MONSIEUR DE RÉBOVAL, *toujours très sincère.*

Pas assez bien encore, pour exprimer tout ce que j'ai pour vous d'admiration et de tendresse.

MADAME DE RÉBOVAL.

Et le fils de votre défunt ami, ce jeune homme, Paul Loindet, l'avez-vous vu ? Part-il bientôt pour les colonies?

MONSIEUR DE RÉBOVAL.

Dans deux ou trois jours, au plus tard. Ce soir, peut-être, me disait hier le ministre, mais je ne le crois pas... J'ai une bonne nouvelle à vous annoncer.

MADAME DE RÉBOVAL.

Laquelle? mon Dieu !

MONSIEUR DE RÉBOVAL.

J'ai vu hier Dubois-Nancy, le célèbre médecin. Je lui ai longtemps parlé de vous. Il m'a affirmé qu'il vous guérirait.

MADAME DE RÉBOVAL.

Tant mieux !

MONSIEUR DE RÉBOVAL.

Puis j'ai acheté pour Béatrice le jeu de crocket et le jeu d'échecs dont elle avait envie.

MADAME DE RÉBOVAL.

On croirait que vous avez quelque chose à vous faire pardonner.

MONSIEUR DE RÉBOVAL.

Oui, d'être aussi souvent absent. Maudite politique ! Ce n'est pas tout. Un de mes amis, de Rancev, qui revient d'une mission en Perse, en a rapporté des étoffes admirables, et très rares. Entre autres, un tissu d'or avec des fleurs en soie de toute beauté. Je lui ai demandé de m'en céder. Soit pour une toilette, soit pour l'ameublement, vous en tirerez parti, et c'est tellement beau que vous serez contente, j'en ai la conviction. On l'apportera demain. (*Madame de Réboval le regarde longuement sans répondre, la physionomie pleine de douleur.*) Est-ce que vous souffrez?

MADAME DE RÉBOVAL.

Non. Un vertige momentané.

Un silence. Entre Béatrice.

SCÈNE VIII

LES MÊMES, BÉATRICE.

BÉATRICE.

Bonjour, père.

MONSIEUR DE RÉBOVAL.

Bonjour, chère enfant.

Il l'embrasse.

BÉATRICE.

Quel succès tu as eu hier, au Sénat! Tiens, embrasse-
moi encore... Grand homme!... Est-ce que tu repars?

MONSIEUR DE RÉBOVAL.

Non. Il n'y a pas séance aujourd'hui.

BÉATRICE.

Alors?... Tu ne vas pas rester en redingote.

MONSIEUR DE RÉBOVAL.

Non... et je vais...

BÉATRICE.

Du tout. Ne te dérange pas. (*Elle sonne. Au domestique.*)
Voulez-vous donner à mon père son veston? (*Le domestique sort.*) Allons, monsieur le sénateur... (*Elle l'aide à
retirer sa redingote et la pose sur un fauteuil.*) Il paraît que
les journaux sont unanimes.

MONSIEUR DE RÉBOVAL.

Unanimes. Ce que j'en ai reçu hier, de poignées de
mains! (*Le domestique revient avec un veston bleu, brande-*

bourgs noirs, et aide M. de Réboval à le mettre. Au domestique.) Merci. *(Lui désignant la redingote).* Emportez ça. *(Le domestique sort.)* Ah! ma foi, on est bien, là-dedans... Passe-moi les journaux...

Béatrice obéit. Il s'installe à gauche, dans un fauteuil.

MADAME DE RÉBOVAL, *bas à sa fille.*

Eh bien! Et tes préparatifs?

BÉATRICE.

La table fait plaisir à voir. Elle a un bel air de fête. Il va être tout à l'heure bien surpris et bien content. Moi, je suis enchantée. Ça sera charmant, ce déjeuner entre nous. *(Le domestique paraît.)* Voici Pierre qui vient annoncer que tu es servie. *(Le domestique entre portant une dépêche sur un plateau.)* Tiens, non! Une dépêche.

MONSIEUR DE RÉBOVAL.

Qu'est-ce que c'est? *(Après avoir lu... se levant.)* Ah!... Quelle heure? Onze heures dix. Je dois aller à Paris.

BÉATRICE.

Oh! quel malheur!... Pourquoi?

MONSIEUR DE RÉBOVAL, *à sa femme.*

Paul Loindet, dont nous parlions tout à l'heure, va partir ce soir pour Bordeaux. On lui ordonne d'y arriver trois jours avant le départ du bateau pour le Gabon. Je ne puis me dispenser d'aller lui dire adieu...

MADAME DE RÉBOVAL.

Vous prendrez un autre train.

MONSIEUR DE RÉBOVAL.

Il n'y a que celui-là qui m'amène à Paris à l'heure...

MADAME DE RÉBOVAL.

Vous vous excuserez.

MONSIEUR DE RÉBOVAL.

Je ne puis.

MADAME DE RÉBOVAL.

Si vous aviez reçu cette dépêche une demi-heure plus
tard, cependant, il vous eût bien fallu le faire.

MONSIEUR DE RÉBOVAL.

Évidemment. Mais je l'ai reçue à temps.

MADAME DE RÉBOVAL.

Vous direz qu'elle a eu un retard.

MONSIEUR DE RÉBOVAL, *très sincère, sans emphase.*

Vous le savez, ma chérie, je n'aime pas mentir.

MADAME DE RÉBOVAL.

C'est vrai... Béatrice vous avait ménagé une surprise.

BÉATRICE.

Oui, pour fêter ton succès. Reste.

MONSIEUR DE RÉBOVAL.

C'est impossible. Je n'ai que le temps... (*Au domestique.*)
Ma redingote, mon pardessus et mon chapeau sont là?

LE DOMESTIQUE.

Oui, monsieur.

Monsieur de Réboval sort à gauche.

BÉATRICE.

J'ai envie de pleurer...

MADAME DE RÉBOVAL.

Ne pleure pas, va, mon enfant!

BÉATRICE.

Si encore il pouvait rentrer pour dîner !...

MADAME DE RÉBOVAL.

C'est impossible. Il sera là demain... Non, pas demain,
il y a Sénat; mais vendredi, probablement... ou dimanche,
ou plus tard.

MONSIEUR DE RÉBOVAL, *revenant avec son chapeau, prêt à partir.*

Excusez-moi, ma chère amie, mais il y a là un devoir impérieux auquel je ne puis me soustraire. A bientôt. Je suis navré, vraiment.

Il l'embrasse.

MADAME DE RÉBOVAL.

A bientôt... Dites-moi. Pourquoi ne m'avez-vous pas présenté madame Loindet? la mère de votre... protégé?

MONSIEUR DE RÉBOVAL, *bas.*

Oh! ma chère amie! C'est une honnête femme, j'en conviens, mais elle n'en a pas moins, jadis, commis une faute.

MADAME DE RÉBOVAL.

C'est vrai.

MONSIEUR DE RÉBOVAL.

Au revoir, Béatrice... A vendredi... ou à dimanche, s'il y avait commission.

BÉATRICE.

Au revoir, père.

Il sort.

SCÈNE IX

MADAME DE RÉBOVAL, BÉATRICE.

MADAME DE RÉBOVAL, *se levant après un silence, rappelant son mari.*

Georges! Georges!

BÉATRICE, *effrayée.*

Maman! maman! Qu'y a-t-il?

Elle veut sortir.

MADAME DE RÉBOVAL.

Où vas-tu?

BÉATRICE.

Appeler mon père.

MADAME DE RÉBOVAL.

Non! n'y va pas...

BÉATRICE.

Mais...

MADAME DE RÉBOVAL.

Je te le défends ! Viens...

BÉATRICE.

Tu souffres ?

MADAME DE RÉBOVAL.

Oui. Beaucoup... Tiens... prends cette petite clef... va dans ma chambre. Tu ouvriras le second tiroir de mon secrétaire... Une lettre... à ton nom... apporte-la moi... Vite ! Vite !

Béatrice sort à droite.

MADAME DE RÉBOVAL, *haletante.*

Je me sens mal... Je vais encore avoir une syncope... et chacune peut entraîner la mort... Pourtant... je veux... Béatrice, hâte-toi !... Béatrice !

BÉATRICE, *rentrant avec une lettre.*

Voilà, mère.

MADAME DE RÉBOVAL.

Tu as refermé ?

BÉATRICE.

Oui.

MADAME DE RÉBOVAL.

Donne. (*Elle lui prend les clefs.*) La lettre, garde-la. Si jamais tu as à te plaindre gravement de ton père, quand je serai morte, tu liras ce qu'il y a là-dedans. Rappelle-toi bien : si tu as gravement à te plaindre de lui... Garde-la précieusement.

BÉATRICE.

Mère! Mère! Vous me faites peur ! Je vais appeler...

MADAME DE RÉBOVAL.

Non. Je vais mieux... Sonne cependant, j'ai une course à faire faire à Pierre.

Béatrice obéit, le domestique paraît. Madame de Réboval se lève péniblement et va vers lui.

MADAME DE RÉBOVAL, au domestique, à mi-voix.

Ne mentez pas... Vous savez où demeure, à Paris, madame Loindet...

LE DOMESTIQUE.

Mais, madame...

MADAME DE RÉBOVAL.

Je ne vous demande pas de me le dire. Allez-y immédiatement.

LE DOMESTIQUE.

Le train est parti.

MADAME DE RÉBOVAL.

Prenez la voiture... ou le train suivant... je ne sais... Allez y trouver M. de Réboval le plus tôt possible. Vous lui direz que je l'envoie chercher, parce que j'ai peur de mourir aujourd'hui.

LE DOMESTIQUE.

Madame...

MADAME DE RÉBOVAL.

Allez... Pas un mot à personne et faites vite.

Le domestique sort.

BÉATRICE.

Il faut envoyer prévenir le docteur.

MADAME DE RÉBOVAL.

Non. Aide-moi à m'asseoir... Bien. Je vais dormir un peu.

Elle reste immobile. Près d'elle, à genoux et lui tenant les mains, Béatrice pleure silencieusement.

RIDEAU.

ACTE DEUXIÈME

À Paris, quelques heures plus tard.

Un salon chez M™* Loindet. Plus coquet, plus gai que celui de l'acte précédent. Porte au fond. A droite, 2' plan, une fenêtre; 1" plan, une console. A gauche, 2' plan, une porte d'intérieur; 1" plan, une cheminée et un fauteuil. Presqu'au milieu, un peu à droite, une table, sièges.

SCÈNE PREMIÈRE

PAULINE LOINDET, PAUL, DOMESTIQUES.

Au lever du rideau, Pauline, 40 ans, élégante, écrit, à la table du milieu. Paul, 22 ans, à droite, près de la console, démonte un fusil de chasse qu'il place dans sa boîte-étui. Une grande malle ouverte est à côté de lui. Un domestique et un homme, portant une autre malle, entrent par la porte de gauche et se dirigent vers celle du fond.

PAULINE, *les arrêtant; sans se lever.*

Attendez! L'adresse est-elle bien mise, sur cette malle?

LE DOMESTIQUE.

Oui, madame.

PAULINE.

Vous êtes sûr?

LE DOMESTIQUE, *lisant l'adresse.*

« Monsieur Paul Loindet, voyageur à bord du *Colbert* en partance pour le Gabon, Bordeaux... »

PAULINE.

C'est bien. Vous pouvez la descendre. (*Ils sortent. A Paul.*) Tu emportes ton fusil de chasse, naturellement?

PAUL.

Oui, mère. J'espère qu'il m'aidera à me distraire, là-bas.

PAULINE.

C'est celui que M. de Réboval t'a donné pour tes étrennes?

PAUL.

Le dernier modèle.

Il va fermer la malle, à genoux.

PAULINE.

Tu fermes la malle... Nous devons oublier quelque chose... (*Récapitulant.*) Tes chemises, tes gilets de flanelle, ton uniforme, tes chaussettes, ta boîte à pharmacie, ta jumelle de campagne... Ah! et des gants, as-tu des gants?

PAUL.

J'en ai une paire dans ma poche... Et je t'assure, mère, qu'au Gabon, j'aurai probablement peu d'occasions d'en user.

PAULINE.

Et tes rasoirs?

PAUL.

Ils sont là...

PAULINE.

Il me semble que nous oublions quelque chose... Ah! je savais bien! Un chapeau de paille. Tu t'en vas au Gabon sans chapeau de paille!

PAUL.

J'en achèterai un là-bas, à la mode du pays.

PAULINE.

Eh bien, alors va... (*Il ferme la malle.*) Ne perds pas tes clefs. L'étiquette ! (*Elle va chercher l'étiquette qu'elle vient d'écrire.*) La colle est là. Passe-la-moi.

On colle l'étiquette. Les hommes reviennent et s'approchent de la malle.

LE DOMESTIQUE.

C'est tout, n'est-ce pas, madame?

PAULINE.

Je crois que oui... Alors, c'est bien compris. Vous allez à la gare d'Orléans, vous prenez un billet pour Monsieur, vous faites enregistrer ses bagages et vous l'attendez...

LE DOMESTIQUE.

Oui, madame...

PAULINE.

Eh bien, allez.

Ils sortent. Pauline les suit des yeux. Dès qu'ils sont partis, elle essuie des larmes.

PAUL, *gentiment.*

Voyons, maman, je suis toujours là. Et puis... nous nous sommes déjà séparés bien des fois, pour le lycée, pour mon droit, pour mon volontariat... Je suis toujours revenu...

PAULINE.

C'est vrai ; mais cette fois, c'est si brusque et tu vas si loin !

PAUL.

Je devais partir dans deux jours...

PAULINE.

Songe donc, je n'ai quasiment que toi au monde.

PAUL.

Moi, je n'ai que toi, absolument.

PAULINE.

Si, tu as l'ami de ton pauvre père, M. de Réboval, à qui j'ai télégraphié, et qui va venir te serrer la main avant ton départ. C'est lui qui a obtenu pour toi de voyager en première et non comme militaire.

PAUL, *sans amertume, mais tristement.*

Oui, mais c'est lui qui me fait partir.

PAULINE.

C'est vrai. Il ne transige pas avec la morale. Tu avais commis une faute, une grande faute, puisque tu avais perdu une somme considérable au jeu sur parole; il a pensé que le milieu dans lequel tu vivais n'était pas sain et il te punit...

PAUL, *tendrement.*

Ma grande punition, ce sera de ne plus te voir, même de loin en loin, maman.

PAULINE, *émue.*

Ah! que tu as bien dit cela! Viens que je t'embrasse... Mon fils! Il me semble que c'est la première fois que je t'entends parler aussi affectueusement.

PAUL, *tout près d'elle.*

Je n'osais pas. Je t'ai vue si peu, dans ma vie. (*Grave.*) Je crois même que c'est ça qui m'a manqué.

PAULINE.

Pauvre chéri! Mais, comme tu étais méchant! Toujours révolté, batailleur, violent, joueur, prodigue.

PAUL.

Non, je n'étais pas tout cela : je le suis devenu. Si j'étais révolté et batailleur, c'est que j'avais, au lycée, une envie, une haine profonde contre ceux que l'on appelait chaque dimanche au parloir, et qui s'en allaient joyeux avec leur... avec leur mère!... Joueur, prodigue, je l'ai été, parce que j'étais triste, ou plutôt, parce que je sentais en moi des forces sans emploi et que j'ai voulu lasser... Vois-tu, maman, je peux bien affirmer cela sans te faire de la peine : si j'étais resté près de toi, j'aurais été un fils très soumis et très bon.

PAULINE.

Pourquoi ne m'as-tu pas dit tout cela plus tôt? Je ne t'aurais pas laissé partir... Mais c'est au moment où tu t'en vas que tu me découvres ton cœur!

PAUL.

Tu ne me gronderas pas, si je te dis la vérité ?

PAULINE.

Non.

PAUL.

Eh bien, tu me faisais un peu peur. Il y a eu des moments, quand nous étions ensemble, où j'aurais voulu t'embrasser follement, tout te dire... et puis... et puis pleurer, pleurer, longtemps et délicieusement, ma tête sur tes genoux... comme je suis là! (*Il pleure.*) Seulement, il me semblait que tu m'aurais pris pour un fou.

PAULINE.

Enfant!... moi aussi, j'ai eu de ces envies... mais — tu vas rire — tu m'intimidais. Je te trouvais taciturne et froid. Si j'avais su!... Oui, nous ne nous sommes pas compris.

PAUL.

Parce que nous ne nous sommes pas connus.

PAULINE.

Et tu t'en vas !

PAUL, *se levant.*

Oui, bientôt... Aussi, comme je t'écrirai de bonnes et longues lettres, maintenant! Et quelle joie, au retour!

PAULINE.

Comme tu es beau, et bon !

Ils sont assis chacun d'un côté de la table, et se tiennent les mains. Un silence.

PAUL.

Je t'aime beaucoup, beaucoup plus depuis...

PAULINE.

Depuis ?

PAUL.

Depuis le jour où j'ai deviné le malheur de ta vie.

PAULINE.

Le malheur...

PAUL.

Oui. Pauvre maman ! Depuis le jour où mon acte de naissance m'a révélé...

PAULINE.

Tais-toi...

PAUL.

Oui... oui... Tu vois, jamais, jusqu'ici, je ne t'ai parlé de cela... Mais aujourd'hui... puisque aujourd'hui nous nous sentons tous deux une grande tendresse l'un pour l'autre.

PAULINE.

Mon enfant...

PAUL.

Écoute... Écoute, ma petite maman..., puisque je vais partir, et qu'après tout, si faibles que soient les dangers, là-bas, j'en courrai quelques-uns... ne veux-tu rien me dire sur mon père...

PAULINE.

Mon chéri... Ne me fais pas souffrir. Tu dois penser combien l'évocation de ce passé m'est douloureuse...

PAUL.

Enfin.., Dois-je le haïr ?

PAULINE.

Non... Je t'en prie... ne m'en demande pas plus... Plus tard... plus tard... je te dirai tout... Je t'en prie, mon enfant.

PAUL.

Oh! ne pleure pas... Je me tais...

PAULINE.

Mon pauvre cher enfant!...

PAUL.

Je te demande bien pardon, maman!

PAULINE.

Ne parlons plus de cela, veux-tu? Ça me fait mal... Tous tes bagages sont-ils prêts? Il ne faut pas attendre au dernier moment...

PAUL.

Je n'ai plus à prendre que quelques papiers, ma couverture de voyage...

PAULINE.

Eh bien, va apprêter cela. Aussi bien, j'entends une voiture; ce doit être M. de Réboval. (*Elle va à la fenêtre et soulève le vitrage.*) Oui, c'est lui. J'ai quelques mots à lui dire... Laisse-nous.

PAUL, *à part.*

Pauvre maman!

Il sort.

SCÈNE II

MADAME PAULINE LOINDET, *seule.*

PAULINE, *avec un grand soupir.*

Ah! mon Dieu, que c'est fatigant et ennuyeux, de mentir! Quand donc pourrai-je!...

Elle s'assied sur le fauteuil près de la table. Entre M. de Réboval.

SCÈNE III

PAULINE, MONSIEUR DE RÉBOVAL. *Le domestique,
annonçant M. de Réboval.*

MONSIEUR DE RÉBOVAL, *avec des gestes absolument semblables aux gestes du premier acte. La même attitude, les
mêmes intonations. Toujours aussi grave. Au domestique,
en lui donnant son pardessus et son chapeau.*

Tenez, débarrassez-moi de ceci. (*Il entre.*) Bonjour, ma
chère amie, comment allez-vous, aujourd'hui?

Il l'embrasse.

PAULINE.

Très bien.

MONSIEUR DE RÉBOVAL.

Et Paul?

PAULINE.

Très bien.

MONSIEUR DE RÉBOVAL.

J'arrive dès le reçu de votre dépêche. Le départ est
donc avancé?

PAULINE.

Paul quitte Paris ce soir.

MONSIEUR DE RÉBOVAL.

On m'avait fait entrevoir en effet... mais je ne croyais
pas... Ce n'est qu'une différence de deux jours. Vous avez
lu les journaux, ce matin?

PAULINE.

Oui, et je voulais vous féliciter du grand succès que
vous avez obtenu.

MONSIEUR DE RÉBOVAL.

Oh ! si je vous en parle, c'est que vous êtes pour moi, dans toutes les luttes de la vie, un conseil et un soutien.

PAULINE.

Vous dites cela... Et madame de Réboval, comment va-t-elle, aujourd'hui ?

MONSIEUR DE RÉBOVAL.

Un peu mieux. Je vous l'ai dit, je crois, j'ai vu hier Dubois-Nancy, le célèbre médecin. Il m'a affirmé qu'il la guérirait.

PAULINE.

Tant mieux ! Elle est si bonne. J'ai toujours regretté de ne pas la connaître. Et Béatrice ?

MONSIEUR DE RÉBOVAL.

Elle va très bien.

PAULINE.

A-t-elle reçu son jeu de crocket ?

MONSIEUR DE RÉBOVAL.

Pas encore... (*Un silence.*) J'ai pensé à vous. Vous savez, Rancey, qui revient d'une mission en Perse ?

PAULINE.

Oui, vous m'avez parlé de lui.

MONSIEUR DE RÉBOVAL.

Il a rapporté de là-bas des étoffes admirables. Entre autres, un tissu d'or avec des fleurs en soie de toute beauté. Je lui ai demandé de m'en céder. Soit pour une toilette, soit pour l'ameublement, vous en tirerez parti. Et c'est tellement beau... J'espère que cela vous fera plaisir. On l'apportera demain.

PAULINE.

Vous êtes trop bon.

MONSIEUR DE RÉBOVAL.

Paul est ici ?

PAULINE.

Oui. Dites-moi, il m'a demandé tout à l'heure des explications sur sa naissance... Mon Dieu! pourquoi ne peut-il vous appeler son père!

MONSIEUR DE RÉBOVAL.

Vous le savez, Pauline, ce sera toujours impossible. Nous devons à Paul et à nous-mêmes, je dirai plus, nous devons à la société un éternel silence sur la naissance de notre enfant.

PAULINE.

Vous me rappelez un mot que me disait votre mère, — il y a plus de vingt ans de cela, — alors que je lui lisais le *Marquis de Villemer*, — avec trop d'émotion, parce que le sort de cette demoiselle de compagnie épousant le fils de la maison, m'intéressait trop, vous le comprenez...

MONSIEUR DE RÉBOVAL.

Quels souvenirs à la fois chers et douloureux vous me rappelez... Elle vous disait?

PAULINE.

Elle me disait : Les poètes commettent une mauvaise action en faisant passer l'amour avant les devoirs sociaux. Je n'ai compris que plus tard.

MONSIEUR DE RÉBOVAL.

Elle avait raison.

PAULINE.

Peut-être... Vous allez réconforter Paul par quelques paroles affectueuses, n'est-ce pas? S'il pouvait ne pas partir! Oh! dites!

MONSIEUR DE RÉBOVAL.

Il est trop tard. D'ailleurs, il s'est rendu coupable d'une mauvaise action, il n'a pas su reconnaître par une conduite exemplaire les sacrifices que nous nous imposions pour lui, il est de toute équité qu'il soit puni. Sur les questions de morale, vous le savez, je ne transige pas.

PAULINE.

C'est vrai. Vous êtes la droiture même.

MONSIEUR DE RÉBOVAL.

Faites-le venir.

PAULINE, *allant à la porte de droite.*

Paul ! M. de Reboval est là. Il vient te dire au revoir.

Entre Paul.

SCÈNE IV

LES MÊMES, PAUL.

PAUL, *saluant.*

Monsieur...

Ils se donnent la main après une légère hésitation.

MONSIEUR DE RÉBOVAL, *qui l'a fait asseoir.*

Mon cher enfant, je ne reviendrai pas sur ce qui s'est passé, sur vos fautes au régiment.

PAULINE.

Non. D'autant plus que Paul s'en repent sincèrement.

MONSIEUR DE RÉBOVAL, *à Pauline.*

Je vous en prie... (*A Paul.*) Je ne reviendrai pas sur ces fautes qui étaient graves, très graves, puisqu'elles atteignaient à la fois, en vous, l'honneur de l'homme privé et celui du soldat.

PAULINE.

Oh ! Paul a parfaitement compris cela.

MONSIEUR DE RÉBOVAL, *sans emphase, à Pauline.*

Je vous en prie. (*A Paul.*) Obéissant à un devoir douloureux, mais que m'imposaient à la fois ma loyauté et les engagements pris par moi au lit de mort de votre père,

j'ai demandé au ministre et j'ai obtenu de lui que vous
puissiez terminer votre temps de service dans une de nos
colonies, au Gabon.

PAULINE.

C'est la plus salubre.

MONSIEUR DE RÉBOVAL.

Je tiens à ce qu'en toute conscience, vous me disiez
vous-même que j'ai bien agi ; que j'ai fait ce qu'eût fait
votre père à ma place.

PAULINE.

C'est pour ton bien.

PAUL.

Je le crois, et je vous remercie de votre sollicitude.
Maintenant, laissez-moi vous le dire : peut-être avez-vous
été prompt à me juger. Mais je reconnais que ma conduite ne parlait pas en ma faveur. C'est à moi, maintenant, de reconquérir votre estime et votre affection.

MONSIEUR DE RÉBOVAL.

Vous n'avez complètement perdu ni l'une ni l'autre,
mon cher enfant. Sans doute, l'épreuve que je vous im-
pose en vous éloignant pendant deux ans de votre patrie,
de votre mère et de moi, est pénible. Votre mère en
souffre et je vous affirme que pour ma part, j'en suis également affligé. Vous aurez là-bas une existence non
exempte de fatigues, mais vous me remercierez un jour
de ce que je fais aujourd'hui pour vous.

PAUL.

J'en suis convaincu, monsieur. Je sais quelle haute
considération vos adversaires eux-mêmes ont pour vous,
et je m'incline.

PAULINE, *embrassant son fils.*

Mon pauvre enfant !

PAUL.

Ma chère mère, voici l'heure de la séparation.

PAULINE.

Vraiment, tu ne veux pas que nous t'accompagnions à
la gare?

PAUL.

Non. Je t'en prie. Les adieux sont plus douloureux,
sous les yeux des passants... Je pars.

PAULINE.

Tu m'écriras, souvent, très souvent?

PAUL.

Très souvent, je te le promets !

PAULINE.

Ne fais pas d'imprudences... Au revoir, mon enfant...
au revoir.

PAUL.

Au revoir... (*A M. de Réboval*), Monsieur, je tiens à vous
dire que je pars, sans rancune ni mécontentement, et que
j'ai pour vous une sincère reconnaissance. Vous seul savez
notre triste secret; vous seul avez connu mon père. Je
vous promets de me conduire là-bas en homme d'honneur. Adieu... Vous pleurez?

MONSIEUR DE RÉBOVAL, *essuyant une larme.*

Non. Adieu. J'ai confiance en vous. Partez, mon enfant.

*Il lui serre la main avec effusion. Paul embrasse sa
mère une dernière fois.*

PAULINE.

Mon fils ! mon fils ! Va ! je serai forte.

Paul sort.

MONSIEUR DE RÉBOVAL, *sur le devant de la scène,
à lui-même.*

Mon fils !

Il se retient de pleurer.

SCÈNE V

PAULINE, MONSIEUR DE RÉBOVAL.
Un silence pénible.

PAULINE.

Vous regrettez votre sévérité, n'est-ce pas?

MONSIEUR DE RÉBOVAL.

Oui.

PAULINE.

Voulez-vous que je le rappelle? Vous arrangeriez tout cela.

MONSIEUR DE RÉBOVAL.

Non. Je viens d'avoir un moment de faiblesse, mais je me suis repris maintenant. Cela est nécessaire.

PAULINE.

Hélas! (*Elle va lentement à la fenêtre. Elle descend en scène et vient s'asseoir sur le fauteuil près de la salle.*) Parti!

MONSIEUR DE RÉBOVAL.

Ma chère amie, je comprends ce que cette séparation a de pénible pour vous, mais c'est maintenant chose faite et nous n'y pouvons rien changer. Notre fils nous reviendra dans deux ans, raisonnable et reconnaissant. Ne le pleurez pas. Vous n'avez pas eu l'habitude de l'avoir près de vous : qu'il soit au Gabon au lieu de Lyon ou Bordeaux, il n'y court pas plus de danger.

PAULINE.

Je le sais.

MONSIEUR DE RÉBOVAL.

Il veut faire sa carrière militaire : il trouvera là-bas des chances d'avancement qu'il n'eût pas rencontrées ici.

PAULINE.

J'avais rêvé de le garder près de moi.

MONSIEUR DE RÉBOVAL.

Ici? Vous n'y pensez pas.

PAULINE.

Pourquoi?

MONSIEUR DE RÉBOVAL.

Pourquoi? Mais notre existence en commun deviendrait impossible. Il ne tarderait pas à s'apercevoir...

PAULINE.

Et quand il apprendrait que vous êtes son père...

MONSIEUR DE RÉBOVAL.

Ma chère amie, une fois pour toutes, entendons-nous à ce sujet. Je n'avouerai jamais à Paul que je lui ai menti. Vous entendez : jamais.

PAULINE.

Vous ne l'aimez donc pas ?

MONSIEUR DE RÉBOVAL.

Vous savez bien que si. Récapitulez ce que j'ai fait pour lui. Des circonstances que vous savez : certaines convenances, l'opposition de mes parents, à qui je n'ai jamais désobéi, m'ont empêché de vous épouser. Peut-être avais-je commis une faute en me faisant aimer de vous : je ne l'ai pas réparée par le mariage, parce que cela ne dépendait pas de ma seule volonté, et j'ai dû accepter pour femme celle que ma mère m'avait choisie. Vous la connaissez, ou du moins, vous savez quelle déférence, quelle amitié, quelle affection respectueuse j'ai pour celle qui porte mon nom. Cependant, je n'ai jamais cessé d'avoir, pour vous, des sentiments aussi sincères, aussi profonds, aussi inébranlables. Depuis mon mariage, j'ai divisé ma vie en deux parts, et l'une a été pour vous. J'ai fait élever notre enfant, notre fils avec une sollicitude égale à celle dont j'ai entouré l'éducation de ma fille Béatrice. J'ai su payer mes dettes de jeune homme sans compromettre en moi la dignité du mari. Ma femme ignore et ignorera toujours ce qui s'est passé entre vous et moi. Je n'ai donc pas manqué à mes obligations envers elle, de même que je ne crois pas avoir failli à celles que j'ai contractées à votre égard. En agissant ainsi, en vous donnant, à vous, autant qu'il était en mon pouvoir, le rang d'épouse, sans qu'il en résultât aucune peine pour ma femme, j'ai le sentiment de m'être conduit en homme honnête et loyal. J'irai plus loin ; j'ai la conscience d'avoir fait deux fois mon devoir.

PAULINE.

C'est vrai.

MONSIEUR DE RÉBOVAL.

Ne songez donc pas à renverser l'édifice laborieusement élevé par mes mains, ce qui serait la conséquence fatale du projet que vous formiez tout à l'heure d'installer définitivement Paul auprès de vous.

PAULINE.

Vous avez raison, comme toujours, et je vous demande pardon d'avoir eu cette pensée.

MONSIEUR DE RÉBOVAL.

A la bonne heure.

PAULINE.

Restez-vous ici ce soir?

MONSIEUR DE RÉBOVAL.

Oui. Il y a séance au Sénat demain.

PAULINE.

Très bien. (*Elle sonne au domestique qui paraît.*) Voulez-vous donner à monsieur son veston? (*Le domestique sort.*) Vous me lirez, comme à l'habitude, les journaux qui parlent de vous.

> *Le domestique apporte un veston identique à celui du premier acte. Pauline le prend. Le domestique sort.*

MONSIEUR DE RÉBOVAL.

C'est cela. Je ne suis à mon aise que dans ce vêtement. Depuis plus de dix ans, je n'en puis supporter que de semblables pour l'intérieur.

Il va retirer sa redingote. Entre Pierre, le domestique du premier acte.

PIERRE.

Monsieur...

MONSIEUR DE RÉBOVAL.

Vous ici? Qu'y a-t-il?

PIERRE, *se rapprochant, bas.*

Madame est mal... très mal. Elle m'a ordonné de venir vous chercher.

MONSIEUR DE RÉBOVAL.

Comment a-t-elle su l'adresse?

PIERRE.

Elle a supposé que je la connaissais...

MONSIEUR DE RÉBOVAL.

C'est bien. Je vous suis.

Pierre sort.

PAULINE.

Qu'y a-t-il?

MONSIEUR DE RÉBOVAL.

Madame de Reboval est mal, très mal, paraît-il.

PAULINE.

Mon Dieu! Mon Dieu! Très mal?... Vous partez?

MONSIEUR DE RÉBOVAL.

Dans l'état de sa santé, des complications graves peuvent survenir; peut-être même un malheur. Il y a là un devoir impérieux auquel je ne puis me soustraire. A bientôt.

PAULINE, *l'embrassant.*

Vous ne sauriez croire combien cette triste nouvelle m'afflige, mon ami. Ne manquez pas de me faire prévenir dès qu'il y aura un peu de mieux. A demain.

MONSIEUR DE RÉBOVAL, *l'embrassant.*

Je n'y manquerai pas. A demain.

Il sort.

RIDEAU

ACTE TROISIÈME

Deux ans après.

Même décor qu'au premier acte.

SCÈNE PREMIÈRE

BÉATRICE, PAULINE *devenue madame de Réboval, puis* MONSIEUR BADIN ; *Pauline est assise dans le fauteuil qu'occupait madame de Réboval au premier acte. Entre Béatrice.*

BÉATRICE, *sans élan.*

Bonjour, ma chère mère.

PAULINE.

Bonjour, mon enfant. Êtes-vous remise tout à fait des fatigues de votre voyage ?

BÉATRICE.

Tout à fait... Le photographe de Paris a envoyé une épreuve de mon portrait. Comment le trouvez-vous ?

Elle lui présente une photographie.

PAULINE.

Bien. Tout à fait bien. Il est très ressemblant.

BÉATRICE.

N'est-ce pas ?

*Pauline le pose sur la table, contre un livre. Pendant
ce qui suit Béatrice s'installe dans un coin et se met
à lire. Entre M. Badin.*

MONSIEUR BADIN, *à Pauline.*

Eh bien ! madame de Réboval, vous allez respirer l'encens de la gloire populaire.

PAULINE.

Comment cela ?

MONSIEUR BADIN.

Les ouvriers et les paysans du Mesnil sont tellement
heureux de voir que vous venez habiter ce château, resté
deux ans sans châtelaine, qu'ils ont préparé une petite
manifestation. Ils sont, en ce moment, une centaine, au
moins, rassemblés devant la grille et qui s'égosillent à
crier : « Vive madame de Réboval ! » M. de Réboval les
entretient et il m'envoie vous demander si vous voulez
bien venir auprès d'eux.

PAULINE.

Parfaitement. J'y vais. (*Elle se lève.*) Venez-vous, Béatrice ?

BÉATRICE.

Ma chère mère, j'aimerais mieux rester ici à lire...
si vous le permettez.

PAULINE.

Comme vous voudrez, mon enfant.

Elle sort.

SCÈNE II

MONSIEUR BADIN, BÉATRICE.

MONSIEUR BADIN.

C'est donc bien intéressant, ce que vous lisez ?

BÉATRICE.

Oui. Ce sont les épreuves du livre dans lequel M. Paul Loindet raconte sa mission en Afrique. Il expose d'abord comment, étant parti pour le Gabon comme soldat, il est devenu explorateur.

MONSIEUR BADIN.

Grâce à la protection de M. de Réboval.

BÉATRICE.

En effet. Mais aussi, il a accompli là-bas des prodiges. Il a souffert de la faim, de la chaleur, il a supporté des fatigues surhumaines.

MONSIEUR BADIN.

Oui, j'ai lu, déjà, dans les journaux, le récit de son voyage. Il a rendu de grands services à son pays et à la civilisation. C'est un homme de courage.

BÉATRICE.

C'est un héros, monsieur Badin, un héros, tout simplement.

MONSIEUR BADIN.

(*A part.*) Quel enthousiasme !... Est-ce que?... Nous allons bien voir. (*Haut.*) Maintenant, n'y a-t-il pas un peu d'exagération, là-dedans ? Vous savez, les explorateurs... on n'est pas là pour contrôler ce qu'ils disent...

BÉATRICE.

De l'exagération ! La vérité, c'est que M. Paul Loindet est au contraire trop modeste, et je suis certaine que, ses plus belles actions, il les a cachées...

MONSIEUR BADIN.

Vous en êtes certaine... En somme, nous ne le connaissons pas beaucoup, ce monsieur.

BÉATRICE.

Je le connais, moi.

MONSIEUR BADIN.

Vous. Comment ?

BÉATRICE.

Depuis deux ans qu'il est parti pour l'Afrique — c'était au moment où ma pauvre mère est morte — j'ai lu toutes les lettres qu'il écrivait. Vous savez que M. Loindet est le fils d'un des amis intimes de M. de Réboval... Vous le savez, n'est-ce pas ?

MONSIEUR BADIN, *après une hésitation.*

Oui... Vous l'avez vu ?...

BÉATRICE.

Je n'avais fait que l'entrevoir jusqu'à son retour, il y a huit jours. Mais je le connaissais par ses actes. J'ai pu l'apprécier et j'ai pour lui la plus haute estime, et la plus grande admiration. Il est brave, il est loyal, il est bon. Si j'avais eu un frère, c'est ainsi que je l'aurais voulu.

MONSIEUR BADIN.

Allons ! j'avais tort. Je vous laisse à votre lecture...

Il va pour sortir.

BÉATRICE.

Attendez donc, monsieur Badin... j'avais quelque chose à vous demander... Je ne me rappelle plus... C'était pour une de mes amies... Claire, vous savez Claire Bermont... Sur un article du code... Ah ! oui... Est-ce que, lorsque deux veufs se remarient entre eux, le mariage est permis entre leurs enfants ?...

MONSIEUR BADIN.

Mais certainement, mademoiselle. La loi interdit le mariage seulement entre...

BÉATRICE.

Oh ! c'est bien ! c'est bien ! Ça n'a pas d'importance...

Je vous demandais cela... pour savoir... simplement pour savoir... pour Claire... Au revoir, monsieur Badin, merci.

Elle sort.

MONSIEUR BADIN, *seul.*

Pour Claire !... Hum !... Ces deux enfants-là vont s'aimer... et je crois bien qu'ils n'en ont pas le droit...

Entre Pauline.

SCÈNE III

MONSIEUR BADIN, PAULINE.

PAULINE.

A quoi donc réfléchissez-vous, monsieur Badin ?

MONSIEUR BADIN.

Ma foi, madame, je cherchais le moyen de vous dire quelque chose que mon devoir m'oblige à ne pas vous cacher.

PAULINE.

C'est donc bien difficile ?

MONSIEUR BADIN.

Assez. Voici. Vous rêvez, je crois, pour votre fils un mariage avec une jeune fille de Paris ?

PAULINE.

Oui.

MONSIEUR BADIN.

Eh bien ! si vous tenez à ce mariage, il vaudra mieux que M. Paul ne reste pas ici.

PAULINE.

Parce que ?

MONSIUER BADIN.

Parce qu'il se pourrait bien qu'il vînt à penser à mademoiselle Béatrice, et que celle-ci... de son côté...

PAULINE.

Paul !... Béatrice !...

MONSIEUR BADIN.

Je vous dis cela, n'est-ce pas... c'est entre nous...
Allons, au revoir, madame.

PAULINE.

Au revoir, monsieur Badin.

PAULINE, *seule.*

Il ne sait ce qu'il dit... Paul n'a jamais fait attention à
Béatrice, il l'a à peine vue, et elle, elle m'a répété cent
fois qu'elle ne voulait pas se marier. Si son père ne l'avait
retenue, elle voulait même entrer au couvent... C'est de
la folie...

Entre M. de Réboval.

SCÈNE IV

PAULINE, MONSIEUR DE RÉBOVAL.

MONSIEUR DE RÉBOVAL.

Vous êtes là, ma chère amie ? Vous ne sauriez croire
combien la manifestation de ces braves gens m'a touché.
En vous fêtant, vous, ils ont trouvé le chemin de mon
cœur.

PAULINE.

Je suis fière de vous, Georges.

MONSIEUR DE RÉBOVAL.

Ah ! si j'ai pu, parfois, dans les luttes parlementaires,

intervenir avec quelque à-propos et quelque éloquence, je
suis bien payé de mon faible mérite, puisque la reconnaissance de mes électeurs se traduit en sympathie pour
vous, peur vous qui avez préparé mes succès par vos
conseils et votre douce affection.

PAULINE.

Ne soyez pas injuste, ô mon ami, envers la mémoire de
votre première femme. C'est Berthe qui a été pour vous
la bonne inspiratrice et le véritable soutien.

MONSIEUR DE RÉBOVAL.

C'est vous surtout...

PAULINE.

Ne dites pas cela. Je ne suis pas jalouse du passé.

MONSIEUR DE RÉBOVAL.

Mais c'était auprès de vous surtout que je trouvais des
consolations qui me réconfortaient.

PAULINE.

Mettons, si vous y tenez, que vous avez été également
soutenu par nos deux affections.

MONSIEUR DE RÉBOVAL.

Ma chère Pauline !

PAULINE.

Je sais ce que c'est que le devoir : c'est vous qui me
l'avez appris.

MONSIEUR DE RÉBOVAL.

Je vous remercie du fond du cœur des sentiments que
vous manifestez à l'égard de celle que j'ai si douloureusement pleurée. Sa mort a été pour moi un deuil terrible
et je ne sais comment je l'eusse supporté, si vous n'aviez
été là pour en adoucir l'amertume.

PAULINE.

Vous êtes trop bon.

MONSIEUR DE RÉBOVAL.

Non. Je suis heureux. Le bonheur de ma vie est à présent réalisé. J'ai pu tenir enfin les promesses que je vous avais faites lorsque je vous ai donné mon cœur. J'ai maintenant auprès de moi, mes deux enfants, et je puis vous aimer à la face de tous. Je suis quelque peu sceptique, vous le savez, mais je crois cependant que Dieu me récompense d'avoir apporté une telle persistance dans l'accomplissement de mon double devoir.

PAULINE.

Je le crois aussi.

MONSIEUR DE RÉBOVAL.

Je n'ai plus maintenant qu'à assurer l'avenir de mes deux enfants. Nous marierons Paul bientôt; quant à Béatrice...

PAULINE.

Il faut que je vous dise, à ce sujet, une crainte qui m'est venue.

MONSIEUR DE RÉBOVAL.

Parlez.

PAULINE.

N'avez-vous jamais pensé à l'épouvantable malheur qui nous atteindrait si nos enfants allaient s'aimer ?

MONSIEUR DE RÉBOVAL, *avec un sourire.*

Rassurez-vous, ma chère amie. Vos craintes sont pusillanimes...

PAULINE.

Pourtant...

MONSIEUR DE RÉBOVAL.

Vous m'accordez, n'est-ce pas, quelque connaissance du cœur humain. Je puis vous affirmer que vous vous trompez. Paul et Béatrice ne s'aiment pas : si cela était, je l'aurais deviné.

PAULINE.

Béatrice est romanesque. Elle a été frappée par le récit

des actes héroïques accomplis par mon fils... De là à
l'amour...

MONSIEUR DE RÉBOVAL.

C'est impossible. Mais cependant je hâterai le départ de
Paul, et son mariage...

PAULINE.

Ah! pourquoi ne voulez-vous pas consentir à avouer à
Paul que vous êtes son père?

MONSIEUR DE RÉBOVAL.

Je vous l'ai déjà dit. Jamais — vous entendez, jamais —
je n'accepterai cette idée de me diminuer aux yeux de
Paul. J'ai ma dignité à sauvegarder et j'en ai trop le souci
pour lui avouer que j'ai menti.

PAULINE.

Je sais votre droiture, mon ami. Mais ces craintes que
je traitais de chimériques lorsqu'elles me sont venues,
m'envahissent maintenant et me troublent.

MONSIEUR DE RÉBOVAL.

Je vous le répète : elles n'ont aucune consistance, mais,
pour vous rassurer, je vais faire un peu parler Béatrice...

PAULINE.

La présence de Paul est un danger. Son congé expire
dans deux jours. Il en a demandé le renouvellement.

MONSIEUR DE RÉBOVAL.

Je vais vous tranquilliser. (*Il sonne. Au domestique.*)
Priez monsieur Paul de venir causer avec moi.

PAULINE.

Qu'allez-vous faire?

MONSIEUR DE RÉBOVAL.

Lui dire de partir après-demain. Êtes-vous contente?

PAULINE.

Hélas! je le vois si rarement.

MONSIEUR DE RÉBOVAL.

Vous-même, vous venez de reconnaître que c'était nécessaire. Le voici. Laissez-nous.

Elle sort.

SCÈNE V

MONSIEUR DE RÉBOVAL, PAUL.

MONSIEUR DE RÉBOVAL.

Mon cher Paul, vous avez demandé, je crois, une pro-
longation de congé.

PAUL.

Oui, monsieur.

MONSIEUR DE RÉBOVAL.

Avez-vous reçu une réponse favorable?

PAUL.

Oui, ce matin même.

MONSIEUR DE RÉBOVAL.

Eh bien, je causais hier avec quelqu'un du ministère.
J'ai su qu'on vous avait en effet accordé ce que vous de-
mandiez, mais si l'on n'avait écouté que votre intérêt,
m'a-t-on dit, on vous l'eût refusé.

PAUL.

Parce que ?...

MONSIEUR DE RÉBOVAL.

Parce que.., Comprenez-moi à demi-mot. Je suis *autorisé* à vous conseiller de partir comme si vous n'aviez
rien reçu...

PAUL.

Mais...

MONSIEUR DE RÉBOVAL.

J'arrangerai cela. Croyez-moi : pour votre avenir, il vaut mieux faire ce que je vous dis.

PAUL.

Je vous obéirai.

MONSIEUR DE RÉBOVAL.

A la bonne heure. Vous êtes un brave garçon. (*En s'en allant.*) Qu'est-ce que je disais ! Il ne pense pas à elle.

Il sort.

SCÈNE VI

PAUL, *puis* BÉATRICE.

PAUL, *seul, s'asseyant près de la table.*

Partir... Déjà !... (*Ses yeux tombent sur le portrait de Béatrice.*) Béatrice ! (*Il prend le portrait, le regarde longtemps et l'embrasse. Béatrice paraît à droite. Elle a vu le mouvement de Paul qui lui tourne presque le dos. Au bruit Paul glisse le portrait dans la poche de sa redingote. Béatrice retient un cri de joie.*)

BÉATRICE.

Bonjour, monsieur Paul... Vous avez l'air triste.

PAUL.

Oui. Mon congé expire demain. Je vais partir.

BÉATRICE, *contenant à peine sa joie.*

Ça ne fait rien.

PAUL.

Comment, ça ne fait rien ?

BÉATRICE.

Si. Si. Je dis cela... sans faire attention. Quel beau temps, ce matin ?

PAUL.

Mais... il pleut...

BÉATRICE.

Ah! il pleut... je ne savais pas. N'importe, il fait bon vivre.

PAUL.

Moi qui croyais que la nouvelle de mon départ vous aurait attristée...

BÉATRICE.

Oui, cela m'attriste... Mais malgré cela, je suis bien contente...

PAUL.

Pourquoi?

BÉATRICE.

Pour rien... Il y a des jours, vous savez, où l'on est joyeux sans savoir pourquoi...

PAUL, *remarquant les feuillets que Béatrice lisait.*

Vous lisiez les épreuves de mon livre? Comment le trouvez-vous?

BÉATRICE, *pensant à autre chose.*

Pas mal.

PAUL.

Pas mal?

BÉATRICE.

Très bien. Je voulais dire : très bien.

Elle le regarde en riant.

PAUL.

Vous riez?

BÉATRICE.

Oui... Non... (*Elle rit. Se retournant, elle s'embrasse les mains à plusieurs reprises.*) ... Je dois vous paraître un peu toquée...

PAUL.

Non. Je suis heureux de vous voir heureuse...

BÉATRICE.

Oui dâ!

Elle feint de chercher sur la table.

PAUL.

Vous cherchez quelque chose?

BÉATRICE.

Oui. Mon portrait... Il était là, ce matin...

PAUL.

Votre portrait... Vous aviez donc un portrait?...

BÉATRICE.

Vous ne l'avez pas vu?

PAUL.

Non.

BÉATRICE, *à part.*

Oh! le menteur! Comme il ment bien! (*Haut.*) Mais oui...
Je vais demander à votre mère...

PAUL.

C'est inutile... Nous allons le chercher.

Il cherche sur la table.

BÉATRICE.

Vous ne trouvez pas?

PAUL.

Non.

BÉATRICE.

C'est bizarre. Je suis certaine qu'il était là... Cherchez
encore...

PAUL.

Je ne vois rien.

BÉATRICE.

Ah! vous ne voyez rien... On l'a volé, alors.

PAUL.

Probablement...

BÉATRICE.

Personne n'est entré, cependant, que votre mère et vous.

PAUL.

C'est extraordinaire...

BÉATRICE, *changeant de ton.*

Ne cherchez plus. Je sais où il est.

PAUL.

Ah !

BÉATRICE, *désignant la poche de Paul.*

Il est là...

PAUL.

Quoi ! vous avez vu ?

BÉATRICE.

Oui. Je vous ai vu,

Elle rit aux éclats, puis se met à sangloter.

PAUL.

Béatrice !

BÉATRICE.

Ce n'est rien... Je suis nerveuse... bien nerveuse...

PAUL.

Béatrice, je vous demande pardon... Je vous aime tant!

BÉATRICE.

Taisez-vous...

PAUL.

Je vous aime tant.

BÉATRICE.

C'est à nos parents qu'il faut le dire, maintenant.

PAUL.

A nos parents... Vous le permettez?...

BÉATRICE.

Oui.

Entre M. de Réboval.

MONSIEUR DE RÉBOVAL.

J'ai à te parler, Béatrice. Laissez-nous, Paul.
Paul sort.

SCÈNE VII

MONSIEUR DE RÉBOVAL, BÉATRICE.

MONSIEUR DE RÉBOVAL.

Ma chère enfant, il m'arrive une chose inattendue.

BÉATRICE.

Laquelle?

MONSIEUR DE RÉBOVAL.

Je te donne en mille pour la deviner.

BÉATRICE.

J'y renonce.

MONSIEUR DE RÉBOVAL.

On m'a demandé ta main.

BÉATRICE.

Qui donc?

MONSIEUR DE RÉBOVAL.

Quelqu'un que tu ne connais pas.

BÉATRICE.

Mais que tu connais, toi!

MONSIEUR DE RÉBOVAL.

De nom seulement. C'est un de nos amis qui a pensé à
ce jeune homme pour toi. Il est riche, noble, plein de
cœur et d'esprit, et beau cavalier. Son père est un de mes
collègues au Sénat. Veux-tu que je te le présente?

BÉATRICE.

Non.

MONSIEUR DE RÉBOVAL.

Pourquoi ce refus? S'il ne te convient pas, nous en chercherons un autre.

BÉATRICE.

C'est inutile.

MONSIEUR DE RÉBOVAL.

Est-ce que tu as fait vœu de ne pas te marier?

BÉATRICE, *après un temps.*

Non.

MONSIEUR DE RÉBOVAL.

Pourquoi dans ce cas repousser d'avance ce jeune homme que tu ne connais pas? Quelles que soient ses qualités, tu refuses de le voir?

BÉATRICE.

Oui.

MONSIEUR DE RÉBOVAL.

Alors, tu aimes quelqu'un?

BÉATRICE.

Oui.

MONSIEUR DE RÉBOVAL.

Qui?

BÉATRICE.

Paul.

MONSIEUR DE RÉBOVAL.

Paul! Paul Loindet?

BÉATRICE.

Paul Loindet.

MONSIEUR DE RÉBOVAL.

C'est de la folie... Tu ne le connais que depuis huit jours.

BÉATRICE.

Depuis deux ans, je lis ses lettres, ses récits de voyage... Et je l'aimais sans le savoir... Il est venu... Et puis... Et puis j'ai su là tout à l'heure, que peut-être il voudrait bien de moi pour sa femme.

MONSIEUR DE RÉBOVAL.

Il te l'a dit?

BÉATRICE.

Il me l'a dit.

MONSIEUR DE RÉBOVAL.

Où? quand?

BÉATRICE.

Ici, même. Tout à l'heure.

MONSIEUR DE RÉBOVAL.

Mais c'est effrayant! Mais tu ne te doutes pas... Ce mariage est impossible. Impossible, entends-tu.

BÉATRICE.

Je ne crois pas. Lorsqu'un homme comme lui et une femme comme moi veulent quelque chose, rien n'est impossible.

MONSIEUR DE RÉBOVAL.

Écoute, Béatrice. Il faut absolument... Il faut... que tu rejettes cet amour loin de toi, que tu n'y penses plus jamais, jamais, jamais.

BÉATRICE.

C'est cela qui est impossible.

MONSIEUR DE RÉBOVAL.

Paul n'est pas le mari qu'il te faut.

BÉATRICE.

Nous nous aimons.

MONSIEUR DE REBOVAL.

Mais ne dis pas cela! pour Dieu, ne dis pas cela!

BÉATRICE.

Pourquoi?

MONSIEUR DE RÉBOVAL.

Il est joueur.

BÉATRICE.

Il ne le sera plus.

MONSIEUR DE RÉBOVAL

Il est vaniteux. Il ne sera pas fidèle.

BÉATRICE.

Si, car il est honnête et bon.

MONSIEUR DE RÉBOVAL.

Enfin, Béatrice, il n'est pas possible que tu l'aimes.

BÉATRICE.

Cela est.

MONSIEUR DE RÉBOVAL.

Toi-même, tu n'es pas la femme qu'il lui faut.

BÉATRICE.

Il est seul juge.

MONSIEUR DE RÉBOVAL.

Tu n'aimes pas le monde...

BÉATRICE.

Avec lui, je l'aimerai.

MONSIEUR DE RÉBOVAL.

Voyons, ma chère enfant, parlons de cela froidement. Pour les raisons que je t'ai données, pour d'autres encore, ce mariage est impossible. Dis-toi bien cela, qu'il est impossible... Impossible... Enfin... comme si Paul, était déjà marié!

BÉATRICE.

Il ne l'est pas.

MONSIEUR DE RÉBOVAL.

Non, il ne l'est pas... Béatrice, tu dois bien avoir quelque confiance en moi, dans mon expérience, dans ma tendresse pour toi, dans ma connaissance des choses de la vie... suis mon conseil... et crois-moi, c'est impossible!

BÉATRICE.

Dis-toi, cependant, que ce mariage se fera, car il se fera.

MONSIEUR DE RÉBOVAL.

Pas si je te refuse mon consentement.

BÉATRICE.

Tu le donneras.

MONSIEUR DE RÉBOVAL.

Je le refuserai.

BÉATRICE.

Va-t-il falloir encore que je me sacrifie? Cette fois, je
refuse. Lorsque tu as voulu épouser madame Loindet,
j'ai dû surmonter toutes mes antipathies, j'ai su cacher
ma douleur, réprimer mes révoltes. Tu m'as demandé de
consentir. Je t'ai dit oui. Je t'ai promis d'être, à son égard,
respectueuse et soumise. J'ai tenu ma promesse, et je
l'appelle « chère mère » comme tu l'as voulu. Aujourd'hui,
il s'agit de moi. J'aime un jeune homme, que tu aimes,
que tu estimes, qui est de notre monde, et qui m'aime.
Tu me déclares que tu refuseras ton consentement à notre
mariage. Je te demande pourquoi : tu me donnes des raisons qui n'en sont pas. Je suis bien décidée à ne pas me
sacrifier de nouveau, d'autant plus que je ne sais ni à qui
ni à quoi.

MONSIEUR DE RÉBOVAL.

Il le faut.

BÉATRICE,

Mais pourquoi! pourquoi! Dis-moi pourquoi!

MONSIEUR DE RÉBOVAL.

Je ne le peux pas.

BÉATRICE.

A-t-il, jadis, commis une action infâme?

MONSIEUR DE RÉBOVAL.

Non.

BÉATRICE.

Appartient-il à une famille déshonorée?

MONSIEUR DE RÉBOVAL.

Non. Mais sa mère...

BÉATRICE, *l'interrompant vivement.*

Elle est estimable, puisque tu l'as épousée.

MONSIEUR DE RÉBOVAL.

La naissance de Paul est irrégulière.

BÉATRICE.

Tu l'as oublié pour épouser la mère ; tu peux bien l'oublier pour me laisser épouser le fils.

MONSIEUR DE RÉBOVAL, *impatient.*

Je ne puis admettre que tu me tiennes tête de cette façon. Tes réponses sont fort déplacées et je suis très étonné de les entendre dans ta bouche.

BÉATRICE.

Cependant ?

MONSIEUR DE RÉBOVAL.

Assez. Je t'ai dit de te taire : tais-toi. Tu n'épouseras pas Paul, qui part demain, et tu ne sauras pas autre chose, parce que cela ne te regarde pas. Je veux que tu m'obéisses.

BÉATRICE, *sans éclat, mais très détaillé.*

Autrefois, je me serais inclinée. Mais depuis la mort de ma mère, il s'est passé entre toi et moi quelque chose qui a bien modifié mon affection à ton égard. Je ne crois pas t'aimer moins, mais ce n'est pas ma faute si ton ascendant sur moi n'est plus le même. Tu m'as montré ce qu'était la volonté, en m'imposant la tienne. J'ai hérité de ta ténacité.

MONSIEUR DE RÉBOVAL.

Quel langage !

BÉATRICE.

Je sais bien que je ne devrais pas te parler ainsi. Écoute... avant ton nouveau mariage, tu étais pour moi

quelque chose de surnaturel, j'avais confiance en toi, et
je te respectais, comme si tu avais été un dieu. Maintenant, je t'aime bien toujours, seulement...

MONSIEUR DE RÉBOVAL.

Seulement?

BÉATRICE.

Seulement, maintenant, (*Un long silence à mi-voix.*)
tu ressembles à tout le monde.

MONSIEUR DE RÉBOVAL.

Mais, où as-tu appris ces mots-là! Comment t'es-tu laissée
envahir par ces sentiments?

BÉATRICE.

En observant, en réfléchissant. Et puis, j'ai beaucoup lu
dans ta bibliothèque, que maman ne laissait pas ouverte,
elle. Oui je suis bien changée; et, je le sais bien, je ne
vaux plus ce que je valais. Ce n'est pas ma faute. C'est la
faute des événements. Il faut me prendre comme cela.

MONSIEUR DE RÉBOVAL.

Ma pauvre enfant! Tu as raison de regretter le passé,
car tu es devenue une fille sans amour filial et sans respect. Tu n'as pas le droit d'oublier les longues années de
ton enfance que j'ai protégées, que j'ai entourées de
soins! En parlant comme tu le fais, tu manques à tous
tes devoirs. Tu m'attristes, tu me blesses, tu me tourmentes
plus que je ne saurais dire.

BÉATRICE.

Oui. Je le sens, j'ai tort; je ne sais pas qui me souffle
ces mots. En les disant, ils m'effrayent moi-même, mais
je ne puis les retenir.

MONSIEUR DE RÉBOVAL.

Toi, qui es si religieuse, tu ne penses pas que ta mère
t'entend... Si elle était là, comme elle souffrirait à te voir
changée à ce point.

BÉATRICE.

Je te supplie de consentir à ce mariage. Ce n'est pas un caprice de jeune fille. Depuis deux ans, tu m'as laissée bien seule; depuis que madame Loindet est devenue madame de Réboval, j'ai senti que ton cœur n'était plus rien qu'à moi. Oh! je ne te le reproche pas. Mais, moi aussi, je t'ai moins aimé. Paul représente pour moi tout l'avenir de ma vie, tout mon bonheur... Cousens.

MONSIEUR DE RÉBOVAL.

Jamais.

BÉATRICE.

Pourquoi?

MONSIEUR DE RÉBOVAL.

Je te l'ai dit.

BÉATRICE.

Tu ne m'as rien dit.

MONSIEUR DE RÉBOVAL.

Tu ne l'épouseras pas.

BÉATRICE, *furieuse.*

Eh bien, je me révolte! Sais-tu ce que je serai capable de faire, si tu ne changes pas d'avis?

MONSIEUR DE RÉBOVAL.

Des menace

BÉATRICE.

Oui, des menaces!

MONSIEUR DE RÉBOVAL.

Et qu'est-ce que tu feras?

BÉATRICE.

Nous sommes majeurs, nous nous marierons malgré toi.

MONSIEUR DE RÉBOVAL.

Tais-toi! Tais-toi! Béatrice!... Tu ne peux pas épouser Paul... Tu ne le peux pas... et je ne peux pas, moi, te dire pourquoi! mais rien que d'y penser... Rien que cela, c'est une chose abominable...

Um long silence. Béatrice reste un moment immobile. M. de Réboval sort lentement..

BÉATRICE.

J'ai peur de comprendre... Oui... c'est cela... Quelle horreur!... quelle horreur!...

Elle se cache la figure dans ses mains et tombe accablée sur un fauteuil. Entre Paul. Après un long silence :

SCÈNE VIII.

BÉATRICE, PAUL.

PAUL.

Béatrice.

BÉATRICE.

Vous !

PAUL.

Avez-vous parlé de notre amour à M. de Réboval?

BÉATRICE.

Non... Vous! c'est vous !

PAUL.

Oui, c'est moi... Je n'ai pas su, tout à l'heure, vous dire la joie immense que vous m'avez causée. Jamais, je crois, je n'aurais osé vous avouer que je vous aimais.

BÉATRICE,

Écoutez... Tout ce que nous avons dit oubliez-le. Chassez-le de votre esprit. Oh! Chassez-le! N'y pensez jamais, jamais!

PAUL.

Pourquoi?

BÉATRICE.

Sachez que nous devons désormais être l'un pour l'autre
des étrangers.

PAUL.

Des étrangers? Ne m'avez-vous pas laissé comprendre,
Béatrice, que vous m'aimiez?

BÉATRICE.

Hélas!

PAUL.

Répondez, est-ce vrai? N'avez-vous pas provoqué mes
aveux?

BÉATRICE.

Hélas!

PAUL.

Vous ne pouvez le nier. Tout à l'heure, vous me ten-
diez la main et vous parliez de notre mariage; maintenant vous me repoussez. Que s'est-il donc passé?

BÉATRICE.

Ne me questionnez pas. Ce qui s'est passé, je ne puis
vous le dire, mais il faut que vous compreniez bien ceci :
je ne dois plus vous aimer.

PAUL.

Béatrice, on m'a calomnié devant vous?

BÉATRICE.

Non.

PAUL.

Oh! ne me mentez pas. Pour qu'en si peu de temps,
vous ayez passé de l'amour à la répulsion, il faut que
votre père m'ait accusé. J'ai le droit de me défendre; j'ai
le droit d'exiger de vous que vous me répétiez ce qu'on
vous a dit.

BÉATRICE.

Jamais!

PAUL.

On m'a calomnié... C'est cela... J'en suis sûr, je le

sais... Je vous jure, Béatrice, que je suis un honnête homme ! Croyez-moi ! Croyez-moi ! je ne sais quels mots vous dire pour vous imposer cette conviction ! Je vous le jure, Béatrice ! je vous le jure ! Si l'on vous a dit le contraire, on vous a trompée. Regardez-moi, regardez-moi. Ai-je les yeux d'un homme qui ment ?

BÉATRICE.

Laissez-moi, par grâce, par pitié. Vos paroles me torturent ; votre présence me torture. Allez-vous-en ! Allez-vous-en !

PAUL.

Vous m'écouterez ! Je tiens à votre estime autant qu'à votre amour... Je sais, je sais ce qu'on vous a dit. Jadis, j'ai été un dissipateur, j'ai joué... c'est vrai... Mais j'étais si délaissé, Béatrice, j'étais si malheureux !... Il faut me pardonner ces fautes de ma jeunesse. Ma vie, voyez-vous, elle commence d'aujourd'hui, du jour où j'ai su que vous m'aimiez. Le passé ne compte plus. Vous ne me croyez pas ! Mais que faire, pour vous persuader ? Vous faut-il des serments ! Sur la mémoire de mon père, de mon père que j'ai tant pleuré et que je n'ai pas connu, je vous jure, Béatrice, que je ne suis pas indigne de vous.

BÉATRICE, à elle-même.

Le malheureux !

PAUL.

Mais répondez-moi ! Mais dites-moi de quel crime on m'a accusé, que je me défende, au moins ! Votre silence me met hors de moi, me révolte. Parlez, Béatrice, je l'exige. Ce n'est plus seulement votre fiancé que vous avez devant vous, c'est un homme d'honneur qui se sait calomnié, et qui demande, et qui veut, et qui veut avec violence qu'on lui donne les moyens de se disculper. Ai-je cessé, à vos yeux, d'être un honnête homme ?

BÉATRICE.

Non.

PAUL.

Vraiment?

BÉATRICE.

Je vous le jure!

PAUL *apaisé*.

Ah! que vous m'avez fait attendre cette parole de consolation!... Alors, puisque je suis le même, pour vous, vous ne pouvez avoir cessé de m'aimer. Vous avez quelque chagrin que vous ne voulez pas faire connaître. Je respecte votre secret, mais cela me désole, que vous ne m'estimiez pas assez pour vous confier à moi, vous qui m'aimez.

BÉATRICE.

Non! Non! Je ne vous aime pas.

PAUL.

Nos beaux rêves sont-ils déjà anéantis? Faut-il ne plus penser au bonheur attendu?

BÉATRICE.

Tout est brisé! Tout est fini!

PAUL.

Et c'est de cela que vous pleurez?

BÉATRICE.

Oui.

PAUL.

Alors! si vous pleurez sur notre amour que vous croyez anéanti, c'est que vous m'aimez toujours, et s'il est vrai que je n'ai pas perdu votre estime, peu m'importent les autres douleurs, et nul n'empêchera que vous soyez à moi! On a rêvé pour vous quelque haut mariage? O ma chérie! est-ce que l'ambition et la volonté des autres peuvent nous émouvoir, nous? nous qui avons foi l'un dans l'autre, nous qui possédons l'irrésistible force de l'amour partagé. Relevez-vous. Séchez vos larmes. Tout malheur qui n'atteint pas notre affection n'est pas un malheur! Laissons passer à côté de nous les sentiments mesquins et les vanités, ne pensons qu'à l'avenir, ne pensons qu'à notre bonheur. Nous sommes assez certains de l'avoir pour consentir à l'attendre un peu!

> BÉATRICE, *se levant et allant vers la porte.*

Adieu.

> PAUL.

Où allez-vous?

> BÉATRICE.

Je vous fuis.

> PAUL.

Restez, je vous donne ma parole d'honneur que ni vous ni moi, ne sortirons d'ici avant que je sache ce qui s'est passé.

> BÉATRICE.

Vous ne saurez rien.

> PAUL.

Béatrice... Dites-moi seulement que vous m'aimez toujours! J'ai pour vous l'affection la plus tendre...

> BÉATRICE.

Taisez-vous...

> PAUL.

... La plus forte...

> BÉATRICE.

Mais partez! partez!...

> PAUL.

Je vous aime comme un fou!

> BÉATRICE.

Partez! Vous me faites horreur!

> PAUL.

Pourquoi?

> BÉATRICE, *lui désignant M. de Réboval qui entre.*

Demandez-le à votre père!

PAUL.

Mon père!

MONSIEUR DE RÉBOVAL.

Mon Dieu!

Un long silence.

SCÈNE DERNIÈRE

MONSIEUR DE RÉBOVAL, BÉATRICE, PAUL.

PAUL.

Je voudrais mourir.

BÉATRICE.

Je voudrais mourir.

PAUL, *à M. de Réboval, avec plus de douleur que de dureté.*

Voilà le résultat de vos habiletés, monsieur!

BÉATRICE.

Voilà ce que vous avez fait!

MONSIEUR DE RÉBOVAL, *effondré.*

Je vous en prie, mes enfants, je vous en prie. Puisque vous vous croyez le droit de me juger, écoutez-moi, au moins. Vous voyez que je dépouille devant vous toute vanité. Je pourrais ne pas vous écouter. Mais je renonce à être autre chose qu'un père malheureux, sans forces pour se soustraire au martyre que ses enfants aimés lui font souffrir.

PAUL, *d'une voix sourde.*

Pourquoi vous serais-je clément? Par votre faute, j'ai été, dans la vie, un enfant abandonné. Vous m'avez éloigné de ma mère, parce que je vous gênais. Vous

m'avez volé son affection. Vous avez été coupable envers
moi après l'avoir été envers elle.

MONSIEUR DE RÉBOVAL, *à mi-voix.*

Ne l'ai-je pas épousée?

PAUL, *de même.*

Vous avez profité de votre autorité chez vous, où elle
était lectrice, de votre supériorité d'homme, et vous l'avez
trompée, lâchement.

MONSIEUR DE RÉBOVAL, *avec force.*

Trompée! Non. Je l'aimais, Paul. Je le jure, je l'aimais!

PAUL.

Il fallait l'épouser.

MONSIEUR DE RÉBOVAL.

Je le voulais, mon enfant. Je vous en donne ma parole
d'honneur.

PAUL.

Qui donc vous en a empêché?

MONSIEUR DE RÉBOVAL.

Ma mère, qui serait morte de chagrin si je lui avais
désobéi. J'ai sacrifié mon amour à mon devoir filial. Il
faut que vous sachiez ceci. Je tremblais, rien qu'à la voix
de mon père, et pour que ma mère ne souffrît pas, j'eusse
consenti à tout.

PAUL.

Il fallait reconnaître l'enfant et attendre.

BÉATRICE.

Pourquoi avez-vous épousé ma mère, puisque vous ne
l'aimiez pas?

MONSIEUR DE RÉBOVAL.

Je vais te dire, Béatrice. Je n'avais pas de volonté.
Toute ma vie, même, j'ai été faible. J'affectais le contraire. Je mettais le masque de l'énergie, mais je n'ai

jamais su vouloir, si ce n'est en politique. Je ne puis t'expliquer cela. Je sais conduire les autres et je n'ai pas su me conduire moi-même. Dans la vie je n'ai été fort qu'en face de ceux qui pliaient devant moi. Si j'ai épousé ta mère, c'est que les événements l'ont voulu.

BÉATRICE.

Vous deviez tout lui dire.

MONSIEUR DE RÉBOVAL.

J'ai voulu lui épargner cette douleur.

BÉATRICE.

Vous n'avez fait votre devoir que lorsqu'il s'est trouvé d'accord avec vos désirs. (*Bas*). Toute votre vie, vous avez menti.

MONSIEUR DE RÉBOVAL.

C'était pour le bien de tout le monde...

BÉATRICE.

Et vous avez fait le malheur de tous.

MONSIEUR DE RÉBOVAL.

J'ai été un demi-honnête homme, pour éviter d'être un scélérat. C'est de cela que je suis puni. (*Un silence*). Ah ! que vous êtes cruels, mes enfants, que vous êtes cruels ! Mais que faut-il vous dire, pour vous désarmer, pour briser votre impassibilité, pour vous arracher un mot de pitié. Vous ne voulez pas, cependant, que je me traîne à genoux, en vous demandant pardon ! Vous ne pouvez pas vouloir cela... Oui, je sais, vous souffrez... Mais comment pouvais-je penser qu'entre vous, ce sentiment naîtrait ! C'est cela, cela seul, qui fait notre malheur à tous. Croyez-vous que vos souffrances se puissent comparer aux miennes ? Vous avez au cœur un amour brisé ; tous les deux, vous vous en consolerez ; toi, Paul, dans l'action ; toi Béatrice, dans la prière. Mais moi, que me restera-t-il quand vous serez partis ? Vous avez tout un

avenir devant vous; moi, je n'avais que le passé pour
assurer la paix de ma vieillesse... Béatrice, un mot de
pitié... Tu sais, je suis vieux, et je puis mourir bientôt...
Paul, je t'ai toujours aimé comme mon fils... Regarde-
moi... Vous détournez la tête, tous les deux... Allons!
j'irai jusqu'au bout. Mes enfants, je vous demande pardon...

Il est sur le point de se mettre à genoux.

BÉATRICE, *avec un cri.*

Mon père!

MONSIEUR DE RÉBOVAL.

Ma fille!... Ta mère m'eût pardonné plus tôt!

Pauline est entrée; Paul va se jeter dans ses bras.

PAUL.

Oh! maman! ma pauvre maman!

RIDEAU.

L'ÉCOLE DES BELLES-MÈRES

COMÉDIE EN UN ACTE

Représentée pour la première fois au théâtre du Gymnase,
le 25 mars 1898.

PERSONNAGES

FIFINE.	Mme Duluc.
MADAME GRAINDOR.	Jenny Rose.
MADAME MEILLET.	Netza.
LÉONTINE.	Dicksonn.
M. GRAINDOR.	MM. Lérand.
ANDRÉ	Maury.

En province, de nos jours.

L'ÉCOLE DES BELLES-MÈRES

SCENE PREMIÈRE

FIFINE, ANDRÉ. *André entre par la porte de droite, en bras de chemise, tenant sa jaquette à la main. Il ne voit pas Fifine qui met son chapeau.*

ANDRÉ.

C'est trop fort ! (*Il appuie avec force à plusieurs reprises sur un bouton électrique, il va à la porte du fond et l'ouvre en criant.*) Léontine ! Léontine !

FIFINE *est arrivée sur la pointe des pieds jusqu'auprès de son mari qui ne l'a pas encore vue, elle crie également :*

Léontine ! Léontine !

Elle éclate de rire et descend en scène.

ANDRÉ.

Ah ! tu es là ! Et la bonne ?

FIFINE.

Léontine ?

ANDRÉ.

Oui, ma jaquette n'est pas brossée.

FIFINE.

Tu vas voir des malades, ce matin, monsieur le docteur ?

ANDRÉ.

Tu sais bien que je n'en ai pas. Depuis un mois que j'ai passé mon dernier examen... Mais je sonne depuis une heure.

FIFINE.

Et personne ne répond ?

ANDRÉ.

Non !

FIFINE.

Ça ne m'étonne pas !

ANDRÉ.

Pourquoi ?

FIFINE.

Parce qu'il n'y a personne.
Elle rit.

ANDRÉ.

Tu ne seras jamais sérieuse.

FIFINE.

Si, quand j'aurai vingt ans.

ANDRÉ.

Mais moi, j'en ai vingt-cinq et je...

FIFINE.

Mon pauvre André... Faut te brosser toi-même, comme pendant notre voyage de noces à Paris.

ANDRÉ.

Je n'ai pas trouvé la brosse.

FIFINE.

Ah! attends! (*Elle lui prend la jaquette des mains et la secoue un peu.*) Là !

ANDRÉ, *mettant sa jaquette.*

Et Léontine?

FIFINE.

Elle est sortie pour chercher une place.

ANDRÉ.

Une place! On l'a donc mise à la porte?

FIFINE.

Oui !

ANDRÉ.

Qui?

FIFINE.

Maman, parbleu !

ANDRÉ.

Pourquoi?

FIFINE.

Je ne sais pas... Qu'est-ce que ça peut te faire ?

ANDRÉ.

Et l'autre?

FIFINE.

L'autre, elle est allée faire une course.

ANDRÉ.

Où ça?

FIFINE, *riant.*

En voilà, des questions! Est-ce que je sais? — C'est maman qui l'a envoyée. Tu es fâché?

ANDRÉ.

Non !

FIFINE.

Faisez une risette !

ANDRÉ, *riant.*

Embrasse-moi.

FIFINE.

Encore?... N'abîme pas mon chapeau. (*Il l'embrasse.*) Là!... C'est assez... Comment le trouves-tu, mon chapeau?

ANDRÉ.

Très gentil.

FIFINE.

Tu dis ça; tu ne l'as pas regardé.

ANDRÉ.

Mais si... Tu sors?

FIFINE.

Tu vois.

ANDRÉ.

N'oublie pas de passer chez le tapissier.

FIFINE.

Maman y est allée.

ANDRÉ.

Qu'est-ce qu'il a répondu?

FIFINE.

Elle te le dira.

ANDRÉ.

Où vas-tu?

FIFINE.

Je vais avec maman.

ANDRÉ.

Quoi faire?

FIFINE.

Ah! voilà!... Acheter un chien!

ANDRÉ.

Un chien?

FIFINE.

Oui! Oh! il est si petit, que tu ne t'apercevras pas de sa présence. C'est un amour, gros comme ça, avec des petites oreilles, des yeux noirs... tu verras. Il ressemble à ma tante. Tu sais, ma vieille tante. Je le ferai jouer. Nous jouerons tous les deux. Tu lui apprendras à faire le beau, (*Elle saute de joie.*) Ce qu'on va s'amuser!

ANDRÉ, *riant.*

Et combien, cet amour ?

FIFINE.

Cher !... mais c'est comme en tout : quand on veut avoir du beau, il faut y mettre le prix.

ANDRÉ.

Combien encore ?

FIFINE.

Cent cinquante francs.

ANDRÉ.

Tu es folle, ma petite Fifine... Voyons, réfléchis... Tu ne l'auras pas huit jours, que tu en seras lasse...

FIFINE.

Tu crois ?

ANDRÉ.

Certainement. Et puis... je ne sais pas bien comment te dire cela... il faut un peu surveiller nos dépenses.

FIFINE, *sans mauvaise humeur.*

C'est bon ! Je ne l'achèterai pas... Es-tu content ?...

ANDRÉ.

Oui !

FIFINE.

Au revoir ! Au revoir !

Elle sort en courant.

SCÈNE II

ANDRÉ, *seul,* puis LÉONTINE.

ANDRÉ.

J'ai peut-être eu tort de la priver de son chien... mais je ne veux pas laisser sa mère nous gouverner.

Entre Léontine.

LÉONTINE.

Monsieur me demande?

ANDRÉ.

Non!... C'était pour... ce n'est plus la peine.

LÉONTINE.

Monsieur sait qu'on m'a renvoyée?

ANDRÉ.

Oui. Pourquoi?

LÉONTINE.

Parce que j'avais demandé à madame — à la mère de madame — d'aller dimanche chez mon grand-père qui est malade.

ANDRÉ.

Eh bien! vous irez chez votre grand-père et vous resterez à mon service.

LÉONTINE..

Merci, monsieur!

On entend sonner.

ANDRÉ.

On sonne! Allez donc voir!

Elle sort.

SCÈNE III

ANDRÉ *seul*, *puis* MADAME MEILLET.

ANDRÉ.

Je veux être le maître chez moi, saperlotte!
La bonne fait entrer madame Meillet.

MADAME MEILLET.

Mon cher enfant! (*Embrassades.*) Je viens entre deux trains, chez le notaire, pour signer des papiers. Je n'ai pas

voulu passer dans ta rue, sans monter te dire bonjour.
Fifine va bien?

ANDRÉ.

Très bien ! Elle est sortie.

MADAME MEILLET.

Déjà ! Alors je me sauve... et la clientèle?

ANDRÉ.

Rien ! Seulement, nous comptons beaucoup sur l'in-
fluenza, au commencement de l'hiver.

MADAME MEILLET.

Tant mieux ! Et le ménage? Ça marche toujours, avec ta
belle-mère? Quelle idée vous avez eue de venir habiter
ici... Alors, ça marche?

ANDRÉ.

Oui... Seulement...

MADAME MEILLET.

Seulement?

ANDRÉ.

Il y a des petits tiraillements. Fifine n'est pas assez
affectueuse... Elle n'aime pas assez son chez-soi... enfin...

MADAME MEILLET.

Je vois ce que c'est. Il faudrait l'œil de ta mère là-
dedans.

ANDRÉ.

J'ai peut-être eu tort de te dire cela.

MADAME MEILLET.

Du tout ! du tout ! Je cours chez mon notaire parce qu'il
ne serait plus là, si j'arrivais en retard... et je reviens ici.
Et — écoute bien ce que ta mère va te dire : je n'en partirai pas avant que tout y soit en ordre.

ANDRÉ.

Ma foi, je te remercie. Je n'osais pas te le demander...
ce sera une bonne chose.

MADAME MEILLET.

Tranquillise-toi. J'arrangerai tout et ce ne sera pas long.
A bientôt !

ANDRÉ, *la reconduisant.*

A tantôt...

*Il reste un moment à la porte, redescend et sonne. Léon-
tine paraît.*

SCÈNE IV

ANDRÉ, LÉONTINE.

ANDRÉ.

Vous mettrez trois couverts, ce soir !

LÉONTINE, *surprise.*

Trois couverts ?

ANDRÉ.

Oui, ma mère dînera ici... Qu'est-ce que vous avez ?

LÉONTINE.

Mais, monsieur, c'est impossible !

ANDRÉ.

Parce que...

LÉONTINE.

Mais jusqu'ici monsieur et madame ont toujours pris
leurs repas chez les parents de madame, en bas. Alors, la
cuisine n'est pas en état.

ANDRÉ.

Allons !... C'est bien !

SCÈNE V

LÉONTINE, ANDRÉ, *puis* **FIFINE.** *Entre Fifine avec un petit chien sous le bras.*

FIFINE.

Je n'ai pas été longtemps...

ANDRÉ.

Qu'est-ce que c'est que ça?

FIFINE.

Est-il gentil, hein? N'est-ce pas qu'il ressemble à ma tante? (*A son chien.*) Faisez une risette à son père. (*A son mari.*) Embrasse-le... Approche-toi, il va t'embrasser... approche-toi donc... (*André, après résistance, se fait embrasser par le chien. Il s'essuie la figure.*) Oh! tu n'as pas besoin de t'essuyer comme ça. Il n'y a rien de plus sain que la langue d'un chien. (*Au chien.*) Il est messant, son papa? Oh! n'amour! qu'il était zoli, zoli, le petit sien sien à sa mémère...

Elle l'embrasse.

ANDRÉ.

Je croyais que tu ne devais pas l'acheter.

FIFINE.

Je ne l'ai pas acheté, j'ai dit à maman que j'en avais envie. Elle m'en a fait cadeau. Regardez, Léontine, s'il est joli, et son petit nez, et ses petites noreilles... Vous allez faire du feu dans la petite chambre et l'installer dans la niche qu'on a apportée... Et puis, il faut lui faire de la soupe; allez chercher des os, en bas... et de l'eau, n'oubliez pas de l'eau et un bout de sucre. Allez! (*Elle lui donne le chien. — A son mari.*) Non, mais regarde, André, regarde, il veut que tu lui dises bonsoir. On dirait qu'il comprend que tu n'en voulais pas... Pauvre tite bête !... Bonsoir, mon trésor chéri.

Elle lui envoie un baiser. — Léontine sort.

ANDRÉ, *sans mauvaise humeur.*

Heureux chien !

FIFINE, *riant et lui montrant le doigt.*

Oh ! je sais pourquoi tu dis « heureux chien ». Assieds-toi là... Tiens, tu es un bon mari... J'avais très peur d'être grondée... mais, c'est maman qui m'a forcée à le prendre. Tu es gentil de ne rien me dire. Voilà pour ta peine. (*Elle l'embrasse. André veut la retenir.*) Non ! c'est assez, chut ! Soyez sage !

ANDRÉ.

Méchante !

FIFINE.

Vas-tu quelque part, tantôt ?

ANDRÉ.

Je devais aller à une répétition de l'opéra nouveau, au théâtre des Arts, je n'irai probablement pas.

FIFINE.

Oh ! si, vas-y.

ANDRÉ.

Tu y tiens ?

FIFINE.

Oui... et emmène-moi !

ANDRÉ.

Ma chère enfant, c'est impossible.

FIFINE.

Pourquoi ?

ANDRÉ.

Ce n'est pas convenable... Il faut passer par les coulisses... il faut... Enfin, ce n'est pas ta place.

FIFINE.

Tu dis tout le temps ça... Et lorsque tu te décides à me prendre avec toi, tu es bien content après... Tes amis le disent bien, qu'on peut conduire sa femme à une foule d'endroits, où tu ne veux pas que j'aille.

ANDRÉ.

Oui, mais aucun n'y emmène la sienne. Allons ! tu resteras là ! tu t'occuperas.

FIFINE.

Je resterai là... je resterai là... Pas ici toujours. En bas ! chez maman.

ANDRÉ.

Pourquoi ?... C'est ici... chez nous, ce n'est pas en bas.

FIFINE.

Oh ! oui, mais ici, je m'ennuie, toute seule je ne sais pas où sont les choses... Tandis que chez maman, j'ai toutes mes petites affaires à leur place, toutes mes commodités... Enfin, je m'y plais mieux... Mais tu serais si gentil de m'emmener ! Si tu savais comme ça m'amuse, de sortir. Je voudrais être toujours dehors.

ANDRÉ.

Ce n'est pas possible.

FIFINE.

Tant pis !

ANDRÉ.

Tu vas comprendre... Il faut t'habituer à rester davantage chez toi, prendre plus à cœur ton rôle de maîtresse de maison.

FIFINE.

Puisque maman est là.

ANDRÉ.

Mais nous ne resterons pas éternellement chez tes parents.

FIFINE.

Pourquoi pas?

ANDRÉ.

Mais... un jour viendra où j'aurai des clients... alors...

FIFINE, *s'échappant.*

Ah! Voilà maman!... Voilà maman!

Elle va au devant de sa mère qui entre.

SCÈNE VI

ANDRÉ, FIFINE, MADAME GRAINDOR.

MADAME GRAINDOR.

Bonjour, André.

ANDRÉ.

Bonjour, bonne-maman!

FIFINE.

Dis donc, maman, André ne veut pas que j'aille à une répétition au théâtre des Arts.

MADAME GRAINDOR.

André a parfaitement raison!

FIFINE.

Il y va, lui.

MADAME GRAINDOR.

Eh bien! c'est qu'il a besoin d'y aller... Toi, tu viendras chez nous... Tu ne seras pas à plaindre.

FIFINE.

J'aurais voulu...

MADAME GRAINDOR.

Ce n'est pas la place d'une femme comme il faut.

ANDRÉ.

C'est ce que je lui disais...

MADAME GRAINDOR.

J'ai vu Léontine, en entrant... A-t-elle trouvé une place?

ANDRÉ.

Elle n'en cherche plus.

MADAME GRAINDOR.

Ah!

ANDRÉ.

Je la garde.

MADAME GRAINDOR.

Ah!

ANDRÉ.

Je lui ai permis d'aller chez son grand-père.

MADAME GRAINDOR.

Je ne lui aurais pas refusé d'aller là, mais je crains que sous ce prétexte...

ANDRÉ.

Je suis sûr que c'est là qu'elle va.

MADAME GRAINDOR.

Alors, vous avez bien fait. Tenez, c'est pour vous, ce paquet que je viens d'apporter. (*A Fifine.*) Tu vas voir, comme il va être content... D'abord, il faut me dire si vous avez grondé bien fort à propos du chien.

FIFINE.

Il n'a rien dit.

MADAME GRAINDOR.

Vrai?

FIFINE.

Rien! Il est mignon tout plein.

MADAME GRAINDOR.

Si vous aviez vu comme elle en avait envie. Et cette

petite bête, on aurait dit qu'il comprenait, il lui faisait des caresses à n'en plus finir.

FIFINE.

En pleurant! Et en faisant comme ça avec ses petites papattes.

MADAME GRAINDOR.

Je n'ai pas su résister... et je crois qu'à ma place, vous auriez cédé comme moi. Seulement, nous avions bien peur, toutes les deux, n'est-ce pas, Fifine?

FIFINE.

Oh! oui, moi, le cœur me battait, en ouvrant la porte.

MADAME GRAINDOR.

Et si je suis montée aussi vite, c'est pour être tout de suite certaine que vous ne me gardez pas rancune.

ANDRÉ.

Fifine est contente!

MADAME GRAINDOR.

Alors, si vous ne m'en voulez pas, ouvrez...

ANDRÉ, *obéissant.*

Des cigares... quatre boîtes de vingt-cinq. Oh! bonne-maman!

MADAME GRAINDOR.

Et quels cigares, s'il vous plaît?

ANDRÉ.

Des exquisitos... à quatre-vingts centimes.

MADAME GRAINDOR.

Parfaitement.

ANDRÉ.

Mais vous faites des folies, bonne-maman... C'est trop... Comment avez-vous eu l'idée?

MADAME GRAINDOR.

Vous ne vous rappelez pas?

ANDRÉ.

Non !

FIFINE.

Hier... après dîner...

ANDRÉ.

Ah! le cigare qu'on m'avait donné.

FIFINE.

Et que tu as trouvé si bon.

MADAME GRAINDOR.

Vous avez dit : « Sapristi, je m'y habituerais bien à ces cigares-là. »

FIFINE.

Je t'ai demandé le prix et le nom, sans avoir l'air de rien !

MADAME GRAINDOR.

Et voilà ! Qu'on dise maintenant du mal des belles-mères !

ANDRÉ.

Il faudrait ne pas vous connaître.

MADAME GRAINDOR.

Ça, c'est gentil... je suis venue un peu vous voir. Je me suis dit : ils sont tout seuls, là-haut, ils vont peut-être s'ennuyer, et j'ai apporté mon ouvrage... (*Tout en parlant elle s'installe.*) Dites-moi un peu pourquoi il est convenu que toutes les grand'mères sont bonnes et toutes les belles-mères méchantes, alors qu'une grand'mère est toujours une belle-mère.

ANDRÉ.

Je ne sais, mais vous serez une grand'mère adorable.

MADAME GRAINDOR.

Oh ! le plus tard possible.

ANDRÉ.

Je dis, moi, le plus tôt possible.

MADAME GRAINDOR.

C'est pour vous que je parle. Jouissez de votre jeunesse, allez! Les enfants viendront toujours assez tôt et assez nombreux.

ANDRÉ.

Je ne suis pas de votre avis!

MADAME GRAINDOR.

Heureux ceux qui n'en ont pas.

ANDRÉ.

J'espère bien que l'an prochain vous serez marraine.

MADAME GRAINDOR.

Déjà!

ANDRÉ.

Les enfants, c'est la joie et la paix du foyer.

MADAME GRAINDOR.

Ne vous pressez pas de vieillir, cela viendra assez vite. Si vous saviez les tracas, les chagrins que les enfants apportent avec eux, vous changeriez d'avis. Ayez-en un, un petit, deux tout au plus... Ce sera suffisant.

ANDRÉ.

Moi, j'ai des théories là-dessus. J'en veux avoir bientôt et j'en veux avoir beaucoup. La France en a besoin.

FIFINE, *riant*.

Je me vois déjà en mère Gigogne.

MADAME GRAINDOR, *se forçant pour être douce*.

Vous parlez sans raison, mon cher André. D'abord la santé de Fifine ne permettra pas la réalisation de ces rêves.

ANDRÉ.

Allons donc!

FIFINE.

Moi, je suis de l'avis de maman!

MADAME GRAINDOR, *de même.*

Ton mari plaisante.

ANDRÉ.

Pas du tout.

MADAME GRAINDOR, *de même.*

Vous vous ruinerez en frais de nourrice.

ANDRÉ.

J'ai encore des idées là-dessus : mes enfants n'auront pas d'autre nourrice que leur mère.

MADAME GRAINDOR, *avec très peu d'éclat.*

Mais vous auriez dû me dire tout cela avant de l'épouser, cher monsieur !

FIFINE, *désolée.*

Et moi qui aime les corsages se boutonnant dans le dos !

MADAME GRAINDOR, *à André.*

J'espère que vous ne parlez pas sérieusement. Je trouve inconvenants, oui, c'est le mot, inconvenants, les ménages qui...

ANDRÉ, *un peu sec.*

Vous avez tort, vous avez tort, je vous l'assure. D'ailleurs, ceci ne regarde que nous.

MADAME GRAINDOR, *douce.*

Mais, comme vous me parlez, mon cher André ! Vous pensez bien que si je vous donne des conseils, c'est dans votre intérêt et dans celui de ma fille. J'ai vécu plus longtemps que vous, mon pauvre ami, et je connais mieux la vie. Plus tard, vous vous apercevrez que j'avais raison; mais les enfants ne croient pas au savoir des vieilles mamans.

ANDRÉ.

Ils ont raison. Moi je laisserai mes enfants libres de faire ce qu'ils voudront. Ils seront à leur gré banquiers,

notaires, soldats, sculpteurs, peintres ou auteurs drama-
tiques.

MADAME GRAINDOR.

Pourquoi pas danseurs de corde?

ANDRÉ.

Et danseurs de corde si cela leur convient.

MADAME GRAINDOR, *riant faux, à Fifine.*

Et moi qui prenais tout cela au sérieux!

ANDRÉ.

Vous auriez tort d'en rire.

MADAME GRAINDOR.

Vous aimez plaisanter. (*Un temps.*) J'ai passé chez le
tapissier ce matin, il viendra mettre les rideaux au lit.

ANDRÉ.

Les reprendre, vous voulez dire.

MADAME GRAINDOR.

Non! les poser.

ANDRÉ.

J'avais demandé à Fifine de les faire reprendre.

FIFINE.

C'est vrai, je me le rappelle maintenant. (*A André.*) J'ai
seulement dit à maman que tu m'avais priée de passer
chez le tapissier : j'avais oublié pourquoi. En effet, c'était
pour lui rendre les rideaux de lit.

MADAME GRAINDOR.

Des rideaux que je vous ai donnés! S'ils ne vous plai-
sent pas, on les changera.

ANDRÉ.

Je ne veux de rideaux en aucune façon à notre lit, c'est
contraire à l'hygiène. L'air ne circule pas à son aise. Les

poussières s'amassent dans les plis, et les poussières, ce sont des mondes de microbes, si vous ne savez pas ça, bonne-maman.

MADAME GRAINDOR.

Nous avons toujours eu des rideaux à notre lit, Graindor et moi, et ça ne nous a pas fait mourir... Mettez-les aux fenêtres.

ANDRÉ.

Pas davantage. D'ailleurs, nous couchons la fenêtre ouverte.

MADAME GRAINDOR, *à Fifine*.

Est-ce vrai?

Fifine fait signe que oui.

ANDRÉ.

L'hygiène, bonne-maman! De votre temps on ignorait l'hygiène! Tout cela vous surprend. Je vais vous étonner plus encore. J'ai deux demandes à vous adresser.

MADAME GRAINDOR.

Vous me faites peur.

ANDRÉ.

La première, c'est de nous permettre à Fifine et à moi de dîner et de déjeuner chez nous.

MADAME GRAINDOR.

Est-ce que vous ne mangez pas bien... en bas?... Je suis étrangement récompensée de tout le mal que je me donne afin de vous être agréable... je ne sais qu'inventer pour vous faire plaisir... Je n'ai pas de chance, vraiment. Si ma cuisine ne vous paraît pas bonne, dites-le... dites ce que vous aimez... (*Prête à pleurer.*) J'avais remarqué que vous adoriez le rôti de veau, nous en mangeons trois fois par semaine... Ça me fait des scènes avec mon mari qui ne peut pas le souffrir... mais je passe par là-dessus pour vous... Ce soir, il y avait un perdreau truffé. Vous voyez bien que je ne suis pas une méchante femme.

ANDRÉ.

Vous êtes très bonne, je ne l'ai jamais contesté.

MADAME GRAINDOR.

Eh bien, vous viendrez nous demander à dîner quand vous voudrez, aussi rarement que vous voudrez.

ANDRÉ.

Ma seconde demande est celle-ci. Je désire que vous m'aidiez à retenir Fifine ici, chez elle, où elle reste trop peu de temps.

MADAME GRAINDOR.

Vous ne voulez pas la garder en prison?

ANDRÉ.

Non. Je veux qu'elle s'habitue à son rôle de maîtresse de maison, qu'elle s'occupe de diriger les domestiques... etc... etc...

MADAME GRAINDOR.

Est-ce que je ne m'en acquittais pas bien?

ANDRÉ.

Si, mais j'aime mieux que ce soit plus mal fait et que ce soit fait par Fifine.

MADAME GRAINDOR.

Alors, vous ne voulez plus qu'elle vienne me tenir compagnie?

ANDRÉ.

Si, mais moins souvent.

MADAME GRAINDOR.

Elle ne pouvait trouver chez moi que de bons exemples.

ANDRÉ.

Certes. Mais à force de l'attirer chez vous et de l'y retenir, vous en étiez arrivée à me la reprendre presque tout à fait.

MADAME GRAINDOR.

C'est bien! Vous commanderez. Vous êtes le maître.

ANDRÉ.

Je vous remercie. Faites comprendre cela à Fifine, je vous en serai reconnaissant.

Il sort.

SCÈNE VII

FIFINE, MADAME GRAINDOR.

MADAME GRAINDOR, *éclatant.*

Ah ! c'est trop fort ! Ah ! je ne m'attendais pas à ça de toi ! Ah ! non ! Pendant une demi-heure on insulte ta mère devant toi et tu ne trouves rien à dire, et tu ne prononces pas un mot pour la défendre !

FIFINE.

Mais, maman, André ne t'a pas insultée.

MADAME GRAINDOR.

C'est cela, approuve-le, mon enfant. C'est parfait ! il ne te manquait plus que de l'approuver... Ah ! le mal élevé, le grossier personnage !... le... Je ne sais pas comment j'ai pu me contenir aussi longtemps... Et moi, bonne bête, je lui apportais des cigares ! Ah ! non ! tu me trouverais trop sotte et l'on se moquerait trop de la vieille, ici,

Elle remballe les cigares.

FIFINE.

Mais, maman...

MADAME GRAINDOR.

C'est bon ! c'est bon ! je sais ce que je fais ! Des exqui-sitos pour monsieur ! A quatre-vingts centimes !... Ah ! ah ! Ton père les fumera, et jusqu'au bout, et il ne les gâchera pas, lui, et il sera bien content. Et lorsque « mos-sieu » voudra bien nous faire l'honneur de venir dîner à la maison, on lui en donnera un... au dessert. (*Elle porte*

le paquet à la porte du fond.) Léontine, redescendez-moi
cela !

FIFINE.

Tu n'es pas raisonnable, voyons. Tu ne peux pas lui reprendre...

MADAME GRAINDOR.

Non, je me génerai.

FIFINE.

Mon mari...

MADAME GRAINDOR.

Mon mari... mon mari !... Eh bien, quoi, ton mari ! On
dirait que tu parles du bon Dieu ! Il ne me fait pas peur,
tu sais, ton médecin de quatre sous, sans clients !

FIFINE.

Ce n'est pas de sa faute s'il n'y a pas de malades... Tu
as mal compris ce qu'il te disait.

MADAME GRAINDOR.

C'est ça, je suis une imbécile, n'est-ce pas ? C'est lui qui
t'a appris à me répondre comme ça !

FIFINE.

André a très bon cœur et il t'aime beaucoup.

MADAME GRAINDOR.

Eh bien moi, je le déteste !... Depuis le premier jour où
il a été question d'un mariage avec toi. Je me force, pour
lui faire bonne mine parce que c'est mon devoir, et si je
le soigne à table, si je lui fais des cadeaux, c'est pour toi,
c'est pour qu'il ait plaisir à venir chez nous, c'est pour
qu'il fasse toutes tes volontés. Je te dis que je le déteste,
ton mari.

FIFINE.

Qu'est-ce qu'il t'a fait ?

MADAME GRAINDOR.

Ce qu'il m'a fait ? Il t'a prise ! Je suis jalouse de lui, si
tu veux le savoir.

FIFINE.

Je ne te comprends pas.

MADAME GRAINDOR.

Tu me comprendras quand ce sera ton tour.

FIFINE.

Cette histoire de cigares lui causera beaucoup de chagrin.

MADAME GRAINDOR.

Tant mieux ! Nous ne serons pas encore quittes. Et
qu'est-ce que tu vas faire, toi ? Tu vas te laisser mener
par le bout du nez. Réponds, entre ta mère et ton mari,
tu n'hésiteras pas, hein ?... Tu choisiras ce bel oiseau-là !
Dieu se chargera de te punir.

FIFINE.

Oh !

MADAME GRAINDOR.

Tu verras, tu verras ! tu seras jolie dans quelques
années avec ta nichée d'enfants, qui rempliront la maison de cris... ce sera gentil ici !... avec des berceaux
jusque dans l'antichambre et des langes sales dans tous
les coins... Tu seras belle ! Tu auras l'air d'une vieille à
trente ans ! Et je te promets du plaisir lorsque tu te com-
pareras à des amies qui auront eu un mari moins patriote
que celui-là ! Et, pendant que tu seras là, à moucher le
nez à toute la bande, lui, bien tranquille et fier, s'en ira
faire le joli cœur chez des petites dames qui auront leurs
nerfs, ou papillonnera dans les coulisses, à des répéti-
tions auxquelles tu n'assisteras pas.

FIFINE.

André, me tromper ?

MADAME GRAINDOR, *ironique.*

Non ! Il est autrement que les autres !... Mais tu ne vois
donc rien ! Mais tu es donc aveugle ! Tu ne comprends
donc pas, alors ?

FIFINE.

Je ne comprends pas, quoi ?

MADAME GRAINDOR.

Ce qu'il veut ?

FIFINE.

Non !

MADAME GRAINDOR.

Mais je le gêne, ce monsieur, pour faire ses farces ! Nous le gênons, ton père et moi ! Et il veut se débarrasser de nous.

FIFINE.

Comment cela ?

MADAME GRAINDOR.

Lorsqu'il t'aura forcée à dîner ici, il sait bien que tu seras comme toutes les femmes, que tu voudras paraître heureuse malgré tout, et que tu nous cacheras ses dîners en ville et ses soirées je ne sais où ! Ah ! ça, tu ne l'auras pas volé, et je ne te conseille pas de venir te plaindre lorsque ça t'arrivera.

FIFINE.

Sois tranquille.

MADAME GRAINDOR.

Regarde autour de toi ! M. Boguin a une danseuse ; M. Pelletier, une chanteuse ; M. Prévost, la caissière du café des Arts ; M. Moutier, celle du café de la Comédie ; M. Delamarre c'est madame Courtin et M. Courtin, c'est madame Bocquet... Oh ! je sais bien, on se dit toujours qu'on sera la seule à échapper au sort commun, que son mari est une exception... On se dit ça jusqu'au jour où on se trouve en face de la réalité et alors, on regrette de n'avoir pas écouté sa mère.

FIFINE.

Je t'en prie, maman.

MADAME GRAINDOR.

Maintenant, si tu trouves ça de ton goût, à ton aise! Si tu veux être une esclave, ça te regarde. Seulement, il ne faudra pas t'étonner de voir les gens sourire sur ton passage! Le fait est que tu seras touchante avec ta candeur et ta crédulité. On commence déjà d'ailleurs à se moquer de toi.

FIFINE.

Qui ça?

MADAME GRAINDOR.

Quelqu'un que je ne te nommerai pas. Libre à toi de croire que ta mère a menti, ça ne doit pas te gêner... avec le respect que les enfants d'aujourd'hui ont pour leurs parents.

FIFINE.

Mais, maman, je t'aime toujours.

MADAME GRAINDOR.

Allons donc! Si c'était vrai, tu ne nous sacrifierais pas comme tu le fais. Est-ce que tu crois que c'est pour moi ce que je te dis là!... Ah! tu seras heureuse, va, toute seule!... Nous... je ne parle pas de nous, ça t'est bien indifférent. D'ailleurs, avec les chagrins que tu nous fais, ton père et moi, nous n'en aurons pas pour longtemps, heureusement.

FIFINE.

Maman, je te promets de parler à André, je te promets.

MADAME GRAINDOR, *s'attendrissant.*

Allons! Au revoir, ma fille... je ne t'en veux pas, tu sais. Tu viendras nous voir quand on te le permettra... seulement... si tu veux que nous ne soyons pas trop malheureux, tu tâcheras que ce soit souvent.

Elle sort.

SCÈNE VIII

FIFINE *seule, puis* **ANDRÉ.**

ANDRÉ.

Eh bien?

FIFINE.

Eh bien, quoi?

ANDRÉ.

Ta mère t'a-t-elle fait entendre raison?

FIFINE.

Je suis assez grande pour me conduire toute seule.

ANDRÉ.

Qu'est-ce que tu as résolu?

FIFINE.

J'ai résolu que tu n'irais pas à cette répétition.

ANDRÉ.

Ah!

FIFINE.

Si tu y vas, j'irai avec toi.

ANDRÉ.

J'irai, et j'irai seul. Je ne veux recevoir d'ordres ni de ta mère ni de toi.

FIFINE.

Il n'est pas question de ma mère.

ANDRÉ.

C'est elle qui t'a monté la tête.

FIFINE.

Je n'ai besoin de personne. J'y vois clair. Si tu tiens autant d'aller à cette répétition sans moi, c'est que tu vas y retrouver des personnes avec lesquelles tu ne te soucies pas de me faire rencontrer.

ANDRÉ.

Quelles personnes?

FIFINE.

Est-ce que je sais les noms de ces femmes-là!

ANDRÉ.

Tout cela ne vient pas de toi, ma chère Fifine. Allons! avoue que ta mère t'a raconté des choses qui t'ont rendue jalouse.

FIFINE.

Tu te trompes bien, maman ne m'a rien dit du tout! Tu m'entends, rien du tout.

ANDRÉ.

Je dis que ces mauvaises paroles et ces mauvaises pensées sont indignes de toi.

FIFINE.

Je te répète qu'on ne m'a rien soufflé. Je suis capable d'avoir une idée à moi toute seule, peut-être! Tu me trompes ou tu vas me tromper, je le sais. Vous êtes tous les mêmes d'abord. Je ne suis pas assez bête pour croire que tu es une exception... je n'ai pas envie qu'on se moque de moi.

ANDRÉ.

Si ta mère ne t'a rien dit à ce sujet, de quoi t'a-t-elle parlé alors?... T'a-t-elle conseillé de rester davantage chez toi?

FIFINE.

Ah! oui!... Rester chez moi!... pour que pendant ce temps-là tu ailles faire le joli cœur devant des petites dames qui auront leurs nerfs!

ANDRÉ.

Ce n'est pas encore toi qui as trouvé cette phrase-là.

FIFINE.

Si! si! si! C'est moi! Oui, c'est moi! Vous êtes des despotes et des hypocrites! Mais si je suis ta femme, je ne suis pas ton esclave! Et je sortirai quand je voudrai, je sortirai tous les jours; aussi longtemps que je voudrai. Je n'y serai jamais ici, jamais! jamais!

ANDRÉ.

Fifine, écoute-moi un peu. Tu t'exaltes, tu dis des bêtises... tu vas te faire du mal.

FIFINE.

Si je me fais du mal, tant pis. (*Un temps.*) Maman t'a repris tes cigares... C'est moi qui le lui ai conseillé.

ANDRÉ.

Elle a bien fait et toi aussi...

FIFINE.

Ne dis pas de mal de ma mère.

ANDRÉ, *un silence.*

Ma petite Fifine... Ta mère est en train de faire notre malheur à tous les deux.

FIFINE.

Ne dis pas de mal de ma mère... c'est inutile! tu ne réussiras pas à me détacher d'elle, je dînerai chez elle tous les jours, je déjeunerai chez elle tous les jours... quand ça ne te plaira pas, il y a des restaurants.

ANDRÉ, *tendre.*

Ta mère t'a montée contre moi. Elle ne me pardonnera jamais d'être ton mari. Je ne lui en veux pas, parce que je devine ce que souffre de tout cela son égoïsme maternel. Elle aurait voulu te garder toute sa vie auprès d'elle et me hait de t'avoir enlevée. Elle ne se rend pas compte du mal qu'elle peut nous faire si nous ne nous aimons pas bien. Aime-moi bien, ma chère Fifine, et rien qu'en nous aimant nous trouverons la force de traverser cette petite crise, sans y laisser tout notre bonheur.

FIFINE, *ébranlée.*

Mais pourquoi veux-tu aller à cette répétition?

ANDRÉ.

Je n'y tiens pas du tout.

FIFINE, *plus douce.*

Tu n'y tiens pas! Tu n'y tiens pas! C'est trop fort. Tout à l'heure...

Entre madame Meillet.

MADAME MEILLET.

Qu'est-ce qu'on me dit? On se dispute ici!

ANDRÉ.

Fifine est un peu nerveuse, voilà tout.

FIFINE.

Non, madame!

ANDRÉ, *à lui-même.*

Heureusement, voilà ma mère, elle va finir d'arranger tout cela.

SCÈNE IX

FIFINE, ANDRÉ, MADAME MEILLET.

MADAME MEILLET, *allant à Fifine.*

Bonjour, ma petite chérie... Voyons, ça ne va pas ce ménage?... Il y a des gros chagrins et des grandes colères. Nous allons les guérir. Toi, André, va-t'en... va-t'en là-bas... au fond, lire ton journal. Nous allons causer toutes les deux comme deux amies... Allez-vous-en, vilain André!... Allez! allez! (*A Fifine.*) Asseyons-nous, il a été méchant le petit mari?

FIFINE.

Il est inutile de me parler comme à une enfant.

MADAME MEILLET.

Séchez vos yeux.

FIFINE.

Je ne pleure pas.

MADAME MEILLET.

C'est vrai, vous ne pleurez pas. Alors on boude?

FIFINE.

Je vous assure, madame, que je ne suis pas une fillette.

MADAME MEILLET.

Soit! Causons comme deux dames âgées. Vous me re-connaissez bien le droit, alors que je vois mon fils malheureux, de m'inquiéter auprès de vous de ce qui fait sa peine?

FIFINE.

C'est moi qui suis malheureuse, et non lui.

MADAME MEILLET.

Oh! mon enfant, je connais mon fils, il est la bonté et la droiture mêmes et je sais bien que, si l'un de vous deux a des torts envers l'autre, ce n'est pas lui vis-à-vis de vous.

FIFINE.

C'est moi qui ai tort?

MADAME MEILLET.

J'en suis certaine. Vous conviendrez, n'est-ce pas? qu'il y a plus longtemps que vous que je connais André, et si vous ne savez apprécier les rares qualités de son cœur, j'ai été, moi, à même de les mettre à l'épreuve.

FIFINE, agacée.

Eh bien, madame, c'est entendu, votre fils est un ange et moi, je suis un monstre. C'est un ange, c'est un ange, c'est un ange, je le dis, je le repète, je le proclame, il a toutes les vertus et moi tous les défauts. J'ajouterai même qu'il a des clients, si vous voulez... Cela doit vous suffire.

MADAME MEILLET.

Oh! quel petit caractère vous avez, madame! Je comprends que la vie avec vous ne soit pas tout rose pour mon pauvre André. Le malheureux enfant méritait mieux que cela.

FIFINE.

Eh bien, il fallait lui trouver mieux.

MADAME MEILLET.

Je regrette de ne pas l'avoir fait.

FIFINE.

Regrettez-le et laissez-moi tranquille.

MADAME MEILLET.

Vous êtes une mal élevée.

FIFINE.

Et vous...

ANDRÉ.

Fifine, je te défends de parler à ma mère sur ce ton-là.

FIFINE.

Alors, dis-lui à ta mère qu'elle me laisse la paix.

ANDRÉ.

Et je t'ordonne de te taire! Je n'ai jamais manqué de respect à ma mère, moi, et je ne veux pas qu'une gamine de ton âge...

FIFINE.

Gamine...

ANDRÉ.

Oui, gamine! Et si j'avais su prévoir ton manque de cœur et ton impertinence...

FIFINE.

Qu'est-ce que tu aurais fait?

ANDRÉ.

Tais-toi, tu es une petite sotte.

MADAME MEILLET, *pleurant.*

Ne vous disputez pas pour moi... je m'en vais... mon pauvre André.

ANDRÉ.

Reste ici, maman, Fifine te doit des excuses et elle te les fera.

FIFINE, *narquoise.*

Ah ! ah !

Entrent M. et madame Graindor.

SCÈNE X

FIFINE, ANDRÉ, MADAME MEILLET, MONSIEUR *et* MADAME GRAINDOR.

MADAME GRAINDOR.

Qu'est-ce qu'il y a ?

GRAINDOR.

Qu'est-ce qu'il y a ? On vous entend d'en bas.

MADAME GRAINDOR.

J'ai cru qu'on se battait ici. Qu'est-ce qu'ils t'ont fait ma pauvre Fifine ?

ANDRÉ.

Elle a été insolente avec ma mère, et je veux qu'elle lui demande pardon.

Nota : Ce qui suit doit être dit conformément aux indications. Les personnages parlant ensemble ou séparément comme le feraient des chanteurs dans un quintette. Lire ce qui suit comme de la musique :

FIFINE . . . .   Je n'ai pas été insolente! ————————
ANDRE . . . . :   ——————————— Si tu l'as été. ——————
M⁰ MEILLET. .   ——— (pleurant.) J'aurais mieux fait de mourir.
GRAINDOR. . .   Oh! ——————————————————————
M⁰ GRAINDOR.   ——————————— Ma fille insolente! ———

FIFINE. . . . .   ——————————— Jamais! ———————
ANDRE. . . . .   Mère! Mère! ————————————————
M⁰ MEILLET. .   ——— (toujours pleurant.) Elle fera ton malheur.
GRAINDOR. . .   Voyons, mes enfants, embrassez-vous. ————
M⁰ GRAINDOR.   —————————————— C'est lui qui —

FIFINE. . . . .   Non!————————————————————
ANDRE. . . . .
M⁰ MEILLET. .   (toujours pleurant.) ——— Mon Dieu! Mon Dieu!—
GRAINDOR. . .   ——— Fifine, va embrasser ton mari. ————
M⁰ GRAINDOR.   fera le nôtre. Pourquoi donc ça! N'y va pas, Fifine.

FIFINE . . . .   Il m'a appelée petite sotte, petite sotte, petite sotte·
ANDRE. . . . .   Ah! si elle suit vos conseils. ——— Tu l'avais mérité.
M⁰ MEILLET. .   (pleurant jusqu'à la fin.) ———Hou! Hou! Mon Dieu!
GRAINDOR. . .   ——————— Voyons, André ———— Voyons, Marie!
M⁰ GRAINDOR.   ———————— Elle aura raison. ———— Petite sotte.

FIFINE. . . . .   ————— C'est la tienne, oui! ———— C'est la tienne
ANDRE. . . . .   C'est ta mère qui est cause de tout cela. Oui, c'est
                 ta mère.
M⁰ MEILLET. .   ——————————— Moi! Mon Dieu! Mon Dieu!
GRAINDOR. . .   ——— Voyons, Fifine, va embrasser ton mari. —
M⁰ GRAINDOR.   ——— Moi! ——————————— Je te le défends. ———

FIFINE. . . . .   —————— On veut me tenir enfermée ici. ————
ANDRE. . . . :   ——————————————————— Pas vrai! ——
M⁰ MEILLET. .   Votre fille est une mal élevée! ——— On veut...
GRAINDOR. . .   —————— Madame Meillet! Mais, voyons, Marie!
M⁰ GRAINDOR.   —————— Et vous, qu'est-ce que vous êtes? ———

FIFINE. . . . .
ANDRE. . . . .   ————————————————————————————
M⁰ MEILLET. .   que vous fassiez votre devoir qui est de vous
                 occuper de la maison, et non d'être toujours
                 dehors.
GRAINDOR. . .   ————————————————————————————
M⁰ GRAINDOR.   —————————— Vous ne ferez pas la loi ici, vous.

FIFINE. . . . :   ——————————— C'est trop fort!... C'est trop fort
ANDRE. . . . :   ——————————— Parfaitement! Parfaitement! ——
M⁰ MEILLET. .   J'ai autant le droit de faire la loi ici que vous.
                 Je suis chez mon fils.
GRAINDOR. . .   —————— Êtes-vous entêtés à la fin de vous dis-
                 puter comme ça. Tu vas te taire!————————
M⁰ GRAINDOR.   ——— Nous verrons, je suis chez ma fille. ———

FIFINE. . . . . ——————————— Jamais! ———————————
ANDRÉ. . . . . ——————— Tu feras des excuses à ma mère. —
M· MEILLET. . ——————— Quoi! ——————— Laisse-la donc! ——
M· GRAINDOR. Avec ses manières dirait-on pas! Non, je ne me
    tairai pas.

TOUS, *criant.*

FIFINE. . . . . Qu'elle m'en fasse d'abord, ce n'est pas moi qui
    ai été la chercher. Non! Je n'en ferai pas, non!
ANDRÉ. . . . . On dira ce qu'on voudra, mais jamais je ne per-
    mettrai qu'elle soit impertinente avec ma mère.
M· MEILLET. . Vous n'avez jamais su élever vos enfants. Vous
    avez fait de votre fille une enfant gâtée! Oui!
GRAINDOR. . . Vous allez vous taire tous et ne pas parler comme
    ça tous à la fois. Je veux qu'on se taise!
M· GRAINDOR. Ma fille ne s'est pas mariée pour faire une es-
    clave. Mon devoir est de la défendre et je la
    défendrai.

GRAINDOR, *à sa femme.*

Marie! Tais-toi! André a raison. Le devoir de Fifine est
de s'occuper davantage de son ménage.

FIFINE.

Moi!

MADAME MEILLET *et* ANDRÉ, *triomphants.*

Ah!

MADAME GRAINDOR.

Mais...

GRAINDOR.

Et si l'on m'avait écouté lorsque je m'opposais à ce que
les enfants habitent avec nous, cela ne serait pas arrivé.

MADAME MEILLET *sanglote avec des :*

Mon Dieu! mon Dieu!

Madame Graindor pleure également.

FIFINE *regarde son père, puis, après un silence.*

Ah! c'est ça, c'est bien, alors! c'est bien! (*Elle ôte ses
boucles d'oreilles, ses bagues, sa broche, — fiévreusement et
les jette sur un meuble. Elle arrache les dentelles de son corsage et sort violemment.*) C'est bien, alors, c'est bien!

MADAME MEILLET.

Pour la dot que vous lui avez donnée, elle ne peut pas avoir dix domestiques...

MADAME GRAINDOR.

Comment, pour la dot! Et vous qui...

GRAINDOR.

Va donc voir ce que fait ta fille !...

MADAME GRAINDOR, *qui ne l'avait pas vue sortir.*

Fifine ! où est-elle? Fifine !

> *Elle sort. — Madame Graindor revient avec Fifine qu'elle tient par la main.*

FIFINE.

Laisse-moi! laisse-moi! Puisqu'on veut que je sois la bonne... Laisse-moi... Je vais retourner à la cuisine pour laver la vaisselle.

> *Elle a une crise de larmes, des sanglots d'enfant. Elle essuie ses yeux avec le revers de sa main. — Un gros chagrin.*

MADAME GRAINDOR.

Fifine... ma petite Fifine !... Je t'avais bien dit qu'il ferait ton malheur.

ANDRÉ.

Laissez-la !

MADAME GRAINDOR.

C'est ma fille, monsieur.

ANDRÉ.

C'est ma femme !

MADAME GRAINDOR.

Vous êtes ici chez moi.

ANDRÉ.

Eh bien ! Je m'en vais.

MADAME GRAINDOR.

Je ne vous retiens pas.

GRAINDOR.

Voyons...

MADAME GRAINDOR.

Laisse donc ! Il retourne chez sa mère !

ANDRÉ.

Parfaitement ! (*A sa mère.*) Partons ! (*A madame Graindor.*) Et si Fifine veut venir me rejoindre elle viendra.

Il sort avec sa mère.

SCÈNE XI

FIFINE, GRAINDOR, MADAME GRAINDOR.

MADAME GRAINDOR.

Eh bien tant mieux !

GRAINDOR.

Tant mieux ?

MADAME GRAINDOR, *l'entraînant à droite.*

Allons, toi, tu ne vas pas garder cette figure d'enterrement... Fifine nous reste : il ne faut pas qu'elle s'ennuie ici. (*A Fifine.*) C'est fini !

FIFINE.

Oui ! c'est fini et je suis contente qu'il soit parti.

MADAME GRAINDOR.

A la bonne heure ! Nous allons bien nous amuser... (*A son mari.*) Sois donc gai, toi !

GRAINDOR.

Moi?

MADAME GRAINDOR.

Hum!... (*A Fifine.*) Ce soir nous mangerons des œufs à la neige.

FIFINE, *la pensée ailleurs.*

C'est cela !

MADAME GRAINDOR.

Ça n'a pas l'air de te faire plaisir.

FIFINE.

Si ! Si !

MADAME GRAINDOR.

Nous irons au théâtre.

FIFINE.

Mais je ne veux pas qu'on cherche à me distraire. Je ne sais pas ce que vous avez après moi. Je n'ai aucune raison d'être triste. Je ne suis pas triste du tout, pas du tout.

Elle ne peut se retenir de pleurer silencieusement, elle essuie une larme en cachette.

MADAME GRAINDOR.

Nous le savons bien que tu n'es pas triste.

GRAINDOR, *qui réfléchit longuement, et fait un geste comme quelqu'un qui prend une décision, à sa femme.*

J'ai besoin de causer avec Fifine... laisse-nous !

MADAME GRAINDOR.

Mais, mon ami !

GRAINDOR.

Je te dis que j'ai besoin de causer avec elle. Va-t'en... je t'appellerai...

SCÈNE XII

GRAINDOR, FIFINE.

GRAINDOR.

Viens ici, Fifine, assieds-toi et causons... Ta mère n'est pas là, nous sommes seuls tous les deux, nous allons tailler de la bonne besogne... Qu'est-ce que tu as l'intention de faire?

FIFINE.

Rien, père!

GRAINDOR.

Rien, père... Dis papa... comme il y a deux heures. Je ne t'ai rien fait, moi!... Ta mère, elle... je ne sais pas... elle est allée manigancer dans ton ménage... mais moi...

FIFINE.

Je n'accuse personne.

GRAINDOR.

La question n'est pas là... Qu'est-ce que tu as l'intention de faire, demain, par exemple?

FIFINE.

Je te dis : rien... Ce que j'aurai fait aujourd'hui.

GRAINDOR.

Rester ici?... Demeurer avec nous?

FIFINE.

Oui!

GRAINDOR.

Tout le temps?

FIFINE.

Tout le temps.

GRAINDOR.

Ça te fera plaisir?

FIFINE.

Oui.

GRAINDOR.

Oui, mais à moi... tu ne t'es pas demandé si ça me ferait plaisir, à moi... En somme, nous t'avions mariée... nous nous disions : « Elle est casée » et tu nous retombes sur les bras... Enfin, ça va peut-être m'ennuyer, moi... Je voulais louer cet appartement.

FIFINE.

Toi?

GRAINDOR.

Oui. (*Essayant de mentir.*) Ta mère et moi nous aimons bien être seuls pour déjeuner... tu nous déranges... tu... tu...

FIFINE, *très calme.*

Tais-toi donc ! Vous êtes contents comme tout. Tu veux faire semblant que ça t'ennuie pour que... Eh bien, je resterai ici jusqu'à ce que tu me mettes à la porte.

GRAINDOR.

Tu n'aimes donc plus ton mari?

FIFINE, *sans force.*

Non !

GRAINDOR.

Alors il faut divorcer.

FIFINE.

Divorcer !

GRAINDOR.

Dame. (*Avec aplomb.*) Je crois d'ailleurs qu'André en a l'intention.

FIFINE.

Lui ! (*Un silence et un petit sourire.*) Tu ne me feras pas croire cela non plus, papa.

GRAINDOR.

Ah! je ne te ferai pas croire ... Dans ce cas, je n'essaierai pas... Parlons sérieusement, alors. Ma petite Fifine, vous n'avez qu'une brouille d'amoureux, il ne faut pas la faire durer. Ce soir, tu ne dîneras pas ici... Tu iras retrouver ton mari.

FIFINE.

Non!

GRAINDOR.

Pourquoi?

FIFINE.

Parce qu'André me l'a « ordonné » et que je ne veux pas avoir l'air de lui obéir.

GRAINDOR.

Ah! il faut donc recourir aux grands moyens. Tu disais tout à l'heure que tu resterais ici jusqu'à ce que je te mette à la porte. Eh bien, je t'y mets.

FIFINE.

Je serais curieuse de voir ça!

GRAINDOR.

Tu vas le voir... je ne suis pas en colère après toi, tu sais, je t'aime toujours bien... ne va pas te tromper là-dessus... Seulement je te mets à la porte.

FIFINE.

Tu veux rire.

GRAINDOR.

Pas le moins du monde. Lève-toi et va-t'en.

FIFINE, *inquiète, mais essayant encore de sourire.*

Il faudra employer la force.

GRAINDOR, *ceci très tendre et très détaillé.*

Va-t'en, ma bonne petite Fifine... Vois-tu, je vais tout te

dire. Si je n'écoutais que mes manies, que mon propre
bonheur, je te prierais de rester ici tout le temps, parce
que je suis content de te voir, de t'entendre, de te savoir
là... c'est très doux à mon âge d'être câliné, d'être dorloté
par ces petites mains-là... Mais les vieux doivent être
seuls... On a du mal à s'y faire par exemple... (*Un temps.*)
on a de la peine à s'y décider... La plus grande preuve
d'amour qu'ils peuvent donner à leurs enfants, c'est celle-
là, vois-tu parce que ça... c'est la vraie douleur de la vie...
(*Très tendre.*) Va-t'en, Fifine, va-t'en !

FIFINE.

Comme tu es bon !

GRAINDOR.

Ma foi, je crois en effet que je le suis en ce moment,
mais ça n'est pas si commode que je l'aurais cru.

FIFINE.

Tu as du chagrin à cause de moi ?

GRAINDOR.

Oui, c'est à ça que servent les enfants. Si tu veux me
consoler, c'est bien simple : sois heureuse ! Pas un mot
de résistance... Viens ! (*Il la prend par le cou et la conduit
doucement à la porte, avec une grande tendresse.*) Je te mets
à la porte, va chercher ton chapeau et ton manteau.

FIFINE.

Je veux t'embrasser.

GRAINDOR, *qui peut à peine retenir ses larmes.*

Non, ce n'est pas la peine... On se reverra, on se reverra !...

*Il descend en scène, en se mouchant. Fifine reste un mo-
ment à la porte du fond. Entrent André et sa mère.*

SCÈNE XIII

FIFINE, GRAINDOR, ANDRÉ, MADAME MEILLET,
puis **MADAME GRAINDOR.**

MADAME MEILLET.

Nous venons faire une dernière tentative de conciliation... mon fils l'a exigé.

GRAINDOR.

Ah! attendez!... (*Il appelle sa femme.*) Madame Graindor!
Madame Graindor! (*Entre madame Graindor.*) Écoute.
Voici M. André et sa mère qui viennent pour...

MADAME MEILLET.

Une dernière tentative...

ANDRÉ.

De conciliation.

MADAME GRAINDOR.

Mais...

GRAINDOR.

Laisse-moi parler... ça dépend des enfants... Ils vont
s'expliquer... devant nous.

MADAME GRAINDOR.

Il faut d'abord...

GRAINDOR.

Tais-toi!... Ils vont s'expliquer devant nous et nous,
nous ne dirons rien, ni les uns ni les autres... Est-ce juré?

MADAME GRAINDOR.

Cependant...

GRAINDOR.

Allons, c'est juré...?

MADAME MEILLET.

Moi, je le jure...

MADAME GRAINDOR.

Moi aussi, alors...

GRAINDOR.

Et moi, de même... Allez, mes enfants, expliquez-vous!

Longue scène muette. Fifine et André vont lentement au devant l'un de l'autre, se tendent la main sans se dire un mot, se regardent, sourient, et s'embrassent avec tendresse.

GRAINDOR.

Voilà!... Maintenant, mes petits agneaux, je suis votre propriétaire... je vous donne congé.

ANDRÉ.

Où irons-nous ?

MADAME MEILLET.

Pas chez moi, toujours... la leçon me suffit.

GRAINDOR.

Et moi, je ne veux pas de marmots, ni de chiens dans ma maison!

FIN.

TABLE

FIN DU TOME PREMIER

E. GREVIN — IMPRIMERIE DE LAGNY — 1930.

A LA MÊME LIBRAIRIE

LITTÉRATURE FRANÇAISE

AMIEL. — *Fragment d'un journal intime*, 2 vol.

J.-E. BLANCHE. — *Mes Modèles.*

Léon BLOY. — *Propos d'un Entrepreneur de démolitions.*
— *Belluaires et Porchers.*
— *Le Pal, suivi des Nouveaux Propos d'un Entrepreneur de démolitions.*
— *Lettres à Pierre Termier.*
— *Lettres à ses filleuls.*

Elémir BOURGES. — *La Nef.* Édition complète.
— *Le Crépuscule des Dieux.*

BRIEUX, de l'Académie Française. — *Théâtre complet, 9 volumes.*

Jacques CHARDONNE. — *L'Epithalame.*
— *Le Chant du Bienheureux.*

Jean COCTEAU. — *Le Grand Ecart.*
— *Le Potomak.*
— *Lettres à Maritain, Réponse à Cocteau, 2 vol.*
— *Le Rappel à l'ordre.*
— *Orphée.*
— *Opéra.*
— *Plain-Chant.*

Benjamin CONSTANT. — *Le Cahier Rouge.*
— *Journal intime.*

Jacques DELAMAIN. — *Pourquoi les Oiseaux chantent.*

Paul GÉRALDY. — *Aimer.*
— *Toi et Moi.*
— *Les Noces d'argent, les Grands Garçons.*
— *Le Prélude.*
— *Robert et Marianne.*

A. MARTIGNON. — *Un Promeneur à pied.*

A. NERVILLE. — *Les Partisans.*

Paul RAYNAL. — *Le Maître de son cœur.*
— *Le Tombeau sous l'Arc de Triomphe.*

Romain ROLLAND. — *Mahatma Gandhi.*
— *La Vie de Ramakrishna.*
— *La Vie de Vivekananda et l'Evangile Universel.*

Marcel ROUFF. — *La Vie et la Passion de Dodin-Bouffant.*
— *Gv oiseau.*

André THÉRIVE. — *Querelles de langage.*

VLAMINCK. — *Tournant dangereux.*

LITTÉRATURE ÉTRANGÈRE

Maurice BARING. — *Daphné Adeane.*

DOTY. — *La Légion des Damnés.*

LIAM O'FLAHERTY. — *Le Dénonciateur.* — *M. Gilhooley.*

GANDHI. — *La Jeune Inde.*

JACOBSEN. — *Niels Lynhe.*

Henry JAMES. — *Le Tour d'Ecrou, les Papiers de Jeffrey Aspern.*

Norah JAMES. — *La Vaine Equipée* (Sleeveless Errand).

Comte KEYSERLING. — *Journal de voyage d'un philosophe* (2 vol. in-8).

KIPLING. — *Trois Troupiers.*
— *Nouveaux Contes des Collines.*
— *Une vraie Flotte.*
— *Sous les Déodards.*
— *Brugglesmith.*
— *Au hasard de la Vie.*
— *Au blanc et noir.*

KROPOTKINE. — *L'Ethique.*
— *Autour d'une vie.*
— *La Conquête du pain.*

Selma LAGERLOFF. — *La Légende de Gosta Berling.*
— *Les Miracles de l'Antéchrist.*
— *Jérusalem en Dalécarlie.*
— *Jérusalem en Terre Sainte.*

Harold LAMB. — *Gengis Khan.*

D. G. MUKERJI. — *Le Visage de mon Frère.*

Talbot MUNDY. — *Yasmini, princesse de Sialpore.*

Thomas DE QUINCEY. — *Confessions d'un optomane anglais.*

REMARQUE. — *A l'Ouest rien de nouveau.*

TOLSTOI. — *Œuvres complètes.* Traduction intégrale d'après les manuscrits originaux.

St.-Ed. WHITE. — *Terres de Silence.*
— *La Forêt.*

Oscar WILDE. — *Le Portrait de Dorian Gray.*
— *Le Crime de Lord Arthur Savile.*
— *La Maison de la Courtisane.*
— *Le Portrait de M. W. H.*
— *Essais de Littérature et d'Esthétique, 3 vol.*
— *Théâtre, 3 vol.*

Virginia WOOLF. — *Mrs Dalloway.*
— *La Promenade au Phare.*

Kikou YAMATA. — *Masako.*
— *Le Shoji.*

IMP. KAPP, PARIS-VANVES